LA VIE TRÉPIDANTE DE JESSIE JEFFERSON

PAIGE TOON

LA VIE TRÉPIDANTE DE JESSIE JEFFERSON

Traduit de l'anglais
par Camille S.

EDITIONS PRISMA

Titre de l'édition originale :
THE ACCIDENTAL LIFE OF JESSIE JEFFERSON
© 2015 Paige Toon

Published by arrangement with Simon & Schuster UK Ltd
1st Floor, 222 Gray's Inn Road, London, WC1X 8HB
A CBS Company

Responsable éditoriale : Ambre Rouvière
Éditeur : Nicolas Rabeau
Correction et composition : Nord Compo Multimédia
Conception graphique de la couverture : Nicandlou
Photos de couverture : © Jenni Hare

ISBN : 978-2-8104-2038-4

PEFC 10-31-1601 Certifié PEFC pefc-france.org

Depuis 2009, Prisma Media met en place une politique d'achat éco-responsable. Ainsi, près de 100 % du papier de nos magazines est certifié PEFC (gestion durable des forêts). La fabrication des livres des Éditions Prisma s'inscrit également dans cette démarche.

1.

– Jessie ! Jessica ! Ouvre cette porte !

Même pas en rêve. Je tire une autre bouffée de ma cigarette, balance sans gêne la cendre par la fenêtre ouverte. Je ne vais quand même pas gâcher une aussi bonne clope pour les beaux yeux de mon idiot de beau-père.

– Jessie, je ne plaisante pas. Si tu n'ouvres pas cette porte tout de suite, je l'enfonce !

Oh, par pitié, reprends-toi, Stu.

– Je suis en train de m'habiller. Je sors dans une minute !

– Non, ce n'est pas vrai. Tu es en train de fumer à ta fenêtre en sirotant du cidre. La bouteille a disparu du réfrigérateur.

Il n'avait qu'à pas la laisser là, point barre.

– Attention, je vais enfoncer cette porte !, hurle-t-il.

Un bruit sourd. Mince, il a vraiment pété un câble.

– Je suis toute nue ! Si tu veux que je t'envoie les services de protection des mineurs, vas-y, continue !

– Pas de ça avec moi, jeune fille. Je n'ose imaginer ce que dirait ta mère si elle t'entendait…

– Ne me pousse pas à bout, Stu !, je réplique, exaspérée par sa remarque.

– Comme elle serait déçue, ajoute-t-il.

Je jette avec rage ma cigarette par la fenêtre et me rue sur la porte pour l'ouvrir violemment.

– Marre maintenant de Maman ! Elle est morte, elle ne peut plus rien dire du tout !

Le regard de Stuart à ce moment me donne envie d'éclater en sanglots, mais avant qu'il ne m'attire encore une fois contre lui pour me serrer dans ses bras à m'en étouffer, je lui claque la porte au nez et la referme à clé aussitôt. Puis je m'effondre et pleure toutes les larmes de mon corps. En espérant qu'il aura la délicatesse de me laisser tranquille.

– Jessie ?, dit-il d'une voix douce, quelques secondes plus tard.

Mais c'est pas vrai !

– Laisse-moi seule, Stu, c'est tout ce que je te demande, dis-je en sanglotant.

– Il faut que je te parle.

– Oui, eh bien moi, je n'ai pas envie de te parler.

– S'il te plaît, Jess, je déteste te voir dans cet état. Je veux t'aider à traverser cette épreuve, c'est tout.

– Je t'en prie, je gémis, laisse-moi tranquille…

Un silence. Serait-il parti ?

– Tu sais bien que je ne peux pas.

Raté.

– Ouvre cette porte, recommence-t-il à m'implorer. Je t'ai préparé un sandwich avec des bâtonnets de poisson.

Comme si cela allait changer quelque chose. Même si, en fait, j'avalerais bien un sandwich au poisson pané, maintenant que j'y pense.

– Jessie ?

Mon estomac gargouille.

– Je descends dans une minute, je réponds d'une voix plus douce et, même à travers la porte, je jurerais l'entendre pousser un soupir de soulagement.

– D'accord, dit-il posément.

Une fois sûre qu'il est parti, je me relève pour aller me regarder dans la glace. J'ai le bout du nez rouge, les yeux bouffis. Mes cheveux mi-longs, blond platine, sont un peu en pétard, mais ils me plaisent comme ça. J'attrape ma trousse de maquillage dans le tiroir de la coiffeuse et fais de mon mieux pour camoufler ces rougeurs sur ma peau. Va-t'en au diable Stu, de me faire pleurer comme ça. Mon eye-liner a coulé et j'ai du mascara un peu partout sur les joues. Je retouche mes yeux verts d'une ligne de khôl noir, remets une couche de mascara, range mon gloss rose dans ma poche. Puis, j'enfonce mon bonnet noir sur la tête, j'attrape ma parka et sors. Par la fenêtre.

Il est tout juste dix-neuf heures, la nuit n'est pas encore tombée. Et bien qu'on soit mi-juin, il fait un froid de canard. J'enfouis les mains dans mes poches et trace sur le trottoir, direction la ville. Je me demande où sont les autres, attrape mon mobile. Pas de texto. Je clique sur ma boîte vocale, au cas où un message m'aurait échappé et le premier que je trouve en haut de la liste vient de Libby – date d'envoi, hier. Perplexe, je range mon téléphone dans ma poche. Sans prendre la peine de répondre. Ma meilleure amie, arrivée à Maidenhead à l'âge de neuf ans et demi, veut savoir comment je vais. Si elle était vraiment ma meilleure amie, elle ne poserait pas cette question. N'importe qui doté d'un gramme de jugeote peut voir que je ne vais pas bien.

Peut-être est-ce ma faute, si on s'est éloigné l'une de l'autre. Mais je ne supporte pas d'être là à la regarder, elle et sa parfaite petite famille, vivre leur petite vie parfaite quand la mienne a été réduite en cendres. Libby a sa maman, son papa et ses frères. Moi, je n'ai personne. Et c'est plus fort que moi, je lui en veux pour ça, même si quelque part dans ma tête, je le sais, ce n'est pas juste.

OK, peut-être que j'ai Stu, sauf qu'il n'est pas mon vrai père. Mon vrai père, je ne sais même pas qui c'est. Il plane toujours autour de lui un mystère, aussi épais que la première fois où j'ai éprouvé le besoin d'interroger Maman à son sujet. J'avais sept ans.

– Qu'est-ce que ça peut faire ?, m'avait-elle répondu. Stuart est le meilleur père dont tu puisses rêver.

Peut-être, n'empêche, quelle garce de m'avoir jusqu'au bout caché la vérité comme ça.

Pardon, Maman, je ne le pense pas. Je regarde le ciel chargé de nuages chahutés par le vent, au bord des larmes. Tu n'es pas vraiment une garce. Je dois me mordre la lèvre jusqu'au sang pour retenir mes sanglots tout en bifurquant à gauche, direction le parc.

Des garçons jouent au foot, sur le petit terrain. Je balaie la zone du regard et aperçois des volutes de fumée de l'autre côté, sous les arbres. Ma main à couper que ma copine Natalie est là-bas. J'accélère le pas, prête à tourner les talons au cas où je me serais trompée. L'un des garçons jouant au foot marque un but et ses partenaires entrent en transe. Franchement, on dirait qu'ils disputent le match du siècle. Je lève les yeux au ciel quand je vois l'un d'entre eux retirer son T-shirt et exhiber ses pectoraux, se prenant pour Cristiano Ronaldo.

C'est à ce moment-là que je repère Tom Ryder. Il secoue la tête, se moque de son pote torse nu, avant de regarder dans ma direction. Vite, je fais en sorte de regarder ailleurs pour ses yeux. J'ai entendu dire qu'il avait rompu avec sa copine, quelques semaines plus tôt, mais je doute qu'il reste célibataire longtemps. Il a un an de plus que moi et des filles en veux-tu en voilà.

Mon cœur s'accélère alors que je longe le terrain, les yeux rivés sur un groupe de quatre personnes assises sur la berge. Pourvu qu'il s'agisse de mes amies, parce que je risque de mourir de honte si je dois faire demi-tour maintenant.

– Ça va, Jessie ?

À la voix de Tom, je sursaute. J'espère qu'il n'a rien remarqué.

– Salut, Tom, je réponds, aussi indifférente que possible, lui accordant à peine un regard.

– Tu es venue me regarder jouer au foot ?, demande-t-il avec un tel aplomb, qu'en guise de réponse, je le fusille du regard.

Ce qui ne le décourage en rien. Il a des tonnes de confiance en lui, au point qu'il pourrait en revendre sur eBay.

– Tu vas chez Mike, demain soir ?, ajoute-t-il en se grattant le crâne.

Il a les cheveux courts, châtains, toujours savamment ébouriffés.

– Qu'est-ce que ça peut te faire ?

En fait, oui, c'est prévu, j'y serai. Mike est le frère aîné de Natalie d'une petite année seulement. Et leurs parents sont absents, ce week-end. Du coup, c'est méga fête !

Tom sourit avec un haussement d'épaules et mon cœur, ce traître, en est tout retourné.

Un « ohé ! » retentit derrière moi. Je me retourne et j'aperçois Natalie, qui agite la main et vient vers moi. Soulagée, c'est plus fort que moi, je souris quand elle me fait signe d'approcher.

– Je ne savais pas que tu sortais, ce soir !, lance-t-elle.

– Moi non plus, je réponds et, tournant le dos à Tom, je me dirige vers elle.

Et là, j'ai l'impression de sentir les yeux noirs de Tom me transpercer le dos.

Natalie et moi, on se fait la bise, puis elle m'entraîne vers le reste du groupe. Je ne peux pas m'en empêcher. Je tourne la tête, croise juste à ce moment le regard de Tom un quart de seconde, avant que quelqu'un ne lui envoie le ballon et attire son attention.

Qu'il est beau. Le problème, c'est qu'il le sait.

Je dis bonjour aux autres, Dougie, Em et Aaron.

Dougie et Em sont en terminale. Aaron et Natalie, une classe au-dessus de moi, sur le point de les rejoindre. Ça ne fait que quelques mois que je traîne avec eux, mais déjà j'appréhende ma dernière année de bahut, quand ils seront partis.

– Que te racontait Tom ?, demande Natalie en secouant ses longs cheveux teints en noir, ses yeux bleu clair rivés sur moi.

Em à son tour me regarde. Beaucoup moins jolie que Natalie, avec ses cheveux châtains et son teint vaguement orange.

– Rien, je réponds avec un haussement d'épaules. Il voulait juste savoir si je viendrais chez toi, demain soir.

– Ça va être génial, dit-elle, tout sourire. Tu pourrais dormir à la maison ?

– Oui, peut-être...

Je repense à ma dispute avec Stu, au sandwich qu'il m'a préparé, et la culpabilité me démange. Je sais aussi qu'il ne va pas apprécier de me voir sortir demain. Natalie me passe sa canette de cidre et j'en avale une gorgée tout en essayant de chasser Stu de mon esprit. Non que j'aie vraiment besoin de plus d'alcool – le cidre que j'ai picolé plus tôt m'est déjà monté à la tête et j'ai une faim de loup. Je regarde Tom traverser le terrain en courant.

– Allons faire un tour de tyrolienne, propose soudain Natalie en me prenant la main.

Je la suis en riant.

On y est encore dix minutes plus tard, quand la partie de foot se termine. J'aperçois Tom qui nous regarde tandis que Natalie tire la poulie et me la tend. Je grimpe dessus et m'élance dans le vide en hurlant de rire. Je regarde une nouvelle fois Tom, encore là-bas sur le terrain, en train de m'observer avec un air amusé.

– Tu veux faire un tour ?, je crie, enhardie par le cidre, quand je descends de mon engin.

Il dit quelque chose à l'un de ses copains, puis vient vers nous en traînant les pieds. Quand il nous rejoint, je suis de retour sur la plate-forme en bois. Natalie m'observe, sceptique. Je lui souris en essayant de ne pas rougir.

– Tu as gagné ?, je demande à Tom quand il grimpe sur la plate-forme et me prend la poulie des mains.

– Forcément, marmonne-t-il. (Il est encore trempé de sueur après son match, mais il a l'air en forme.) Tu es sûre que ça ne risque rien, ce machin ?

– On s'en fout ! Il faut vivre dangereusement, non ?

Il me sourit et mon cœur s'envole. Puis Tom s'élance.

– Waouououou !, hurle-t-il, et certains de ses camarades sifflent et applaudissent.

– Tu craques pour Tom Ryder, me chantonne Natalie au creux de l'oreille.

Je regarde, fascinée, Tom s'accrocher à la poulie, bras bandés.

– Comme toutes les filles, je réponds du tac au tac. Au lycée, c'est le plus beau.

En un rien de temps, le groupe des joueurs de foot se masse pour un tour de tyrolienne, mais soudain, j'ai comme des nausées, je suis prise de vertiges. Je descends prudemment de la plate-forme.

– C'est à toi, me dit Tom en arrachant la poulie aux mains de l'un de ses copains. Ils peuvent attendre.

– Non, non, c'est bon, je décline l'invitation d'un geste de la main.

– Est-ce que ça va ?, demande-t-il, l'air inquiet.

– Super, je réponds en allant m'asseoir sur un monticule tapissé d'herbe bien grasse, un peu à l'écart.

Il me suit et reste là à me regarder.

– Tu n'as pas l'air en forme.

En fait, je me sens barbouillée. *Je t'en prie, va-t'en.*

– Ça va aller. Excès d'alcool, rien ou presque dans le ventre et un peu trop de fébrilité.

Tête entre les mains, j'essaie de me concentrer pour ne pas vomir.

– Jessie !

Je relève la tête, aperçois Aaron et Dougie qui traversent la pelouse en me faisant de grands signes. Ils montrent le parking derrière moi, mais je ne vois rien, à cause du monticule. Tom regarde lui aussi, mais il n'a pas le temps de dire quoi que ce soit, l'un de ses copains qui fait la queue devant la tyrolienne s'exclame :

– Qu'est-ce que M. Taylor vient faire ici ?

En une fraction de seconde, je suis debout et je le vois claquer la portière de sa petite citadine. Monsieur Taylor. Notre prof de maths. Plus connu sous le nom de Stuart. Mon beau-père.

Merde, merde et remerde.

– Je ferais mieux d'y aller, je marmonne et je m'éloigne sans un regard en arrière.

J'entends que ça rigole et que ça plaisante dans mon dos. Puis je me retrouve face à Stu, visage froid, impénétrable.

Je monte dans la voiture, avec toujours l'envie de rendre tripes et boyaux, envie qui me submerge quand Stuart, toute colère rentrée, sort du parking.

– Arrête !, je m'écrie et j'ouvre la portière juste à temps pour vomir sur le trottoir.

Il ne dit pas un mot, à quoi bon ? Dans la voiture, sa déception est palpable.

2.

Le lendemain matin, je me réveille avec un mal de tête force 10 sur l'échelle de la gueule de bois. Un peu de soleil se faufile sous le rideau. Je me lève au ralenti et l'ouvre en grand. C'est un ciel bleu sans tache, disparus les nuages de la veille. Du soleil, enfin. Je me sentirais presque bien s'il n'y avait pas ces nausées. Un coup frappé à ma porte me fait sursauter.

– Debout, Jessie, si tu ne veux pas être en retard au lycée !

Au ton de sa voix, c'est clair, Stuart ne m'a pas pardonnée.

– Suis levée !, je rétorque.

– Petit-déjeuner en bas dans dix minutes, dit-il avec fermeté.

Je ne réponds pas.

– Jessie ?, aboie-t-il.

– J'ai entendu !, je crie, méchamment.

J'ai l'estomac retourné. La seule idée de manger me rend encore plus malade, mais en même temps c'est le seul moyen pour que je me sente mieux.

Pas le temps de me faire un shampoing, aujourd'hui, alors je passe en vitesse sous la douche et m'attache les cheveux, tendance tresses froissées, puis j'enfile l'uniforme du lycée, une robe à carreaux vert et blanc, longueur pas tout à fait réglementaire, légèrement au-dessus du genou. Je déteste cette robe. Vivement les vacances d'été, je pourrai me fringuer comme j'en ai envie.

Nouvelle rafale de nausées, mais cette fois, la sensation n'est pas due à mon état semi-comateux. En fait, j'appréhende ces vacances. Le bahut au moins m'occupe la tête. J'ai bien décroché quelques remplacements à la boutique de fringues où je travaille, mais ça ne suffira pas. On devait aller en Espagne, ma mère, Stu et moi. Maman avait proposé de faire les réservations, la semaine précédant sa mort. J'avais râlé parce que je ne voulais pas partir en vacances juste avec elle et Stu. C'est là qu'elle avait suggéré d'emmener Libby avec nous.

Une boule vient se loger en travers de ma gorge. Je la ravale en vitesse. Pas question de pleurer, pas maintenant.

Je me traîne jusqu'en bas, direction la cuisine. J'aperçois Stuart devant le grille-pain et, l'espace d'une poignée de secondes, je m'arrête dans le couloir et imagine Maman à sa place. En fermant très fort les yeux, en regardant à travers la fente, j'ai presque l'impression de la voir elle, qui attend que ma tartine dore. « Beurre de cacahuète ou pâte à tartiner ? », demanderait-elle. Je rouvre les yeux, dissipant le mirage, avant de pénétrer dans la cuisine.

– Que préfères-tu, toast ou céréales ?, m'accueille Stuart, sans même me regarder.

Il est manifestement toujours aussi en colère.

– Euh, un toast, s'il te plaît, je réponds, sur mes gardes.

Quand la tartine rebondit, il la pose sur une assiette.

– Je peux la beurrer, je propose, espérant l'amadouer.

Il me tend l'assiette d'un geste brusque, puis reprend sa position face au grille-pain, glisse deux tartines dedans pour lui. Nerveuse, je m'approche du plan de travail, tout près. Il pousse le beurrier vers moi.

Je suis petite, 1, 67 m et des poussières, Stu me dépasse de quinze bons centimètres. Mais avec son T-shirt à manches courtes, il fait encore plus gringalet. Il a les cheveux châtain foncé, tignasse sans forme, et porte des lunettes cerclées d'écaille. Le profil type de l'intello, mais apparemment certaines filles, au lycée, le trouvent sexy avec son look bcbg.

– Mais qu'est-ce que tu as donc dans la tête ?, explose-t-il si soudainement que j'en sursaute, une main sur le cœur.

– Tu veux me faire mourir de peur ou quoi !

– J'en ai plus qu'assez de tout ça, Jessie... (Il baisse les yeux sur moi tout en tripotant le couteau à beurre.) Comment as-tu pu me faire ça ? T'échapper par la fenêtre, en douce !

– Stu. Pose. Ce. Couteau, dis-je en détachant bien chaque mot, le plus calmement possible, mais il me dévisage avec tant de haine que j'en perds aussitôt l'envie de rire. Si tu ne me supportes plus, tu n'as qu'à me jeter dehors ! Ce n'est pas comme si j'étais ta fille. Au moins,

Maman ne m'a jamais menti sur ce sujet, avant de mourir.

Toute colère disparaît dans son regard, aussitôt remplacée par les regrets.

– Hé..., commence-t-il.

Mais je ne lui laisse pas le temps de finir. Je tourne les talons, attrape mon sac sur le carrelage de la cuisine et sors en claquant la porte.

– Jessie !, hurle-t-il à mes trousses, mais trop tard, je suis déjà loin.

Réaction un peu idiote, je réalise, sac à l'épaule, tout en m'éloignant de la rangée de maisons mitoyennes, comme on aimait tant les construire dans les années 1970. Notre quartier. Et maintenant, je vais devoir marcher et ce putain de bahut est à des bornes.

Sur mon chemin, je suis obligée de passer devant chez Libby. Je fais en sorte d'emprunter le trottoir d'en face, ainsi elle risque moins de m'apercevoir. Je marche tête baissée, les yeux rivés sur le bitume, mais mon instinct finit par prendre le dessus. Je ne peux m'empêcher de jeter un coup d'œil à sa maison. Une grande villa magnifique comparée à notre petit pavillon tout moche. Sa mère adore jardiner et ça se voit. Des haies taillées au cordeau, parterres de fleurs multicolores. La BMW gris métallisé de son père scintille sous le soleil, dans l'allée. Soudain, par la fenêtre de la cuisine, j'aperçois Libby, cheveux roux au carré, assise à la table entre ses frères, rouquins comme elle. Elle me tourne le dos. Puis sa mère apparaît à la fenêtre et son visage s'illumine quand elle me reconnaît. Je m'empresse de détourner les yeux, sans même lui laisser la chance de me faire un signe.

J'accélère le pas, mon cœur suit le rythme, et j'ai l'estomac noué par le chagrin et les regrets. La mère de Libby a toujours fait de son mieux pour que je me sente en famille avec eux. Mais aujourd'hui, Libby et moi n'avons plus rien en commun. Je me demande même si ce fut un jour le cas. Sa jolie maison, la bagnole de son père, tout ce bonheur autour de la table. Non, je ne fais pas partie de leur famille. Ni de la leur ni d'aucune.

Le problème, avec un beau-père qui travaille au lycée, c'est que je ne peux pas l'éviter tout le temps. J'arrive à lui échapper jusqu'à la récréation, mais quand je me rends à mon cours de physique, il m'intercepte dans le couloir.

– Bien, tu as eu au moins la décence de venir en cours, dit-il.

Je lève les yeux au ciel.

– Ne t'avise pas de disparaître, à la sortie. Nous devons parler, toi et moi.

– D'accord, mais ce soir, je sors.

– Tu sors quasiment tous les soirs, depuis quelque temps... Non, tu n'iras nulle part, répond-il, le regard froid, avant de s'éloigner pour rejoindre sa salle de classe.

On verra ça.

Je m'apprête à rejoindre ma salle quand je vois Tom et l'un de ses copains de foot, Chris, qui viennent dans ma direction. Je me dépêche de baisser la tête. M'ont-ils vue vomir sur le parking, hier soir ? C'est trop embarrassant.

– Hé, Jessie !, m'appelle Tom.

J'hésite devant la porte, me retourne. Il me sourit, puis d'un coup de menton désigne Stu dans le couloir.

– Des problèmes ?

– Possible, je marmonne avec un haussement d'épaules.

Il s'arrête à mon niveau, tandis que Chris poursuit son chemin, après un clignement d'œil à Tom. Ça veut dire quoi, ce manège ?

– Il t'a interdit de sortir ?, demande Tom, attirant mon attention.

– Qu'il essaie...

– Alors tu viendras à la fête, ce soir ?

– Bien sûr !

Wow, je rêve ou il a vraiment envie que je vienne ?

– Cool. Alors, à plus, dit-il avec un nouveau sourire, avant de repartir en petite foulée retrouver son copain.

Toute tremblante, j'aurais tendance à me reprocher mon émotion. Mais bon. Tom Ryder, le garçon le plus sexy du lycée, ne semble-t-il pas avoir un faible pour ma petite personne ? Re-Wow. Je me retourne et là, bim, je rentre en plein dans Libby.

– Ouf !, lâche-t-elle, le souffle coupé.

– Regarde donc où tu mets les pieds !, j'aboie, en la bousculant pour entrer dans la salle.

Une lueur de détresse se répand dans ses yeux noisette et instantanément, je culpabilise. Je déteste quand elle me fait me sentir comme ça. Je détestais déjà ses petites manœuvres, quand Maman était encore en vie, à toujours se rallier de son côté, jamais du mien, lorsque nous nous disputions. À me reprocher de chercher toujours la bagarre. À me dire que j'avais une sacrée chance d'avoir une mère aussi cool. Aujourd'hui, le seul fait de voir Libby me rappelle combien je considérais tout ça comme normal. Et je n'ai pas envie de me le rappeler. Raison de plus pour me débarrasser d'elle.

Je tire bruyamment ma chaise et m'effondre dessus, résignée à la perspective d'une heure de physique. Du coin de l'œil, j'observe Libby qui va tranquillement s'asseoir à côté d'Amanda Blackthorn. Amanda lui offre un grand sourire, que Libby lui rend, un peu sur la réserve. Maria, la meilleure amie d'Amanda, a récemment déménagé au nord du pays, alors elle est à l'affût et se cherche une autre meilleure amie. Je parie que Libby est partante. Amanda ne vit qu'à quelques pâtés de maison de chez elle et sa vie est aussi idyllique que la sienne. Elles sont mille fois plus assorties toutes les deux que nous ne l'étions, Libby et moi. Je pourrais dire que je m'en fiche, mais ce ne serait pas vrai.

À la sortie des cours, j'attends à côté de la Fiat blanche de Stuart, garée sur le parking réservé au personnel. Bientôt, il arrive, avec son regard des mauvais jours, et l'espace d'un instant, semble surpris de me trouver là. Croyant probablement que j'avais filé. Mais chaque chose en son temps. D'abord, l'embobiner pour l'amener à avoir confiance...

Wow, depuis quand suis-je aussi tordue ?

Depuis que ma mère ne s'est pas montrée à ma fête d'anniversaire, la voilà la réponse.

Le chagrin me broie le cœur et je fais de mon mieux pour l'en expulser et ne garder à l'intérieur que de la colère. Je m'écarte de la bagnole et fixe du regard Stu qui traîne le pas.

– Surtout, prends ton temps, ne te gêne pas, je marmonne.

– Monte dans la voiture, répond-il en la déverrouillant.

Je m'exécute en faisant la gueule.

– Comment s'est passée ta journée ?, me demande-t-il.

– Tiens, c'est l'heure des banalités ?

– Bien, dit-il sèchement. On oublie les banalités. Dis-moi plutôt quand tu vas arrêter de te faire du mal comme ça.

– N'importe quoi !

Il se tourne pour me regarder.

– Tu sais, personne n'a le pouvoir de te faire souffrir comme tu le fais.

– N'importe quoi. Un *serial killer* pourrait très bien m'arracher le cœur !, je réponds en élevant la voix. Au sens propre, j'ajoute, parce que j'ai parfois l'impression que c'est ce qui est arrivé, avec la disparition de ma mère. Un psychopathe pourrait me violer et m'assassiner ou… Ou…

Une baie vitrée pourrait tomber du quatrième étage et m'exploser dessus, juste au moment où je passe pour aller acheter un gâteau d'anniversaire…

Soudain, je ravale mes sanglots. Je ne pense plus qu'à une chose, sortir de cette voiture et m'enfuir, m'enfuir loin d'ici, mais la main de Stuart atterrit sur mon bras. Face à cette pitié dans ses yeux, j'ai envie de le cogner pour qu'il arrête de me regarder comme ça. Mais l'énergie me manque, alors je reste assise à pleurer toutes les larmes de mon corps.

– Jessie… C'est bon. Moi aussi, elle me manque, murmure-t-il avec douceur. Je suis là, avec toi.

Pour combien de temps ? Quelle raison aurait-il de rester auprès de moi, maintenant ? Il ne me doit rien. Il n'était là que pour ma mère.

Ce n'est pas vrai, me dit une petite voix dans ma tête, mais je la fais taire aussitôt. Il n'est pas mon père, même si Maman n'a pas arrêté de me dire que c'était du pareil au même. Je ne l'ai jamais appelé « Papa ». Pour moi, il est juste Stu.

Je dégage mon bras, m'essuie les yeux d'un revers de manche en reniflant bruyamment. Puis je colle le nez à la vitre.

– Bon, on rentre ou quoi ? Si quelqu'un me voit ici avec le prof de maths, j'ai pas fini d'en entendre parler !

Stu met le contact, mais juste avant de démarrer, il dit :

– Tu peux m'envoyer promener autant que tu veux, je ne te laisserai pas. Autant que tu le saches.

Et quand il sort du parking, à nouveau je suis sur le point de fondre en larmes.

Ce soir, Stuart et moi, nous faisons la paix, une paix fragile, plutôt une sorte de trêve. Il a la délicatesse de ne pas m'obliger à manger avec lui à la table de la cuisine, pour discuter de tout et de rien comme une famille normale. Au lieu de ça, on emporte nos assiettes de spaghetti bolognaise dans le salon et on s'installe devant la télé. À peine s'il bouge un sourcil quand je fais tomber un spaghetti rouge sang sur le tapis. Il me laisse même regarder l'un de mes *reality shows* complètement débile, et ce n'est vraiment pas sa tasse de thé. En fin de compte, je me sens plutôt bien, sauf que dans un coin de ma tête je n'arrête pas de penser à la fête de ce soir, chez Natalie et Mike. Une fête où je suis déterminée à me rendre, quitte à déclencher la Troisième Guerre mondiale. Je réfléchis à un moyen de convaincre Stu de me laisser sortir, selon ses propres conditions. De me voir si désemparée tout à l'heure a bien dû l'attendrir.

– Merci pour le dîner, dis-je, aimable.

– Je t'en prie, répond-il, sur ses gardes.

– Stu…

– Tu ne sors pas ce soir.

– Stu, s'il te plaît, dis-je en coupant le son de la télé.

– Non, Jessie, dit-il avec fermeté.

– Mais pourquoi ?, je réponds, en m'efforçant de rester calme – il sera encore moins bien disposé, si je m'énerve.

– Parce que tu brûles la chandelle par les deux bouts depuis trop longtemps. Tu peux bien, pour une fois, passer la soirée à la maison. Et puis, Natalie et cette bande avec laquelle tu traînes ont une mauvaise influence sur toi.

– Non, c'est faux, je réponds avec un haussement d'épaules.

– Je m'inquiète pour toi.

– Tu n'as aucune raison de t'inquié…

– Vraiment ?, m'interrompt-il, avec son regard en acier trempé.

– Non. Vraiment…

Je baisse les yeux et examine mes ongles, vernis en déroute.

– Tu n'as que quinze ans, Jessie, me fait-il remarquer. Tu es sous ma responsabilité et j'ai obligation de veiller à ta sécurité, que cela te plaise ou pas.

– Mais je ne suis pas en danger !

– Pas en danger ? En picolant et en fumant et en faisant Dieu sait quoi d'autre ?

– Ce n'est rien qu'une fête, chez mes amis, je réponds en évitant de hausser le ton, cela ne me mènerait à rien. Je sais, je ne suis pas facile depuis quelque temps, mais c'est un peu normal… (Une boule se coince dans ma gorge, pratique, ainsi je n'ai pas à faire semblant.) J'ai bien le droit de vouloir me remonter le moral.

– On pourrait regarder un film. Manger une glace ?, suggère-t-il.

– Oh, par pitié, Stu ! Je ne suis plus une enfant, je réplique, en colère.

Il fronce les sourcils.

– Allez, je ferai attention. Je ne boirai pas, je te promets – pas comme un trou, j'ajoute en silence. Si tu veux, tu peux m'accompagner et venir me chercher.

– Oh, sympa, merci beaucoup, dit-il, sarcastique. Belle soirée en perspective que de jouer le taxi.

– S'il te plaît… Allez.

Il me prend la télécommande, remet le son de la télé et regarde fixement l'écran. J'essaie une dernière fois. Après ça, je renonce et je sortirai quand même.

– S'il te plaît, je répète.

Il ne répond pas, je prends donc ça pour un oui.

– Merci, je soupire, soulagée, avant de bondir pour lui coller sur la joue un baiser mémorable.

Puis je me rue dans l'escalier, direction ma chambre, pour me préparer. Grâce au ciel, il ne m'arrête pas.

3.

– N'oublie pas, ni tabac ni alcool, me répète Stu avec sévérité, mains sur le volant.

On est devant chez Natalie, garé juste un peu plus bas, comme je le lui ai demandé.

– Promis, je réponds, impatiente de descendre de voiture.

– Appelle-moi. Je viendrai te chercher à vingt-trois heures trente maxi. Je te fais confiance, Jessie. Alors je t'en prie, ne me déçois pas.

Le con. Maintenant, je vais culpabiliser.

– D'accord, d'accord, je réponds en levant les yeux au ciel, tout en posant un pied sur le trottoir. (Je me tourne vers lui.) Merci pour le taxi, j'ajoute avec un sourire forcé, mais je vois bien dans ses yeux cette suspicion quand je claque la portière.

Je me dépêche de m'éloigner, au cas où il changerait d'avis, les talons de mes bottines claquent sur le béton.

Je porte mon short caramel qui met le bronzage de mes guiboles en valeur et un top crème à manches longues en dentelle. Cheveux détachés, brushing crinière. Les yeux tracés au khôl noir, gloss rose sur les lèvres. Tom a intérêt à apprécier mes efforts.

Alors que je remonte l'allée menant à la maison de Natalie, je comprends aux vibrations des basses à travers les murs que la fête a déjà commencé. J'espère que les voisins sont absents. Les parents de Natalie sont super cool, c'est l'une des raisons pour lesquelles je les aime bien. Ils ne sont pas collants, à essayer de vous materner et de vous faire croire que la vie est belle. Tout l'inverse des parents de Libby. Bref, c'est bien le genre à avoir donné le feu vert à leur progéniture, pour cette fête, en dépit des plaintes du voisinage par le passé pour tapage nocturne.

Je sonne et une minute plus tard, Natalie vient m'ouvrir, une clope dans une main, une canette de cidre dans l'autre. Soulagée, j'aperçois Stu qui disparaît au bout de la rue.

– Jessie !, hurle-t-elle.

Elle m'attire à l'intérieur et claque la porte derrière moi. Elle a rassemblé ses cheveux en une sorte de chignon déstructuré avec quelques mèches folles qui lui retombent autour du visage. Top noir, short noir et chaussures à talons compensés.

– Dingue !, s'exclame-t-elle en regardant mon short. Tu es super !, gueule-t-elle par-dessus les décibels.

– Toi aussi !

– J'ai cru que tu étais privée de sortie !

– Stu a changé d'avis. Mais de toute façon, je serais venue quand même. Il ne m'empêchera pas de faire ce que je veux.

– Désolée, j'aurais dû savoir que tu ne te laisserais pas faire, dit-elle dans un éclat de rire en m'entraînant vers la cuisine.

Au passage, je jette un œil dans le salon. Des corps sont alanguis sur les canapés, tandis qu'un mec, casque audio en travers de la tête, s'affaire aux platines dans un coin de la pièce. J'agite la main à l'attention de Mike, le frangin de Natalie, il me répond mollement. Aucun signe de Tom.

– Tout le monde est là ?, je demande.

– Non, mais il n'est que vingt heures, répond-elle.

En moins d'une seconde, je me crispe. Et s'il ne venait pas ?

– Tu veux boire quoi ?

Je donnerais n'importe quoi pour un truc qui m'anesthésie les nerfs. Ce que le cidre ou la vodka en général font très bien, mais le visage de Stu s'affiche en fluo dans mon esprit. J'ai promis...

– Un coup de cidre ?, suggère Natalie, espiègle.

– Non, je vais prendre un Coca, je réponds, déterminée.

Elle rit et sort une canette de cidre du réfrigérateur.

– Je suis sérieuse, je précise avec le sourire, en refusant de prendre la cannette. Mon foie a besoin d'une pause.

Elle me regarde bizarrement et verse un peu de Coca dans un verre. Puis elle attrape une bouteille de vodka et l'incline au-dessus.

– Peut-être plus tard...

Et je lui pique mon verre avant qu'elle ne le remplisse d'alcool.

– Allons prendre l'air, dit-elle. (Elle pose la bouteille sur le comptoir et me fait signe de la suivre par la porte-fenêtre qui ouvre sur le jardin.) J'ai interdit aux autres de fumer, tu le crois ?, rit-elle en balançant sa cendre dans le pot d'un arbuste.

Dougie et Em sont assis autour de la table, leur visage éclairé par les bougies posées juste devant eux dans des photophores de toutes les couleurs. On se dit bonjour puis je m'assieds avec eux.

Je n'en reviens toujours pas de me sentir aussi bien en leur compagnie, étant donné qu'ils sont tous plus âgés que moi. Je les croisais souvent, au lycée, mais jamais on ne s'était adressé la parole. Libby n'osait pas les approcher. Moi, ils ne me faisaient pas peur.

Comme quoi la vie est étrange, car d'une certaine façon, si on a commencé à se fréquenter, c'est un peu *à cause* de Libby. Il y a un an environ, la mère de Libby était venue la chercher pour un rendez-vous chez le dentiste et plus tard, Libby m'avait raconté avoir vu Natalie et Aaron en train de sécher les cours, cigarette au bec. Et que Natalie lui avait lancé un regard assassin. J'ai pensé qu'elle racontait des histoires, jusqu'au lendemain, au bahut, quand Natalie a bousculé Libby dans le couloir. Elle s'est plantée devant elle, deux doigts sous les yeux qu'elle avait ensuite pointés sur Libby, comme pour dire : « Je t'ai à l'œil ». La tête de Libby ! Terrifiée. Sa réaction m'avait tellement énervée que je m'en étais prise à Natalie.

– Tu cherches quoi, là ? Si elle avait voulu te balancer, ça serait déjà fait !

À ce moment-là, Mme Rakeman avait surgi dans le couloir et on en était resté là.

Le week-end d'après, on devait aller à une soirée pour l'anniversaire d'une copine – tous les élèves de seconde étaient invités. Les parents de la copine en question, qui étaient bourrés de fric, avaient sorti le grand jeu à la salle des fêtes du rugby club. Pas mal d'élèves des classes au-dessus seraient là aussi. Libby n'avait pas trop envie d'y aller – elle préférait rester à la maison, pour une soirée cocoon entre filles –, mais j'avais fini par la convaincre. En y repensant, nous avions déjà des avis différents sur pas mal de trucs. Mais à l'époque, je ne m'en rendais pas compte. Je pensais qu'elle changerait, finirait par grandir et aspirer aux mêmes choses que moi. Mais ça ne s'est pas passé comme ça.

Bref, Natalie et les autres s'étaient pointés à la fête et, en les voyant, Libby avait paniqué, persuadée que Natalie ne manquerait pas de s'en prendre à elle. Je l'avais rassurée de mon mieux, en lui disant que je resterais avec elle. Un peu plus tard, nous étions allées ensemble aux toilettes quand soudain Natalie était sortie de l'un des W.-C. Elle était encore devant la glace à retoucher son maquillage lorsque j'avais à mon tour émergé du petit coin. J'étais là à l'ignorer superbement tout en retouchant mon rouge à lèvres, quand j'avais surpris ses yeux sur moi, dans la glace.

– Quoi ?, avais-je aboyé, en lui faisant face.

– Je trouve que cette couleur te va bien, avait-elle répondu, à ma grande surprise.

– Tu veux essayer ?

Et je lui avais tendu mon tube, de mauvaise grâce.

– Merci…

Elle l'avait pris, en avait mis une couche puis m'avait rendu mon gloss, juste au moment où Libby sortait des W.-C., livide, l'air tétanisé par la peur. Natalie était alors sortie des toilettes, sans même lui accorder un regard.

Un peu plus tard, je tombais à nouveau sur elle, au bar.

– Tu aurais une clope ?, m'avait-elle demandé.

– Non, je ne fume pas.

– Tu devrais essayer. Ça pourrait te plaire, avait-elle remarqué avec un sourire effronté.

J'avais haussé les épaules.

Après ça, au lycée, elle s'était montrée plus amicale envers moi, me souriant même, quand on se croisait dans les couloirs. Un jour, je l'avais trouvée en train de distribuer des flyers et quand j'étais passée devant elle, elle m'en avait tendu un. C'était une invitation pour la fête d'Halloween, chez elle. Le bruit courait que les parents de Natalie seraient absents. Libby n'était pas chaude pour y aller, mais j'avais réussi en fin de compte à l'y traîner.

Elle avait été pitoyable, ce soir-là. Tout le monde là-bas avait un voire deux ans de plus que nous et ça buvait, ça fumait. Libby voulait rentrer chez elle, mais moi, je m'amusais. Cette fête était différente des autres. Les gens étaient cool, la musique bonne et j'étais fière d'y avoir été invitée, moi, pas Libby.

Libby qui à un moment avait eu envie de faire pipi. Seul problème, elle n'osait pas traverser la maison pour y aller toute seule, donc je l'avais accompagnée, ne me privant pas au passage de la trouver ridicule. Apercevant Natalie, je lui avais demandé où se trouvaient les toilettes.

– À l'étage, avait-elle répondu. Hé, j'adore tes cornes !, s'était-elle exclamée en m'attirant à l'écart avec un grand sourire.

Je portais ce soir-là des cornes de diablotin rouge fluo et une robe noire.

Dans l'escalier, Libby m'attendait en me jetant des regards inquiets.

– Je te retrouve là-haut !, lui avais-je lancé, avant de reporter mon attention sur Natalie. Il est super, ton tatouage, avais-je dit en désignant le faux tatoo représentant une araignée, sur son bras. Ça fait mal ?, avais-je demandé, pince-sans-rire.

– C'est pas un vrai, s'était-elle moquée.

– Sans blague ?, avais-je répondu, narquoise.

– Ah, tu m'as bien eue !, avait-elle alors éclaté de rire. N'empêche, j'aimerais bien en avoir un vrai, avait-elle soupiré. Mes parents sont relax, mais pas à ce point… Hé, viens, je vais te présenter à des gens, avait-elle soudain ajouté.

Je m'en voulais un peu d'abandonner Libby, mais elle était si collante ce soir-là et Natalie tellement plus marrante. Elle m'avait entraînée dehors pour me présenter Em et Dougie, puis s'était allumé une cigarette.

– T'en veux une ?

J'avais répondu bien sûr avec un haussement d'épaules, mais quand j'avais été prise d'une quinte de toux, ils avaient tous éclaté de rire.

– Bois un coup, avait dit Natalie en me passant un verre de ce que je croyais être du Coca.

En fait une vodka-coca. Ça m'avait fait tourner un peu la tête. Peu après, Libby nous avait rejoints, visiblement choquée de me voir assise avec les autres, à rire et déconner.

– Ma mère arrive, avait-elle dit froidement.

– Tu l'as appelée ?, avais-je répondu, incrédule, secouant la tête avec mépris quand elle avait fait signe que oui. Putain, Libby !

Suite à ça, notre relation avait été tendue quelque temps, même si les choses peu à peu semblaient rentrer dans l'ordre. Puis Maman est morte et à partir de là, tout s'est mis à partir en vrille.

Je m'étonne encore de la rapidité avec laquelle la colère a pris le pas sur la tristesse. Au début, je me suis renfermée sur moi-même. Personne n'arrivait à me consoler. J'étais orpheline, jamais je ne m'étais sentie aussi seule. Puis la rage s'est emparée de moi. J'avais déjà pas mal manqué l'école, après le décès de Maman, mais là, j'ai commencé à sécher les cours, même si Stu avait jugé que j'étais prête à retourner au bahut. Un jour, j'ai croisé Natalie et Aaron, au parc, et comme par enchantement, mes pieds se sont mis à les suivre. Ça allait tellement de soi. Ils ne m'ont posé aucune question sur ma mère. Ils ne m'ont pas fait de grands discours, ne se sont pas apitoyés sur mon sort, contrairement aux autres, dégoulinant de bonté pour la pauvre petite Jessie. Contrairement à Libby. Elle qui n'en finissait pas de me demander comment je me sentais, qui me serrait sans cesse dans ses bras jusqu'à me faire pleurer. Sa compassion m'étouffait. Elle me déprimait à toujours me rappeler ce que j'avais perdu et que je croyais éternel.

Pas Natalie, ni ses copains. Ils étaient tous si drôles, joyeux, sympathiques. Lumineux et imprévisibles. Résultat, ils ont fini par me détourner de moi-même et de mon désespoir. Et ils continuent à le faire aujourd'hui.

Un coup de sonnette retentit, m'arrache à mes pensées. Natalie, à regret, me tend sa clope.

– Tiens-moi ça un moment, Jess.

Elle va ainsi faire l'aller-retour à la porte toute la soirée. Son frère Mike n'est pas du genre à bouger ses fesses du canapé. Elle disparaît à l'intérieur et, sa clope entre les doigts, sur un coup de tête, j'en prends une bouffée. En une fraction de seconde, ça me donne envie de boire. Merde, rien qu'une goutte. Stu n'en saura rien. De toute façon, j'ai déjà trahi une promesse, alors une de plus... Je retourne dans la cuisine, attrape la bouteille de vodka. Je suis en train de m'en verser une rasade quand Natalie réapparaît.

– Je savais que tu finirais par te lâcher !, s'exclame-t-elle.

Derrière elle, j'aperçois Tom et Chris dans le couloir. Ça devait être eux, à la porte.

– Salut, Jessie !, dit Tom.

Nos regards se croisent.

– Salut...

Je rends sa cigarette à Natalie et avale une gorgée de vodka. La chaleur qui m'envahit à ce moment doit sans doute être liée à l'alcool, mais j'ai le sentiment que la présence de Tom y contribue beaucoup.

Deux heures plus tard, je passe une super soirée. On est dans le salon, la musique à fond et certains d'entre nous dansent. Tom est dehors, je crois, mais je me suis interdit de le suivre comme un gentil petit toutou. On ne s'est pas dit grand-chose. Il doit y avoir quinze ou vingt personnes dans la maison – une partie dans la pièce à côté, la salle télé, où Natalie vient d'installer SingStar sur la Playstation de Mike. J'ai suffisamment bu pour envisager de participer. Tant mieux, parce que c'est exactement ce que Natalie décide, deux minutes plus tard.

– Viens chanter !, m'ordonne-t-elle en me traînant dans la pièce voisine.

– Tu veux te mesurer à moi ?, je demande avec un sourire.

– Certainement pas. Je ne suis pas idiote. Qui veut défier l'immense Jessie ?, hurle-t-elle dans la salle remplie de monde en tenant ma main en l'air, comme si j'étais une championne du ring. Deux mecs bourrés hurlent « Moi ! », alors Natalie fait signe à une sorte de géant ébouriffé de terminale qui, je crois, sort avec l'une de ses copines.

– Quelle chanson ?, demande-t-elle.

– Il n'a qu'à choisir, je réponds avec bienveillance, en regardant mon adversaire.

Impossible de me rappeler son nom, mais quelle importance, je vais le déchirer. Avec l'alcool, ma confiance en moi est décuplée.

– Un truc rock ou pop, dit-il à Natalie qui navigue dans le menu.

Parfait.

– *I Believe in a Thing Called Love* !, s'exclame-t-il quand le nom de The Darkness s'affiche à l'écran. Je l'observe à la dérobée. Un choix intéressant…

Une minute plus tard, dans la pièce, tout le monde crie et rit, certains chantent aussi. C'est à mourir de rire. Je ne fais pas le maximum de points, la chanson n'est pas si facile, mais je décroche la mention Superstar, tandis que lui s'arrête à Wannabe. Je dois avoir picolé un peu trop pour m'amuser autant. Jamais je ne chante en public, normalement et, wow, Tom vient juste d'entrer dans la pièce. C'est sûr, je suis définitivement saoûle, puisque je reste là au lieu de m'enfuir.

Je m'efforce de ne pas trop le regarder, alors que mon prochain adversaire choisit *Celebrity Skin* de Hole. La chanson démarre et je tente de faire honneur à Courtney Love. À l'expression médusée de Natalie, je comprends que j'assure. Naturellement, je gagne encore une fois. Je risque alors un coup d'œil derrière moi et vois Tom appuyé contre le mur, bras croisés. Il porte un jean noir, un T-shirt gris souris. Sexy comme jamais. Il me sourit, hausse un sourcil.

Un groupe de filles hilares pousse une de leurs copines vers moi pour la chanson suivante. Je me recoiffe d'un geste et me prépare à massacrer ma prochaine victime, quand elle choisit *Never Tear Us Apart* de INXS. Alors soudain, je sens le sol qui se dérobe sous mes pieds. Pas cette chanson. Tout sauf cette chanson-là. La dernière fois que je l'ai entendue, c'était à l'enterrement de ma mère. L'une de ses chansons préférées...

Natalie continue de me regarder, tout sourire. Ignorant ce que cette chanson signifie pour moi. Nous n'étions pas amies quand Maman est partie. Elle n'est pas venue aux obsèques. Elle ne savait même pas à quoi ressemblait ma mère. C'est ça, le truc. Natalie est une nouvelle amie, elle représente l'avenir, pas le passé. À l'inverse de Libby.

Libby adorait Maman. Elle prenait toujours sa défense quand elle me criait dessus. Souvent, Libby disait que ma mère me ressemblait. Elle adorait la musique, avait gardé une âme d'ado et était libre dans sa tête, une vraie rockeuse. Digne d'être mon amie. Mais je n'avais que faire d'une amie. Je voulais une maman. Comme celle de Libby. Quelqu'un qui me mitonne des petits plats gourmands, qui s'occupe du jardin, qui porte des vêtements de son âge. Et qui ne s'amuse pas à télécharger ma musique sur son putain d'ordinateur en permanence.

J'ai été affreusement méchante avec Maman, à cause de tout ça. Et aujourd'hui, elle est partie et je ne pourrai jamais lui dire combien je m'en veux. Que je l'aimais. Qu'elle me manque.

Ma gorge se serre. Il m'est impossible de chanter cette chanson. Alors je m'enfuis en courant hors de cette pièce avant ces paroles qui parlent de vivre mille ans.

Ma mère n'a même pas vécu jusqu'à quarante.

Je me réfugie dans le jardin, me dirige vers le banc, tout au fond. J'ai besoin de reprendre mes esprits. Au moment où je vais m'asseoir, je sursaute, surprise de voir Tom. Il m'a suivie.

– Tu vas bien ?, demande-t-il, l'air inquiet, quand je me pose, essuyant les larmes sur mes joues.

– Ça va aller, je bredouille.

Il s'accroupit devant moi, son visage à quelques centimètres à peine du mien. Je peux voir ses yeux marron presque noirs, dans la pénombre.

– Que se passe-t-il ?, murmure-t-il.

– Cette chanson… Elle me rappelle ma mère.

Comment j'arrive à lui avouer cela, mystère, mais ça me vient tout naturellement. Alors que je n'ai parlé à personne de Maman, ces derniers temps.

Je le vois qui a du mal à déglutir, pomme d'Adam bloquée. Il se relève et je pense qu'il va déguerpir, parce que c'est trop, mais au lieu de ça, il s'assied à côté de moi.

– C'est normal de pleurer. Ça n'a rien de comparable, je sais, mais quand mon père est parti, j'ai dû pleurer tous les jours pendant six mois. Peut-être plus.

– Je ne savais pas que ton père était parti, je réponds d'une voix tremblante, déconcertée.

Il tourne son visage vers moi, mais évite mon regard.

– Il nous a laissés il y a un peu plus d'un an.

– Où est-il allé ?

– Aux États-Unis. Avec une femme qu'il voyait depuis trois ans, ajoute-t-il avec amertume.

– Wow. Et tu ne l'as pas revu, depuis ?

– Ce n'est pas la question. Le problème, c'est que ma mère était dévastée.

– Mais tu avais forcément envie de le voir, dis-je avec douceur, l'esprit miraculeusement clair, vu la dose massive de vodka que j'ai ingurgitée.

– Je ne pouvais pas.

Je comprends qu'il le pouvait, mais qu'il avait le sentiment de ne pas le pouvoir, par loyauté envers sa mère. Ce qui me le rend plus cher encore.

– Je suis vraiment désolée.

– JESS !, appelle à ce moment Natalie depuis la maison. Tu es là ?

– Oui !, je réponds avec lassitude.

Elle descend en courant la petite allée, avant de stopper net en apercevant Tom.

– Ça va ?, demande-t-elle.

– Je vais bien.

À mon grand désarroi, Tom se lève.

– Je vous laisse, dit-il.

Pour un peu, je bondirais en hurlant : « Ne pars pas ! », mais Natalie prend sa place et je le regarde retourner vers la maison, le cœur serré.

– Qu'ont dit les autres ?, je demande, découragée en le voyant disparaître à l'intérieur.

– Oh, ne t'en fais pas pour eux. Ils croient juste que tu as filé pour aller vomir.

– Génial, je marmonne avec ironie, bien sûr.

– Et tu as gerbé ?

– Mais non ! C'est juste qu'un mauvais souvenir m'a traversé la tête… Je n'ai pas envie d'entrer dans les détails.

– Concernant ta mère ?, demande-t-elle, mal à l'aise.

– Oui. Mais s'il te plaît, n'en parlons plus, sinon je vais me remettre à pleurer.

– D'accord…

Elle paraît soulagée. Encore une preuve qu'elle n'est pas accro aux confidences.

– Et Tom, qu'est-ce qu'il t'a dit ?, demande-t-elle avec curiosité.

– Rien de particulier.

– Désolée, je ne voulais pas vous interrompre, je n'avais pas vu qu'il était là avec toi.

– Ne sois pas bête.

Elle me donne un petit coup de coude.

– Tu veux un autre verre ?

– Non, je pense qu'il vaut mieux que je m'arrête là.

– Tu stresses à cause de M. Taylor ?, me taquine-t-elle.

– Un peu, j'avoue.

– Une cigarette, alors ? Moi, je n'en ai plus, mais je peux aller en piquer une à quelqu'un, si tu veux.

– Non, c'est bon, je réponds avec un sourire.

– Tu chantes hyper bien, dit-elle soudain, pouce levé. On devrait former un groupe.

– Oh, sérieux ?, je réponds, pas peu fière de moi. Et quel style de groupe ?

– Sais pas. Moi, je cognerai comme une malade à la batterie…

– C'est déjà un grand pas d'assuré vers le succès, je réponds en pouffant.

– Je me demande si Tom sait jouer de la guitare, dit-elle, le nez en l'air, avant de me bousculer gentiment. Il est dingue de toi.

– Allez, rentrons, je réponds en souriant.

De retour à la cuisine, je cherche quelque chose à me mettre sous la dent.

– Je ne peux pas rentrer soûle à la maison, j'explique à Natalie qui sort chips et biscuits des placards. Au fait, quelle heure est-il ? Stu a dit qu'il viendrait me chercher à vingt-trois heures trente au plus tard.

Je regarde autour de moi, aucune horloge au mur et j'ai laissé mon téléphone dans mon sac, dans la chambre de Natalie. Le micro-ondes affiche « 00.33 ».

– Merde ! C'est la bonne heure ?

– Non, répond Natalie. Cette pendule a toujours déconné.

– Et celle-là ?, je demande en désignant le four dont l'horloge marque 10.45.

– Non plus, il faudrait toutes les réinitialiser.

– Quel bordel !

Je ris avant de sortir de la cuisine pour aller récupérer mon mobile. Il faut absolument que j'envoie un texto à Stu. Je vais pour m'élancer dans l'escalier quand j'aperçois deux silhouettes enlacées. La fille et le garçon se tournent vers moi et je sens mon sang se glacer. C'est Tom et Isla. Son ex.

– Pardon, dis-je, et Tom se colle à Isla pour me laisser passer.

Je croyais qu'ils avaient rompu, mais ils semblent très proches.

Je suis au bord de la nausée quand je pénètre dans la chambre de Natalie. J'attrape mon téléphone. Trois appels manqués de Stu. Merde ! Il est vingt-trois heures vingt-cinq. J'ai picolé, j'ai fumé, mais si je lui envoie un texto tout de suite, au moins ne me maudira-t-il pas en plus pour ne pas avoir respecté le couvre-feu. Je tape vite fait : « Dsl. Je suis prête. »

Il me répond tout de suite pour me dire qu'il est en route. Je range mon téléphone, glisse mon sac sur l'épaule et respire un bon coup avant de redescendre. Tom et Isla sont encore là, en train de discuter.

– Excusez-moi, dis-je en commençant à descendre, le cœur au bord de l'implosion.

Une fois de plus, Tom s'écarte pour me libérer le passage.

– Tu t'en vas ?, demande-t-il en voyant mon sac.

– Ouais, je dois rentrer.

Je ne regarde pas Isla, mais la tension entre eux est palpable. Je parie qu'elle cherche à le récupérer. Et pourquoi ne se laisserait-il pas convaincre ? Elle est populaire, belle et intelligente. À côté d'elle, je dois ressembler à rien. Si j'étais Tom, je ne m'intéresserais pas à cette fille hystérique qui pleure à une fête. Je me mords discrètement la lèvre pour ravaler mes sanglots et je vais dire au revoir à Natalie. Je la retrouve dans le jardin, en train de fumer avec d'autres.

– Je décolle, lui dis-je en me penchant pour lui faire la bise.

– Non, c'est vrai ?

– Oui, Stu ne va pas tarder.

– Tu ne peux pas rester encore un peu ?

– Non, il va péter un câble si je le fais attendre.

– OK, soupire-t-elle, visiblement déçue. Appelle-moi, demain.

– Promis…

Je retourne dans la maison et me dirige droit vers la porte, en évitant bien de regarder du côté de l'escalier avant de sortir.

– Tu as fumé, dit Stuart à la seconde même où je monte dans la voiture. Et bu. Tu sens mauvais, ajoute-t-il avec colère.

– Mais je suis là, non ?

– Bon sang, Jessie !, aboie-t-il. Quand tout ceci va-t-il cesser ?

– Je t'en prie, Stu, je chuchote dans un soupir. J'ai passé une sale soirée.

– Ça m'est complètement égal ! Tu m'avais promis. Tu m'as trahi. Tu n'en finis pas de me trahir ! Comment veux-tu que je te fasse confiance avec des comportements pareils ?

– Je t'en prie, je répète, au bord des larmes.

Je n'ai pas l'énergie. Voir Tom avec Isla m'a fait plus de mal que je ne l'aurais imaginé. J'ai pourtant eu l'impression que quelque chose se passait entre nous, dans le jardin, mais apparemment, je me suis trompée.

– Tu es un sacré numéro, tu le sais ça ?

Il démarre et je ne prends même plus la peine d'essuyer mes larmes tout le long du trajet. Il doit croire que je pleure pour l'amadouer, mais cette fois, il fait erreur. Je regrette d'être sortie ce soir. Ma vie est suffisamment dévastée comme ça, je n'avais pas besoin d'une autre raison de souffrir.

4.

– On va chez Hendley, ce soir, m'apprend Natalie le lendemain quand elle m'appelle, en pleine pause déjeuner.

Je suis à la boutique et ça me tue d'être coincée au boulot par une aussi belle journée. En plein cœur du centre commercial, par la verrière de l'atrium, je peux voir le ciel bleu azur, mais les néons autour de moi vampirisent la lumière naturelle. Et comme à chaque fois, ça me déprime.

– Je ne sais pas, je réponds, indécise. Stuart fait encore la gueule, ce matin, même si je lui ai présenté des excuses.

– Allez, on peut y aller directement quand tu seras sortie du travail. On sera toute une bande.

– Qui par exemple ?

– Tout le monde. Aaron, Dougie, Em, Mike et certains de ses potes…

Elle hésite, avant d'ajouter :

— Tom, je ne sais pas.

J'inspire un grand coup et fais en sorte qu'elle ne m'entende pas soupirer.

– Tu l'as vu, hier soir, avec Isla ?, je demande, posant enfin la question qui me hante.

– Oui, je les ai vus discuter ensemble, répond-elle, gênée, et je suis mortifiée.

Ce que je ressens pour lui doit être tellement évident. Je donnerais n'importe quoi pour que ça ne le soit pas.

— Mais d'après moi, il ne s'est rien passé, ajoute-t-elle, soucieuse de me réconforter.

– Ça m'est égal, dis-je et comme elle ne répond pas, je me sens encore plus mal à l'aise.

– Allez, viens, répète-t-elle. Même si Tom n'est pas là, on va se marrer.

Et merde.

– Pourquoi pas…

Après le boulot, je retrouve donc les autres à la gare et une fois dans le train, j'envoie un texto à Stu. En temps normal, comme on ne vit pas loin du centre de Maidenhead, je rentre à pied à la maison, il doit donc attendre mon retour. Il m'appelle dès réception du texto, mais j'appuie sur « Ignorer l'appel ».

– Il va être fou de rage, dis-je à Natalie, assise à côté de moi.

Les autres bavardent et chahutent autour de nous. Elle secoue la tête. Ses parents sont si cool qu'elle a du mal à comprendre le comportement surprotecteur de Stu. Je m'efforce de ne pas montrer mon inquiétude.

– Mais bon, ce qui est fait est fait…

À ce moment, mon téléphone bipe pour m'annoncer l'arrivée d'un message. Anxieuse, je regarde. « Ramène tes fesses à la maison illico. »

– Qu'est-ce que ça dit ?, demande Natalie. (Je lui montre.) Oops, ajoute-t-elle en guise de commentaire.

– Il va me tuer, c'est sûr, je soupire, avec un calme relatif, tout en fixant du regard le vieux chewing-gum collé à l'arrière du siège devant moi.

Un nouveau bip. « Je suis sérieux. »

Je me mordille la lèvre. Natalie s'empare de mon téléphone pour lire le message de Stu.

– Que vas-tu lui répondre ?

Je hausse les épaules en regardant les champs de colza défiler derrière la vitre.

– Je suis dans le train, qu'est-ce que je peux faire ?

– Tu ferais mieux de le prévenir, me conseille-t-elle.

Ce que je fais.

Un bip. « Prends le prochain pour rentrer ! »

Je tape en soupirant ma réponse. « Je ne le ferai pas, tu le sais. »

J'attends bien une demi-minute sa réponse. « C'est terminé, tu es allée trop loin ! »

L'angoisse me submerge. L'aurais-je poussé à bout ? Que va-t-il faire ? Me jeter dehors ?

Je réponds « Désolée. Vraiment. »

Et il répond : « M'en moque, c'est trop tard. »

– Merde, je marmonne en montrant, tremblante, notre dernier échange à Natalie. Oh, et puis zut, j'ajoute, sur un ton que je veux léger. Comme tu l'as dit, ce qui est fait est fait. Je ferais mieux de profiter de mes dernières heures de liberté avant qu'il ne m'enferme pour de bon.

Comme par miracle, mes appréhensions se dissipent quand on arrive sur les berges, avec Tom qui est là, entouré par certains de ses amis. Je note avec soulagement qu'il n'est avec aucune fille. J'évite son regard, genre la fille qui n'en a rien à faire, tandis que nous traversons le parking jusqu'à la rivière. C'est une soirée superbe, l'air est saturé d'odeurs de gazon fraîchement tondu et de cerfeuil sauvage.

– On se croirait en été, avec ces odeurs, dis-je à Natalie.

– Dis plutôt que ça sent le rhume des foins, répond-elle en reniflant bruyamment pour appuyer le propos.

On rejoint le groupe en riant.

– Salut !, lance Tom, allongé sur les coudes, avec un grand sourire. Tu viens du boulot ?, demande-t-il, faisant voler en éclats ma décision de l'ignorer.

– Oui, je réponds et je me retrouve assise plus près de lui que je ne le voudrais.

Il porte un jean bleu aujourd'hui, avec un T-shirt couleur orange pressée. Cheveux gominés en arrière, il est étendu de tout son long, chevilles croisées.

– Tu bosses toujours dans cette boutique de fringues ?, demande-t-il.

Comment sait-il ça ? Oh, c'est vrai. Il est passé une fois là-bas avec Isla. Génial.

– Oui, je réponds sèchement en prenant la cigarette qu'Em me tend, juste à ce moment. Merci...

Je fais craquer une allumette, déterminée. Je sais, je ne devrais pas. Fumer, c'est trahir un peu plus Stu, mais j'ai les nerfs et ça m'aide à me calmer.

Tom se retourne vers ses potes. J'ai le cœur à cent à l'heure. Pourquoi faut-il qu'il me plaise autant ?

Quelqu'un a apporté des enceintes, Natalie branche son iPod.

– *Giving into It*, Johnny Jefferson, annonce-t-elle.

– Séquence nostalgie, Nat ?, la taquine gentiment Chris.

– J'adore, réplique-t-elle, sur la défensive.

– Tu savais que Johnny Jefferson avait vécu dans le coin ?, lance Em, un nuage de fumée s'échappant de ses lèvres outrageusement maquillées. Mais il est retourné vivre à L. A...

– Vraiment ?, répond Natalie, sceptique. Je croyais qu'il vivait sur la colline, à côté de la vieille baraque de George Harrison.

– Exact, dit Em. Mais il a déménagé avec sa famille il y a quelque temps.

– T'es une fan de Johnny Jefferson ?, rit Dougie, moqueur. Il est pas un peu trop ringard ?

– Qu'est-ce que ça peut faire ? Et puis, il n'a que trente-six ans, ajoute-t-elle et tout le monde éclate de rire, parce qu'elle connaît très précisément son âge. OK, c'est vrai, je sais sur lui à peu près tout ce qu'il y a à savoir, avoue-t-elle.

– C'est à cause de toi qu'il a fui la région ?, demande Tom, sourire au coin des lèvres.

– J'aurais préféré être la raison pour laquelle il serait resté, répond-elle avec des airs de tragédienne, tout en faisant virevolter ses longs cheveux.

À nouveau, on éclate tous de rire. Tom capte à ce moment mon regard et esquisse un clin d'œil. Peut-être qu'il m'aime bien, après tout… Je voudrais juste savoir où il en est avec Isla.

Plus tard, beaucoup plus tard, on embarque tous ensemble dans le train pour rentrer à Maidenhead. Je n'ai pas arrêté de rire, ce soir, mais je ne me fais pas d'illusion, je vais le payer. À la seconde même où je serai rentrée. Et cette perspective me déprime.

À genoux sur le siège de devant, Tom apparaît, ses bras bronzés autour de l'appuie-tête.

– Tu crois que tu vas y avoir droit, avec ton beau-père ?

– Probablement, je réponds, fuyant son regard, tandis que le train ralentit à l'entrée en gare.

– Tu prends un taxi ?, m'interpelle Natalie.

– Non, je rentre à pied, je réponds sans lui accorder plus d'attention.

– Je t'accompagne, décrète Tom.

Je suis toute nerveuse quand on dit au revoir aux autres, puis on sort de la gare et emprunte le trottoir, le long de l'avenue.

– J'ai super envie de voir *Two Things*, lance Tom comme nous passons devant le cinéma multiplex Odéon, de l'autre côté de la route.

– Moi aussi ! J'adore Joseph Strike… L'un de mes acteurs préférés. Hyper sexy.

– En fait, j'ai surtout envie de voir les explosions et les cascades, pas Joseph Strike lui-même. On pourrait y aller ensemble ?, suggère-t-il comme ça, sur un ton désinvolte, et les papillons au repos au creux de mon ventre commencent à s'agiter.

– Bien sûr, je réponds d'un air détaché.

Que veut-il au juste ? Aller au ciné avec moi, juste lui et moi, comme pour un rendez-vous ? Ou comme amis ? Je crève d'envie de lui demander, pour Isla. Quelle humiliation ce serait, s'il me répondait qu'ils se sont remis ensemble. Il penserait tout de suite que j'espérais qu'il me demande de sortir avec lui. Et clairement, ce n'est pas le cas.

On garde le silence un moment. Je marche bras croisés pour me tenir chaud, étant donné que je n'ai que ma petite robe d'été jaune soleil sur le dos. Je n'ai pas pris la veste en jean que je mets habituellement avec, pour la simple et bonne raison que je ne m'attendais pas à sortir ce soir.

– Où habites-tu ?, je lui demande, pour rompre le silence.

– À côté du *Pond House*, le pub, me répond-il en tournant la tête vers moi.

– Mais c'est à des kilomètres ! Tu aurais pu partager le taxi avec Natalie et Mike.

– Ça ne me dérange pas de marcher, dit-il avec un haussement d'épaules.

– Moi non plus. Tout pour retarder l'inéluctable, dis-je, nerveuse. Il va me crier dessus grave.

– J'ai du mal à imaginer M. Taylor crier sur qui que ce soit.

Je réfléchis deux secondes.

– T'as raison. Il ne va pas crier, il se contentera de faire peser une tonne de culpabilité sur mes épaules. Manière de me rendre la vie plus insupportable.

Une bonne vingtaine de secondes s'écoulent, puis il dit avec douceur :

– Je suis désolé pour ta mère.

– Merci, je réponds du bout des lèvres.

– Et ton père ? Je veux dire, ton vrai père ?, demande-t-il après un moment.

– Eh bien quoi, mon vrai père ?

– Tu n'es pas obligée de me répondre, mais… Tu l'as déjà vu ?

– Je ne sais même pas qui c'est. Encore moins où il vit. Ma mère ne m'a jamais rien dit.

Il laisse échapper un soupir entre ses dents.

– C'est dur. Moi, j'ai la haine contre mon père, mais au moins je sais où le trouver, si j'avais besoin de lui. Tu crois que M. Taylor sait qui est ton vrai père ?

– J'en doute. Pourquoi le saurait-il ?, je réponds, perplexe. Maman et Stu se connaissaient déjà ados. Ils étaient même sortis ensemble à l'époque, avant de rompre. Elle avait dix-huit ans quand elle est tombée enceinte de moi, mais elle et Stu ne se sont remis ensemble que des années plus tard. Mais peut-être que je lui poserai la question…

– Tu as envie de savoir ?

– Plutôt, oui, dis-je, déterminée. Ne pas savoir est la chose la plus difficile que j'ai jamais vécue. Enfin, jusqu'au décès de Maman, tu vois…

Je me tais. C'est sûr, cette incertitude n'est rien comparée à la disparition de ma mère.

Au carrefour, on prend à gauche pour remonter la colline. Je crois notre petite conversation terminée, mais soudain, Tom remarque :

– Peut-être que ta mère ne t'a rien dit sur lui pour une raison bien précise. Parce qu'il est en prison, tu sais, ou pire… ?

Je médite là-dessus un moment. Une chose est sûre, pour ma mère, mon père était LE sujet tabou. Elle avait forcément une raison. Mais même à supposer qu'il soit une crapule, j'ai besoin de savoir d'où je viens.

– Qu'est-ce qui peut être pire que la prison ?

– Aucune idée, répond-il, mal à l'aise.

– Tu veux dire… S'il était mort ?

Soudain, je sombre, plombée par un désespoir sans fond. Je m'arrête net sur le pont, mains contre le mur, les yeux rivés sur la voie ferrée en dessous. Tom attend à côté de moi.

– Pardon, murmure-t-il. Je ne sais pas pourquoi j'ai dit ça…

– N'empêche, tu as raison… (Je le regarde, ses yeux sont pleins de compassion.) Effectivement, peut-être qu'il est mort ? J'ai toujours pensé qu'il était quelque part, mais peut-être que je me trompe…

– Tout se passe bien, non, avec M. Taylor ?, enchaîne Tom, visiblement embarrassé, pouces dans les poches. Je sais, il n'est pas ton vrai père, mais tu vis avec lui depuis des années…

– Depuis l'âge de huit ans. Parfois, j'ai l'impression qu'il me déteste, j'avoue, à voix si basse que je ne sais même pas si Tom m'a entendue.

– Je suis sûr que non. Qu'est-ce qui te fait croire ça ?

Un train passe à grand fracas en dessous. Je le suis des yeux avant de répondre.

– Je le connais depuis toujours, pourtant, même petite, je sentais à sa façon de me regarder parfois que quelque chose ne tournait pas rond.

– Que veux-tu dire ?, demande Tom, mal à l'aise.

– Sais pas. Comme s'il m'en voulait.

– Peut-être regrette-t-il que ta mère t'ait eue avec un autre type.

– Stu ne peut pas avoir d'enfants, je réponds tout en le regardant discrètement.

– Oh… Dans ce cas, c'est logique. À travers toi, il voit ce qu'il ne pourra jamais avoir.

– Je parie qu'il aurait préféré que je n'existe pas, je chuchote, détournant à nouveau les yeux.

Quand je sens la main de Tom sur mon dos, je retiens mon souffle avec un sentiment incroyable de vulnérabilité. En principe, je ne baisse jamais ma garde comme ça. Après un moment, il retire sa main et reste là, près de moi, à fixer du regard la voie au dessous. Je peux sentir la chaleur de son corps irradier à côté du mien. Et comme je regrette qu'il n'ait pas laissé sa main sur moi.

Je laisse échapper un soupir. Puis nous nous remettons à parler en même temps, mais c'est ma voix qui prend le dessus.

– Il est temps que je rentre…

Il hoche brièvement la tête et déjà se remet en marche. Et voilà. Je regrette tellement de lui avoir coupé la parole. Que voulait-il me dire ? J'ajouterai ça à la liste de toutes ces choses que je ne saurai probablement jamais.

– J'habite juste là, un peu plus haut, dis-je quand on quitte la route principale pour prendre à droite, puis je m'arrête une dizaine de mètres en amont. Tu n'es pas obligé de m'accompagner jusqu'à la porte…

Je pense déjà passer par-derrière, me hisser sur le toit de l'abri de jardin et accéder ainsi à la fenêtre de ma chambre, mon trajet habituel quand je veux éviter Stu.

– OK, dit-il en regardant derrière moi.

De toute façon, il ne comptait sans doute pas m'accompagner jusqu'à la porte.

– C'est laquelle, chez toi ?, demande-t-il.

Je me retourne, désigne avec un sentiment de gêne le petit pavillon que j'appelle maison, avec sa façade marronnasse, son jardin laissé à l'abandon. Des mois que le gazon n'a pas été coupé. Six, pour être précise. Un souvenir soudain me revient. Maman sortant avec frénésie notre minuscule tondeuse de l'abri de jardin, l'après-midi de ma fête d'anniversaire.

– Laisse ça !, l'avais-je interpellée.

– Mais enfin, on dirait un terrain vague !, s'était-elle exclamée, ses longs cheveux noirs attachés en une queue-de-cheval approximative, des taches de boue sur le jean et même sur le visage. Quand les parents de tes amis passeront déposer leur enfant, ils vont croire que nous vivons dans une décharge.

– Et alors, puisque c'est la vérité, avais-je remarqué, sarcastique, avant de remonter dans ma chambre pour écouter de la musique, le son à fond de manière à couvrir le boucan de la tondeuse. Du coup, Maman avait pris du retard et elle avait dû se dépêcher d'aller récupérer mon gâteau à la pâtisserie.

Pourquoi ne lui ai-je pas proposé de l'aider ? Pourquoi toujours ce comportement d'enfant gâtée ? Et pourquoi Stu ne tondait-il jamais lui-même cette maudite pelouse ? Mais il était allé voir ses parents à Bristol, ce jour-là, je ne peux quand même pas lui en faire le reproche. Non, je n'ai à m'en prendre qu'à moi-même.

– À plus !, dis-je et je m'éloigne rapidement de Tom, il ne faut pas qu'il voie combien je suis bouleversée.

Je dois déjà lui sembler complètement hystérique.

5.

La maison semble plongée dans l'obscurité. Je décide alors de prendre le risque de passer par la porte de devant. Lorsque j'entre, il règne un silence absolu. Il est presque minuit, Stu est sûrement allé se coucher. Le point positif, c'est que je me suis évitée de me planter une écharde au mauvais endroit en escaladant la clôture de derrière. Tout est si calme. D'abord, c'est le soulagement, vite remplacé pourtant par une féroce appréhension. Je n'échapperai pas à la confrontation, c'est juste partie remise.

Je monte sur la pointe des pieds jusqu'à ma chambre et m'écroule sur le lit. Natalie m'a envoyé un texto pour que je la tienne au courant, à propos de Tom. On passe dix bonnes minutes à communiquer, le temps de lui donner tous les détails. J'essaie ensuite de trouver le sommeil en pensant au garçon le plus sexy du bahut – est-ce que je lui plais ou pas ? Telle est la question – au lieu de me prendre la tête avec la rancœur de mon beau-père.

Le lendemain matin, je prends mon temps pour me lever. J'entends Stu qui s'affaire en bas et je suis étonnée qu'il ne soit pas encore venu cogner à ma porte. D'habitude, il ne me laisse jamais traîner au lit. Après un moment, je me décide. Le moment est venu d'affronter l'orage. J'entrouvre la porte, me faufile dans le couloir, mes pas étouffés par la moquette d'un vert fané. Au milieu de l'escalier, j'entends la radio dans la cuisine. Il est dix heures trente ? Stu a dû forcément prendre sa première tasse de café maintenant. Je jette un œil dans la cuisine et le vois, assis à notre petite table ronde en bois, en train de lire les journaux du week-end, les cheveux encore mouillés après la douche. Une tasse de café fumant devant lui. Tellement prévisible.

Relevant fièrement le menton, j'entre, prête à la charge.

– Salut !

Il ne répond pas.

– Bon-jour !, je répète, un peu plus fort.

Il avale une gorgée de café. Silence sinistre.

– Eh bien quoi ? Tu as décidé de m'ignorer maintenant ?

Je sais, je devrais éviter de le pousser à bout. Je devrais courber l'échine, m'asseoir sagement et lui présenter des excuses, mais c'est plus fort que moi, il faut toujours que je jette de l'huile sur le feu.

Il soupire.

– Je n'ai rien à te dire.

– Allez, je te demande pardon, d'accord ? Mais j'avais envie de prendre l'air, dis-je, sur la défensive, pas du tout sincère.

Il tourne tranquillement une page de son journal.

– Bien...

Je sors une tasse du placard pour me faire un café – j'en ai un besoin urgent, après hier soir –, la pose bruyamment sur le comptoir, claque la porte du placard, histoire de l'impressionner.

À cet instant mon téléphone bipe. C'est un texto de Natalie. Elle veut savoir si j'ai envie d'aller à Winter Hill avec la bande. Je suis sûre que Stu va aboyer quand je lui demande si je peux sortir, mais au lieu de ça, il me donne l'autorisation sans sourciller.

– Ça ne t'embête pas ? Vraiment ?, j'insiste, surprise.

– Tu iras de toute façon, alors inutile de me demander ce que j'en pense, répond-il, stoïque.

Je le fusille du regard et sors direct.

Dougie passe me prendre dans sa Ford Fiesta pourrie. Aaron sur le siège passager, Em et Natalie à l'arrière.

– Alors ? Tu es encore en vie !, plaisante-t-elle.

– Tout juste, je réponds, encore perturbée par la réaction de Stu.

J'ai comme un mauvais pressentiment qui me ronge les entrailles. Je préfère cent fois sa colère à ce silence.

Plus tard, de retour à la maison, je m'arrête une minute dans le jardin envahi par les mauvaises herbes, avec ici et là des pissenlits qui dressent leur tête piquée d'aigrettes, ces bidules en forme de parachute. Maman me disait toujours de faire un vœu en soufflant dessus. Un jour, j'avais fait le vœu à voix haute de l'entendre enfin me dire qui était mon vrai père. C'était juste pour l'embêter, de la pure méchanceté. Mais la douleur à ce moment, sur son visage ! Aujourd'hui qu'elle n'est plus là, je ferais n'importe quoi pour effacer toutes les choses mauvaises que j'ai pu lui dire.

Je glisse ma clé dans la serrure et entre. Pas un bruit dans la maison.

– Tu es là ?, je crie.

Pas de réponse.

Je retrouve Stuart dans le salon, en train de regarder le mur.

– Tu fais quoi ? (Il ne répond pas.) Putain, Stu, tu vas me parler à la fin ?!

– Surveille ton langage, s'il te plaît !, gueule-t-il en retour et, bizarrement, je me sens soulagée d'avoir enfin une réaction de sa part.

– Tu es un vrai bon à rien !, je continue, agressive. Tu as vu dans quel état est cette baraque ? Tu n'as jamais levé le petit doigt pour aider Maman, quand elle était vivante, pourquoi ? Pourquoi n'as-tu même jamais passé la tondeuse ? Si Maman n'avait pas dû s'occuper de toutes ces choses le jour de ma fête d'anniversaire, peut-être qu'elle serait en vie aujourd'hui !

Il écarquille les yeux et quand il parle, sa voix est remplie d'horreur.

– Pourquoi faut-il que tu te comportes toujours comme une petite...

Il s'interrompt, inspire un grand coup.

– Vas-y ! Dis-le ce que tu penses de moi, au fond !, je crie, des larmes plein les yeux.

Puis vient LA question, je ne sais pas comment, surgie de nulle part.

– Sais-tu qui est mon vrai père ?

Lèvres pincées, il reste bouche close.

– Est-ce que tu le sais ? Il détourne les yeux et soudain, j'ai l'impression de me vider de mon sang.

– Tu le sais ?, je demande à nouveau, la voix tremblante cette fois.

Je contourne la table basse, m'agenouille devant lui.

– Stuart ?, je chuchote, le cœur battant. Je t'en prie. Le sais-tu ?

Il refuse obstinément de me regarder en face.

– Lorsque Maman est morte, j'ai pensé que la vérité était perdue à jamais... Si tu le sais, tu dois me le dire...

Les larmes à présent coulent sans discontinuer sur mes joues, tandis que je le dévisage, lui, mon ultime espoir pour ce secret, le plus important de ma vie.

Lentement, ses yeux viennent à la rencontre des miens et je comprends tout de suite. Il sait.

– Je t'en prie, dis-le-moi, je l'implore, les larmes roulent sur mon cou et vont s'échouer sur le col de mon T-shirt.

Soudain, il enfouit son visage entre ses mains dans un geste de désarroi mêlé de frustration. Il retire ses lunettes cerclées d'écaille, se passe la main dans les cheveux. J'attends dans un silence épais. Il secoue alors la tête.

– Oh, Jessie...

– Stu, s'il te plaît. J'ai besoin de savoir. C'est à cause de ça que je suis si... Si en colère... Je n'arrive pas à tourner la page. À lui dire adieu. Pas complètement. J'ai mal, je lui en veux tellement de me l'avoir caché. Je t'en prie... (Je sens un machin de la taille d'une balle de ping-pong fiché dans ma gorge.) J'attends juste que quelqu'un soit honnête avec moi. Je m'en moque, s'il est en taule. Et je m'en remettrai, s'il est mort. Que peut-il y avoir de pire que ça ?

– Non, il n'est pas en prison, soupire Stu en secouant la tête.

Je retiens mon souffle, me fige tout en le fixant du regard.

– Et il n'est pas mort non plus, ajoute-t-il.

– Qui est-ce ?

Il soupire.

– Il a une famille. Et ne sait même pas que tu existes.

– Alors c'est pour ça ? Je ne peux pas savoir qui est mon père parce que lui ne sait pas qui je suis ? Parce que je risquerais de perturber le bonheur de sa petite famille ? C'est pas vrai... Et moi, alors, dans tout ça ?

– C'est plus compliqué que ça en a l'air.

– Tu trouves que c'est pas assez compliqué comme ça ? Je ne comprends rien. Et je le voudrais tant.

– C'est-à-dire... Il est très... connu.

– Pardon ?, je réponds, décontenancée. Comment ça, connu ? Mon vrai père, une star, un politique ? Je le connais ?

Il hoche doucement la tête.

– Son nom est Johnny Jefferson.

À cet instant, le monde bascule sur son axe. Non pas parce que mon père est Johnny Jefferson, mais parce que Stuart vient juste de me dire que mon père était Johnny Jefferson. Comment peut-on être aussi cruel ? Se foutre de moi comme ça, sur un sujet aussi grave ?

– Pourquoi fais-tu ça ?, je demande, prise de vertiges.

Pour quelle raison Stu se moquerait-il de moi ? Pour me faire payer mes conneries ?

– Je ne suis pas en train de te mentir, dit-il sur un ton solennel qui me donne envie de lui balancer une claque. Non. C'est la vérité.

– Je te déteste, je réponds, pleine d'amertume.

– Jessie, réplique Stu avec fermeté, ton père est Johnny Jefferson.

Je le dévisage. Mais qu'est-ce qu'il me raconte ?

Il soupire.

– Ta mère était une groupie du premier groupe de Johnny. Fence, avant qu'ils ne deviennent célèbres.

– Une groupie ?

Je secoue la tête, l'esprit confus. Les groupies ne sont-elles pas toutes des salopes ?

– Oui. Elle suivait le groupe partout. Ne pensait qu'à Johnny.

– Qu'est-ce que tu essaies de me faire croire ?, j'aboie, les joues en feu. Je te préviens, si tu me racontes des mensonges, je me casse sur-le-champ et tu ne me reverras jamais.

Peut-être est-ce ce qu'il veut, après tout ?

– Je ne mens pas. Je te dis la vérité, je le jure sur la tombe de ta mère.

Le sol se dérobe sous mes pieds quand la planète dévisse pour s'en aller rouler à toute vitesse Dieu seul sait où. Je tangue, tombe en arrière et mon dos cogne contre le mur. Je me laisse alors glisser au sol et le regarde, sous le choc, en train de m'observer depuis son fauteuil.

– Tu es sérieux ?

– Oui.

– Putain de merde !

Il ferme brièvement les yeux, résigné face à mon langage, tandis que je me prépare à entendre l'histoire du siècle. La mienne. Celle qui va faire qu'il y aura désormais un avant et un après.

– Candy, ta mère, fut mon premier amour, tu le sais ? Nous avions seize ans quand nous sommes sortis ensemble, avant de rompre, commence-t-il.

J'acquiesce d'un signe de tête fébrile, impatiente, car je connais la chanson. Ils étaient au lycée ensemble et Stu l'aimait en secret depuis toujours. Il y a quelques années, il m'a avoué qu'à l'époque, il la trouvait super cool. Je suppose qu'elle était différente, rebelle, et lui une sorte d'intello. Bref, elle décida un jour de lui donner sa chance, mais un an plus tard, ils se séparaient. Quelque temps après ça, Maman est tombée enceinte. Et qui lui a tendu la main alors ? Stu. Il l'a soutenue, est resté auprès d'elle tout le temps. Une relation strictement amicale. Jusqu'à mes six ans, quand ils se sont remis ensemble. Mais il n'a pas emménagé avec nous pendant deux ans encore. Oui, ces détails de leur histoire, je les connais.

– À dix-sept ans, Candy a voulu aller voir à Londres un nouveau groupe. Fence. Comme je n'étais pas très branché rock, pas comme elle, elle y est allée avec une amie… (Il s'interrompt un moment.) Elle est rentrée du concert en état second. Et a tout de suite acheté un billet pour le suivant. Et puis, ça a viré à l'obsession. Elle sillonnait le pays pour assister à chacun de leurs concerts. Dépensait tout son fric pour eux. Elle est devenue de plus en plus distante puis, un jour, elle a rompu avec moi.

– Juste comme ça ?

– Oui. J'étais effondré, avoue-t-il. J'espérais que nous resterions au moins amis, mais elle ne vivait plus que pour Fence, pour Johnny. Elle a fini par couper tout contact avec moi. J'étais trop intello coincé pour elle. Ça n'a pas vraiment été une surprise, je savais qu'elle était trop… trop spéciale, pour moi, ajoute-t-il, l'air songeur.

Je ressens une certaine pitié pour lui. Visiblement, Maman n'était pas facile.

– Toujours est-il qu'un jour, environ un an plus tard, elle est venue frapper à ma porte. Désespérée. Méconnaissable, dit-il, rêveur à ce souvenir. Encore deux mois plus tôt, elle semblait tellement sûre d'elle, plus encore que d'habitude. Bref, elle m'a expliqué être enceinte. Et que le père du bébé était Johnny. Je lui ai demandé si elle en était sûre, ce à quoi elle a répondu qu'elle n'avait pas le moindre doute. Qu'il n'y avait eu personne d'autre. Elle ne savait pas quoi faire. Lui dire, garder le bébé… ?

Elle a donc pensé à avorter ?

– Mais elle n'a pas longtemps hésité, s'empresse de reprendre Stu, avec un sourire plein de tendresse. La rage de ses parents, quand ils l'ont su ! C'est d'ailleurs en partie pour cela qu'elle est venue vers moi.

– Savaient-ils que l'enfant était de Johnny ?

– Non. Ta mère ne le leur a jamais dit.

– Pourquoi ?

– Les histoires de cœur de Johnny commençaient à faire les gros titres.

– Oh !

– Elle était effondrée, dit-il avec tristesse. Elle n'avait pas réalisé, elle se croyait la seule. L'unique. Ce qu'elle était effectivement, mais pour moi.

– Oh, mon Dieu ! (Je prends le temps d'assimiler tout ça.) Mais pourquoi ne m'a-t-elle jamais dit la vérité ?

– Elle avait peur de te perdre.

– Que veux-tu dire ? Comment aurait-elle pu me perdre ?

– Elle pensait que tu chercherais à entrer en contact avec Johnny. Que tu choisirais peut-être sa vie, au lieu de la sienne.

– C'est n'importe quoi ! Jamais je ne l'aurais laissée, voyons !

– Essaye d'analyser la situation de son point de vue. Regarde donc autour de toi…

Il se tait, alors je m'exécute. Le salon minuscule avec son tapis usé jusqu'à la trame, le vieux canapé avec ses motifs floraux délavés. Ça fait mal de regarder cette place, à gauche, l'endroit où elle s'asseyait toujours, pieds sur le coussin, genoux sous le menton. J'observe la table basse éraflée qu'elle avait dénichée dans une brocante et qu'elle prenait la peine parfois de cirer. Les rideaux qui pendent de traviole sur leur tringle depuis ce jour où, trébuchant, je me suis accrochée à eux pour ne pas me casser la gueule. C'était peu avant sa mort. Nous n'avons jamais vécu dans un palace. Nous n'avons jamais été riches. À l'inverse, apparemment, de mon père biologique.

– Mais il aurait pu nous aider !, je réplique. On aurait pu avoir une autre vie !

– Il n'était pas question pour elle de lui demander son aide, répond-il sur un ton qui sous-entend que je devrais le savoir.

Et il a raison. Maman était têtue. Elle n'a jamais demandé l'aide de personne, pas même à ses parents, mes grands-parents, qui n'ont jamais été très présents dans ma vie. Maman ne le leur a jamais pardonné et aujourd'hui, mon grand-père est décédé et Grand-mère est dans un établissement spécialisé, atteinte de démence sénile.

– Elle voulait tout te dire, mais quand tu serais plus grande, ajoute Stu.

Les paroles d'Em deux jours plus tôt me reviennent soudain à l'esprit.

– Il a vécu dans le coin pendant un moment, non ?

Mon vrai père, à vingt minutes à vol d'oiseau, et je n'en ai jamais rien su.

Stu hoche la tête et contemple ses mains avec tristesse.

– Elle n'allait pas bien quand il est parti…

– C'est vrai ?

Il hausse les épaules et il me semble voir ses yeux briller un peu trop.

– Selon moi, elle avait encore des sentiments pour lui.

– Tu crois ?

Il me regarde, esquisse un pâle sourire en acquiesçant d'un signe de tête.

– Merci, dis-je.

Il inspire, expire.

– Bien. Que vas-tu faire à présent ?

– Qu'est-ce que tu veux dire ?

– Eh bien… Veux-tu que je le contacte pour toi ?

Je chancelle. Encore dix minutes plus tôt, je n'imaginais même pas savoir un jour qui était mon vrai père. Et maintenant, voilà que Stu propose de le joindre pour moi.

– Tu ferais ça ?

– Oui.

Une petite voix dans ma tête se demande s'il ne chercherait pas à se débarrasser de moi. Mais je n'ai pas envie de connaître la réponse à cette question. Pas tout de suite. Tout de suite, là, je veux rencontrer mon vrai père. Les conséquences, je m'en fiche.

6.

– *Nous avons les mêmes mains.*

Je regarde nos doigts déployés, mains pressées l'une contre l'autre, toutes deux allongées côte à côte sur mon petit lit. Elle a raison. Nous avons les mêmes mains. Elle noue ses doigts aux miens, les serre puis se tourne vers moi et dépose un baiser sur mon front.

– J'adore cette chanson, dit-elle, quand résonnent les premières notes de Jump into the Fog *de Wombats.*

– Elle est cool, j'acquiesce et je libère ma main pour la poser sur mon ventre. Je l'aime de tout mon cœur, mais ça me met mal à l'aise de tenir la main de ma mère comme ça, à mon âge.

– Tu as très bon goût, me dit-elle et je souris bêtement.

Ma mère qui me dit que j'ai bon goût ! Bien sûr que oui. Mais je suis bien, là, aussi je ne fais aucun commentaire. J'appuie la tête contre son épaule et du coin de l'œil droit, je vois ses cheveux noirs, en gros plan, floutés. Des cheveux longs et ondulés, encore plus longs et ondulés si près de mes cheveux blonds tout raides. Elle a les yeux caramel. Les miens sont verts. Nous sommes différentes physiquement, avec pourtant quelques ressemblances. J'ai hérité de sa constitution élancée et elle aimerait croire que nous avons les mêmes goûts en matière de fringues et de musique. Si je supporte qu'elle télécharge mes chansons, je n'admets pas qu'elle vienne se servir dans ma garde-robe. Elle lève une jambe toute maigre en l'air et je vois ses ongles, vernis rouge cerise.

– Mais c'est mon vernis !, je m'exclame sur un ton accusateur.

Elle pouffe et repose son pied sur le lit. Je lui donne une claque sur le genou, puis lève à mon tour ma jambe et elle m'imite. C'est exactement la même couleur.

– Maman !, je hurle et à nouveau, elle baisse la jambe, tout en continuant de rire. Quand soudain, elle se fige, silencieuse.

– Quoi ?, je demande.

– Rien. Cette chanson, je suis pas fan.

– Ah ? Et pourquoi ?

C'est Locked, *de Johnny Jefferson. Tout à fait dans son style pourtant. Je me mets à chanter « Je suis prisonnier de nous et impossible de trouver la clé, elle était sous le pot de fleurs... »*

Brusquement, elle se lève, presse sur la touche avance rapide de mon iPod.

– Mais pourquoi tu fais ça ?, je m'exclame, furieuse.

– Pardon, répond-elle avec un petit sourire.

– C'est chiant !, je peste avant de descendre de mon lit pour aller appuyer exprès sur le bouton retour en arrière.

– Bien, dit-elle sèchement. Je ferais mieux d'aller préparer le dîner…

Et elle sort de ma chambre. Je reste là à écouter la voix profonde et désespérée de Johnny Jefferson, tout en me demandant pourquoi ma mère a piqué cette crise…

Aujourd'hui, je comprends pourquoi. Mon cœur se serre, car je n'ai plus aucun moyen de l'interroger au sujet de mon vrai père. J'ai pourtant tellement de questions. Questions qui resteront à jamais sans réponse. Comme elle me manque. Mais je le sais bien, j'aurai beau souffler et souffler encore sur tous les pissenlits de cette planète, jamais plus elle ne reviendra s'allonger auprès de moi.

Stuart me demande de garder la nouvelle pour moi pendant un moment, de manière à lui laisser le temps de contacter Johnny. En fait, je m'en fiche. On aurait pu croire qu'après avoir découvert que mon père, cet inconnu, était une méga star planétaire, j'irais crier la nouvelle sur les toits. Mais je vis la révélation de Stu comme quelque chose d'étrangement confidentiel. Comme si je voulais à tout prix préserver ce secret, le cajoler, le retenir de toutes mes forces tant que j'en ai la possibilité. Et puis, à qui irais-je me confier ? Libby sûrement comprendrait, mais nous ne sommes plus amies. J'en ressens soudain un profond regret, avant de me ressaisir. Ce qui est fait est fait. Quant à Natalie, elle serait, c'est sûr, dans tous ses états, mais je ne la crois pas capable de prendre tout ça au sérieux.

J'ai encore la tête qui tourne. J'ignore ce qui m'attend. Johnny ne voudra peut-être même pas entendre parler de moi. Je le sais, je vais faire tache dans le portrait de famille. Il est marié avec deux enfants aujourd'hui et ça ne fait aucun doute, je ne serai pas la bienvenue.

Oui, et alors ? J'y suis pour rien s'il a baisé ma mère et l'a mise enceinte. Ses actes ont eu des conséquences, il va falloir qu'il assume.

Je tressaille. Tout ça, c'est bien joli. Mais au fond de mon cœur, je me sens comme une petite fille apeurée.

Le lendemain, au bahut, je suis un peu dans le brouillard. Je décide de passer l'heure du repas à la bibli, comme ça, pour être tranquille. Quand j'entre dans la salle, j'ai la surprise d'y trouver Libby, installée dans un coin avec un bouquin. Je fais demi-tour pour m'éclipser, mais juste à ce moment elle me voit.

– Salut !, me lance-t-elle, l'air surpris.

– Salut, je réponds de mauvaise grâce, en posant mon sac sur la table voisine.

– Ça va ?, demande-t-elle, perplexe.

– Pourquoi ça n'irait pas ?, je rétorque avec brusquerie.

– Je n'ai pas l'habitude de te voir ici, répond-elle mal à l'aise, en écartant une mèche sur son front.

Cheveux coupés au carré, jamais un qui dépasse, à l'inverse des miens. Ce matin, je n'ai même pas pris la peine de les brosser.

– J'avais juste besoin d'un peu de calme et de silence.

Une lueur de compassion traverse son regard, fugitive, et elle s'empresse de baisser les yeux. J'ai toujours répondu à sa sympathie par de la méchanceté, aussi je ne peux pas lui faire le reproche d'en avoir assez de moi. Mais soudain, comme ça, elle me manque, me manque vraiment et je ressens le besoin urgent de me confier à elle. Libby sait bien, elle, combien j'ai souffert de ne pas savoir qui était mon vrai père. Je peux lui faire confiance.

J'attrape une chaise et m'assieds, perturbée.

À ce moment, la porte s'ouvre et Amanda apparaît.

– Ah, tu es là !, s'exclame-t-elle.

Je regarde Libby et vois son visage s'illuminer.

– Je te croyais malade !, dit-elle tout sourire.

– J'avais rendez-vous chez le toubib, répond Amanda en levant les yeux au ciel. Désolée, je voulais t'envoyer un texto, mais cet abruti de Kevin a débranché mon chargeur, du coup ma batterie était morte.

J'ignore qui est Kevin, son frère, son petit copain, mais je ne pose pas la question. Je suis de trop maintenant et j'ai envie de sortir d'ici.

– Si on allait s'asseoir dehors un moment ?, propose Amanda.

– Et si on allait s'asseoir dehors un moment ?

– J'ai oublié de me mettre de la crème solaire, ce matin, me répond Libby avec une grimace.

– On se mettra à l'ombre. Enfin, toi. Moi, je me mettrai au soleil. Il faut absolument que je bronze cet été.

– J'aimerais tant prendre le soleil comme toi, marmonne Libby. Mais ça fait ressortir ces stupides taches de rousseur.

– Tes taches de rousseur ne sont pas stupides, dis-je en souriant. Elles sont même hyper intelligentes. Celle-là, par exemple, j'ajoute en posant le doigt sur son bras, elle parle français couramment, non ?

– Non, c'est celle-là qui est douée pour les langues, tu te trompes, répond-elle en pouffant tout en désignant

une tache de rousseur sur son autre bras. Celle que tu me montres, elle préfère l'algèbre...

On éclate de rire et je l'entraîne dehors.

Je ravale mes larmes à ce souvenir, en proie à un sentiment inattendu d'abandon.

– Allez, Libs, viens, il fait super beau dehors !, insiste Amanda.

– Entendu, répond Libby.

Elle range ses bouquins dans son sac. Les yeux d'Amanda m'effleurent, sans plus. On se connaît à peine toutes les deux et si Libby lui a parlé de moi, je doute que ce soit en bons termes, vu mon comportement dernièrement.

Libby se lève, me regarde, hésitante.

– Tu veux... Tu veux venir avec nous ?, demande-t-elle, gênée.

– Non, non, c'est bon, je réponds avec un haussement d'épaules. Je ne me sens pas en forme. Comme je t'ai dit, j'ai besoin de calme...

J'ai l'impression de devoir me justifier. Il ne reste plus rien en moi de ce besoin de me confier à elle.

– OK, dit-elle avant de s'éloigner.

Amanda et elle échangent un long regard. J'en suis sûre, à peine dehors, elles vont déblatérer contre moi. Non, pas Libby. Libby n'est pas une salope. Elle était une amie, une vraie. La meilleure. Et aujourd'hui, elle est celle d'Amanda.

Je toussote et tente de me motiver. Puis j'aperçois les trois ordis alignés contre le mur du fond et une idée germe dans ma tête. Je vais m'installer devant l'un d'entre eux.

Google : Johnny Jefferson.

Une bonne dizaine de milliers d'entrées s'affichent. La première, son site officiel, la seconde, le site officiel de ses fans, mais c'est sur le troisième lien que je clique. Wikipedia.

Je pourrais rendre une copie de cinq mille mots à partir de toutes les informations que je trouve. Mais je m'attache surtout aux éléments suivants :

Sur son acte de naissance est inscrit Jonathan Michael Sneeden.

Sneeden, pas Jefferson.

Son père, Brian Jefferson, abandonne sa mère, Ursula Sneeden, avant la naissance de Johnny.

Ça nous fait un point commun.

Il est élevé par sa mère à Newcastle.

Il tient donc son nom de sa mère. Moi aussi. Pickerill.

Il a treize ans quand sa mère est emportée par un cancer.

J'en ai quinze quand la mienne meurt…

Après sa disparition, il part vivre à Londres avec son père, un musicien déjà âgé, séducteur impénitent et alcoolique repenti.

J'ai déjà entendu ça quelque part. Johnny a cette réputation lui aussi.

Il laisse tomber l'école pour se consacrer à la musique, prend le nom de son père et forme son groupe, Fence, au sortir de l'adolescence. Johnny a tout juste vingt ans quand ils signent un contrat avec une maison de disques et s'imposent comme superstars sur la scène internationale.

Je suis née à cette période.

Il a vingt-trois ans quand le groupe se sépare.

Quel âge j'avais à ce moment-là ? Trois ans ?

Johnny traverse une dépression ultramédiatisée et sombre dans l'alcool et la drogue.

Tel père, telle fille ?

Deux ans plus tard, il fait son retour sur scène en solo où il rencontre un succès inégalé. C'est à ce moment qu'il fait la connaissance de sa future femme, Meg Stiles, quand elle entre à son service au titre d'assistante.

Il a trente ans quand il la rencontre, ce qui veut dire que j'en avais environ dix. À cette époque, je suis torturée par le mystère qui entoure l'identité de mon vrai père. Libby doit s'en souvenir.

Ils ont aujourd'hui deux enfants, Barney, trois ans, et un petit garçon en bas âge, Phoenix.

J'ai deux demi-frères. J'ai toujours été fille unique. Stuart ne pouvait pas avoir d'enfant.

Suis-je la seule, comme ça ? Ou y a-t-il d'autres rejetons Jefferson dispersés à travers le monde, dont j'ignore l'existence ?

Un peu plus tard, la pensée me trotte encore dans la tête. J'ouvre YouTube, regarde quelques clips. Je suis frappée par ma ressemblance avec Johnny. Les mêmes yeux vert laser, même couleur de cheveux. Soudain, je frissonne. Que vont dire les autres quand ils apprendront la vérité ?

Je m'arrange pour éviter d'avoir à parler à quelqu'un le reste de la journée, mais plus tard, alors que je me dirige vers le parking du personnel, j'aperçois Natalie avec un groupe d'élèves de terminale.

– Salut !, dit-elle.

– Salut.

– Je viens juste de passer l'exam.

– Merde ! Bien sûr ! Désolée, je voulais t'envoyer un texto pour te souhaiter bonne chance… J'étais tellement préoccupée, ça m'est complètement sorti de la tête.

Hier, après Winter Hill, elle est rentrée directement chez elle pour réviser. Même si elle doutait que ça puisse servir à quelque chose, pour les maths. « À ce stade, ou tu sais ou tu sais pas », tels avaient été ses mots.

Du coin de l'œil, j'aperçois Tom et Chris émerger du couloir. J'essaye de me concentrer sur mon amie.

– Et comment ça s'est passé ?

– Super bien, en fait, me répond-elle, décontractée. En tout cas, je suis soulagée d'en avoir fini. Tu viens chez Dougie, ce soir ? Sa fête pour la fin des exams va être géniale.

– Euh, je ne crois pas…

Tom et Chris rejoignent le groupe et commencent à déconner avec les autres. Ils sont tous surexcités, maintenant que les examens sont terminés.

– Sérieux ?, demande Natalie et quand je la regarde, elle semble déçue.

– Je ne peux pas, je réponds avec un soupir de regret.

Elle me sourit avec gentillesse.

– L'année prochaine sera vite passée, me dit-elle, se méprenant sur mon humeur.

Elle me croit triste parce qu'ils vont tous partir et que je vais rester. Et il y a encore deux jours, ça aurait été mon principal problème – des semaines que j'appréhendais ce moment –, mais pas aujourd'hui. Aujourd'hui, j'ai des soucis bien plus importants en tête.

– Viens. Allez, viens avec nous. J'ai envie de fêter ça.

– Non, je t'assure. Il faut que je rentre.

Tom à cet instant se tourne vers moi.

– Tu viens chez Dougie, ce soir, Jessie ?

Les papillons dans mon cœur s'ébrouent quand il me regarde, les yeux pleins d'espoir, mais ils sont trop perturbés pour prendre la peine de s'envoler.

– Non, je peux pas, je réponds lorsque Stuart sort de la salle des profs.

Je lui fais un signe de la main et il hoche la tête.

– Tu es privée de sortie ?, demande Tom.

– Pas du tout. Il faut juste que j'y aille, je réponds en m'éloignant. À plus, Natalie.

Elle fait un peu la gueule, mais bientôt, j'espère, elle comprendra. Tom lui aussi paraît déçu.

Je pars en petite foulée rejoindre Stuart. Par-dessus le capot de sa bagnole, il me regarde, l'air résigné.

– Eh bien quoi ?, je demande.

– J'attends juste que tu me demandes si tu peux sortir avec tes amis.

– Non.

J'ouvre la portière et monte dans la voiture.

– Ah, bon…

Puis il se met au volant et démarre.

– Des nouvelles ?, je l'interroge, impatiente.

– Non… (Il secoue la tête, avec un air gêné.) Ça peut prendre du temps, ajoute-t-il en se tournant vers moi. Ne perds pas espoir.

– Mais tu vas contacter son équipe, non ?

– Oui. J'ai laissé un message à son avocat. S'il ne m'a pas donné de nouvelles d'ici là, demain je le rappelle.

Il se passe trois longues journées avant que ça ne bouge. En attendant, je me suis rongé les ongles jusqu'au sang et pour un peu, je m'attaquerais à mes ongles de pied, sauf que je ne suis pas assez souple pour cette gymnastique. À l'heure du déjeuner, Stuart vient me trouver. Je suis encore à la bibli, en train de chercher des infos sur Johnny sur Internet. Je viens ici dès que je peux, c'est devenu une obsession.

Tout de suite, je comprends qu'il a du nouveau. Son regard brille et il en tremble presque d'excitation.

– Qu'est-ce qu'il y a ?

Il regarde autour de lui pour vérifier que personne n'entend.

– Son avocat m'a appelé.

Je retiens mon souffle. Stu tire la chaise voisine de la mienne et s'assied.

– Il demande que tu procèdes à un test de paternité.

– Oh... (Je suis prise de nausées soudain.) Mais n'importe qui peut voir que je lui ressemble... Tu ne lui as pas envoyé de photos ?

– Non, pas encore, répond-il, mains croisées. Mais ne t'inquiète pas. Qu'ils veuillent un test ne me surprend pas. C'est probablement le seul moyen pour qu'ils nous croient.

– Et ça consiste en quoi ?

– Un échantillon de ton ADN. Un bout de cheveu, un truc comme ça. Tu n'as même pas besoin de te rendre quelque part. Ils vont nous faire parvenir tout le nécessaire.

– Quoi ? On ne va même pas se rencontrer ?

– Non, dit-il en évitant mon regard. Peut-être après le retour positif du test...

Ouais, ils pensent que nous leur faisons perdre leur temps.

– Ils ne nous croient pas, en fait, dis-je, maussade.

– Ils seront bien obligés, répond Stu avec solennité, en posant une main sur mon bras. Mais d'abord, on va devoir en passer par leurs exigences, d'accord ? (Je le regarde dans les yeux et cette fois, il n'esquive pas.) Le plus important, c'est d'avoir établi le contact, me réconforte-t-il en me serrant le bras.

Le voir aussi positif me rassure.

– D'accord, je chuchote.

Je me sens un peu mieux et, à ce moment, je me réjouis vraiment d'avoir Stu à mes côtés.

Le test de paternité arrive dès le lendemain, livré par UPS. On suit avec soin les instructions et on renvoie le tout le jour même. On est vendredi et je n'ai pas envie de perdre une seconde en laissant passer le week-end.

Je prévois de me faire discrète les prochains jours. Je raconte à Natalie une connerie sur un virus intestinal. Pour le moment, je veux juste rester avec Stu. Jamais je ne me suis sentie aussi proche de lui, en fait. Bonjour la contradiction, juste quand je suis en train de lui chercher un remplaçant !

Ce soir-là, le soir suivant le renvoi du test, je me dis que Johnny doit maintenant être au courant pour moi. Je me demande s'il en a parlé à sa femme. J'en doute. Je suppose qu'il veut d'abord s'assurer que je dis la vérité, avant de faire quoi que ce soit. Mais si Stu connaissait Maman aussi bien qu'il semble le croire, alors Johnny va devoir bientôt passer aux aveux.

Si Stu connaissait Maman aussi bien qu'il semble le croire... Cette phrase résonne dans ma tête, lourde de sens. Et si Maman avait menti à Stu ? Si c'était quelqu'un d'autre, d'autre que Johnny ? Si Johnny Jefferson n'était pas mon père, après tout ? Alors je ne saurais sans doute jamais qui est mon vrai père. Une profonde angoisse me submerge, aussitôt suivie par une immense déception quand j'imagine le résultat du test revenant avec la mention Négatif. Je ne suis même pas encore arrivée à me faire à l'idée que Johnny soit mon père. Mais soudain, j'ai un besoin quasi désespéré que ce soit lui.

Le jeudi suivant, Stuart m'attend dans le couloir, devant la salle de mon cours de littérature.

– Le résultat est arrivé, me dit-il avec calme en m'entraînant à l'écart de mes camarades de classe. Il est positif.

Mon cœur exécute un salto arrière, j'ai le tournis. À ce moment, Libby sort de la salle avec Amanda et quand elle me voit, elle marque un temps d'arrêt. J'imagine même pas la tête que je dois avoir. Je me sens comme si j'avais vu un fantôme.

– Viens, on rentre, enchaîne Stu et je le suis comme un automate, trop sous le choc pour lui faire remarquer que je vais rater mon cours d'arts plastiques.

J'ai tenu bon en ne racontant à personne ce qui se passait, en partie parce que j'aurais eu trop la honte si en fin de compte il s'était révélé que Johnny n'était pas mon père, mais aussi parce que j'avais envie de garder ce secret bien au chaud dans mon cœur. Mais maintenant, je me sens comme si j'étais sur le point d'exploser.

– Que va-t-il se passer à présent ?, je demande, une fois en voiture.

– Il nous attend demain dans son bureau.

– Qui ça, il ?, je m'exclame, paniquée. Je vais rencontrer Johnny ? Si vite ?

– Wendel Rosgrove, l'avocat de Johnny. Son cabinet est à Londres.

– Mais j'ai classe, demain…

Stu me jette un regard morne. Il sait très bien que j'ai séché pas mal de cours dernièrement et aujourd'hui, je m'en inquiéterais ? Je me fends d'un sourire penaud.

– Super. Et toi ? Tu peux prendre ta journée ?

– J'appellerai pour dire que je suis souffrant, me répond-il avec le même sourire contrit.

J'éclate de rire et lève la main pour en taper une ; il hésite, me laisse comme ça un moment, du coup je remballe ma main avec un haussement d'épaules.

– Je ne devrais pas, dit-il, retrouvant les bons vieux réflexes du beau-père rabat-joie que je connais et, en fait oui, que j'aime, je suppose. Bof. Mais c'est important, ajoute-t-il.

Je colle mon nez à la vitre, perdue dans mes pensées. Il n'a pas tort.

7.

Le lendemain matin, je dois bien me rendre dix fois aux toilettes avant de partir et sur la route qui nous mène à Londres, je n'arrête pas de gigoter sur mon siège. Je suis tellement nerveuse, tellement fébrile, en proie à des émotions que je ne pensais plus éprouver, en tout cas, pas avec cette intensité. Quand Maman est décédée, le chagrin a supplanté tout le reste. La tristesse a balayé tout autre sentiment et je ne croyais plus être capable de ressentir un jour ce genre de bonheur simple et pur. En fait, je ne sais pas encore si j'en serai capable, mais cette espèce d'euphorie qui me porte me fait oublier la colère et la peine qui d'habitude me tiennent compagnie.

Wendel Rosgrove travaille au nord d'Oxford Street, au septième étage d'une tour de verre. On dirait un glaçon. On va se garer dans le parking voisin, sans rechigner à la dépense, puis tout en marchant, on passe devant un petit parc propret cerné de maisons mitoyennes. Je regarde autour de moi, cherche des toilettes publiques.

– Tu n'as pas vraiment envie. Tout ça, c'est psychologique, me dit Stu, lisant dans mes pensées.

– M'en fiche, j'en peux plus.

– Je suis sûr qu'il y a des W.-C., à la réception.

J'espère qu'il a raison. On y est. Mon reflet s'affiche sur la porte vitrée. Reflet de ce que je suis, petite chose apeurée et perdue. Je n'ai pourtant rien négligé pour donner la meilleure image de moi-même. Je me suis brossé les cheveux avec soin, me suis coiffée d'un chignon bien sage. J'ai mis ma jolie petite robe jaune soleil, glissé à mes pieds ma seule et unique paire de ballerines. Et évité de me surmaquiller.

Mais maintenant, je regrette de ne pas avoir eu la main plus lourde. Et de ne pas avoir laissé mes cheveux comme d'habitude, détachés, ébouriffés. Je regrette de ne pas avoir mis mon bonnet et ma veste camouflage. Je regrette de ne pas ressembler à l'image que j'aime tant donner de moi.

Stuart ouvre la porte et mon reflet disparaît. Il s'écarte pour me laisser entrer dans l'immense hall de réception. Deux femmes sont assises derrière un comptoir, juste en face de nous. L'une d'elle est au téléphone. L'autre lève les yeux et nous sourit.

– Puis-je vous aider ?

Heureusement, Stuart prend le contrôle des opérations, parce que moi, je n'ai plus de voix.

– Nous venons voir Wendel Rosgrove.

– Votre nom ?

– Stuart Taylor et Jessica Pickerill.

Elle consulte un bloc-notes devant elle, hoche la tête.

– Quatrième étage.

– Vous avez des toilettes ?

– Bien sûr. Première porte sur votre droite...

Elle montre la porte derrière elle. La vessie au bord de l'explosion, je me précipite, mais une fois tranquille dans les W.-C., le besoin se dissipe aussitôt. Si je me mets dans un tel état rien qu'à la perspective d'un rendez-vous avec son avocat, qu'est-ce que ce sera quand je me retrouverai face à face avec Johnny Jefferson ?

Au quatrième étage, rebelote, une jeune femme nous accueille et on décline notre identité. Elle nous fait signe de patienter, mais pas le temps de s'asseoir, un type aux cheveux grisonnants, costume à fines rayures, ouvre une porte et passe la tête.

– Monsieur Taylor ?, demande-t-il à Stu, mais ses yeux bleu gris s'égarent sur moi.

– Ravi de vous rencontrer, répond Stu sûr de lui, main tendue.

Le type maintient la porte d'une main et tend l'autre à Stu.

– Wendel Rosgrove.

– Et voici Jessie, enchaîne Stu en se tournant vers moi.

Wendel hoche la tête.

– Par ici...

Il ouvre la porte et j'emboîte le pas à Stu, dans mes petits souliers.

On suit Wendel le long d'un couloir qui n'en finit pas, avec des portes à droite et à gauche. Tout au bout, il en ouvre une et je suis presque éblouie par la lumière, avec devant moi une vue de Londres sous un soleil éclatant. On est à l'intérieur du glaçon et la ville s'étend à nos pieds derrière la baie vitrée panoramique. Juste en face, entre deux immeubles, j'aperçois Oxford Street, ses taxis pare-chocs contre pare-chocs, ses bus rouges à impériale. Maman m'emmenait souvent là, faire du shopping...

– Pourquoi tu ne te trouverais pas un petit boulot chez TopShop, *dit-elle tandis qu'on flâne entre les rayons. Ils ont un magasin à Maidenhead, au centre-ville.*

– Oui, je sais, je réponds, tout en réalisant l'absurdité de notre présence en ce haut lieu de la mode londonien, alors qu'on a le même à la maison – même si cette boutique est la plus importante du pays. Je crois qu'il faut avoir minimum seize ans...

– Oh, quel dommage ! Mais tu pourrais travailler dans un autre magasin de fringues, non ? C'est ton truc, la mode.

– Oui, peut-être, je réponds, songeuse.

J'aimerais me trouver un job pour me faire un peu d'argent, mais je n'ai que quinze ans – enfin, je les aurai la semaine prochaine. Et aujourd'hui justement, on est là en prévision de mon anniversaire, pour me dénicher quelque chose à mettre pour la fête.

– Que penses-tu de celle-là ? (Elle me met une robe sous le nez.) Le jaune te va tellement bien.

– Tu crois ?, je réponds, sceptique.

– Tout à fait. J'aurais tellement aimé avoir ta couleur de peau...

Elle a toujours eu le teint pâle.

– J'imagine que je tiens ça de mon père, je réplique, agacée, et elle se crispe.

Encore un moment de gâché, à cause de ce secret entre nous.

La douleur qui me submerge à ce souvenir est telle, que j'en ai le souffle coupé. Je croyais que ce que je suis en train de vivre suffirait à chasser Maman de mon esprit, mais j'avais tort. Tout dans cette recherche de mon père me ramène à elle. Comment pourrait-il en être autrement ?

– Asseyez-vous.

La voix de Wendel met fin à mes pensées. Il va s'installer à son bureau, un monstre de bois foncé. Stu et moi prenons place dans les fauteuils de cuir noir, face à lui. Des fauteuils de luxe. En fait, tout ici semble hors de prix. Je regarde autour de moi la bibliothèque, en bois aussi, contre le mur, avec ses livres tout neufs parfaitement alignés, le canapé en cuir marron à ma droite, devant une table basse en verre noir immaculé.

– Thé ? Café ?, propose Wendel.

– Non, merci, répond Stu et j'ai à ce moment le sentiment qu'il a un peu perdu de sa confiance en lui.

À moins qu'il n'en ait pas eu du tout dès le début. Je secoue frénétiquement la tête et détourne les yeux.

– Un soda ?, demande-t-il et quand je me tourne vers lui, il est en train de me fixer du regard.

– Non, merci, je réponds avec calme.

– Bien… (Il presse un bouton sur son interphone et parle dedans.) Un café pour moi. Rien d'autre… (Puis il nous regarde de derrière son bureau.) Merci de votre présence, dit-il sur un ton sec, sans l'ombre d'un sourire, et j'en déduis qu'il est tout sauf content de nous voir. Si nous en venions à notre affaire ?

Affaire ?

– Puis-je vous parler franchement ?, enchaîne-t-il et j'acquiesce d'un signe de tête, consciente de l'impatience de Stu, à côté de moi.

Tous les deux, on n'attend qu'une chose, qu'il en vienne au fait, quel qu'il soit.

Un coup bref à la porte. Une femme entre avec un plateau. Wendel s'enfonce dans son siège quand elle le pose devant lui. Il continue à parler tandis qu'elle remplit sa tasse, verse une goutte de lait dans son café.

– Nous n'avons encore jamais eu de situation de ce type... *(Ah bon, je suis une « situation » ?)* Cela peut paraître surprenant, vu la réputation de mon client...

Je suis donc unique dans mon genre.

La femme tourne les talons et s'éclipse, sans même un merci de la part de Wendel. Les manières de ce type sont pires que les miennes.

– Je dois vous l'avouer, à de nombreuses reprises j'ai imaginé que ce jour arriverait...

J'ai l'impression de me trouver dans le bureau du proviseur. Je sursaute presque quand Stu prend la parole.

– Dans ce cas, vous devez avoir eu tout le temps de réfléchir à la façon dont les choses vont se passer, à partir de maintenant, dit-il et je note une pointe de sarcasme dans sa voix.

Wendel toussote.

– En fait, ce n'est pas aussi simple.

– Avez-vous parlé de moi à Johnny ?, je me surprends à demander.

Il me regarde dans les yeux.

– Il est au courant, répond-il d'une voix neutre.

Mon cœur s'emballe.

– Et sa famille ? Elle est au courant ?

– Je ne suis pas autorisé à m'exprimer là-dessus, dit-il et instantanément, je me rétracte. Ce que j'aimerais que vous m'expliquiez, c'est ce que vous attendez au juste de tout cela ?

Il ne va pas jusqu'à me demander si je souhaite des indemnités. Mais je sais bien ce qu'il a dans la tête, alors je réponds à son sous-entendu.

– Il ne s'agit pas d'argent. Ce que je veux, c'est rencontrer mon vrai père. J'attends ça depuis toujours, faire sa connaissance, ou savoir au moins qui il était. Mais ma mère est morte il y a bientôt six mois, sans me dire de qui il s'agissait. Je pensais ne jamais connaître la vérité, mais aujourd'hui que je sais, je n'ai pas l'intention de rater cette opportunité. Alors passez le message à Johnny Jefferson. Il ferait mieux de dire la vérité à sa famille, à mon sujet. Parce que je ne renoncerai pas et vous n'achèterez pas mon silence. Je suis là. Il aurait au moins pu avoir la politesse de venir me parler en face.

Je ne m'en suis même pas rendu compte, mais je me suis levée, toute tremblante tellement je suis tendue, au bord des larmes, et je regarde Wendel, menaçante. Wow. Je me rassieds avec un bruit sourd. Je vois alors briller dans son regard quelque chose qui ressemblerait presque à du respect, à moins que ça ne soit de la stupéfaction. Il n'a peut-être pas l'habitude qu'on s'adresse à lui comme ça. Qu'importe, il pourrait être le pape, je m'en fous.

– Entendu, dit-il, l'ombre d'un sourire aux lèvres. Je vais parler à mon client.

Pourquoi ne l'appelle-t-il pas Johnny, comme tout le monde ?

– Mais d'ici là, je ne saurais trop vous recommander de garder le secret. Ne contactez aucun journaliste…

– Comme si j'allais m'amuser à ça.

– Si elle avait voulu parler à quelqu'un, ce serait déjà fait, déclame Stu, volant à mon secours.

Sa confiance en moi est un peu exagérée, comme je vais le constater dès le lendemain, quand Natalie débarque à la boutique et insiste pour que j'aille déjeuner avec elle.

– Où t'étais ?, m'interroge-t-elle, une fois installées au snack du centre commercial. (Il pleut aujourd'hui et ni elle ni moi on n'est très parapluie, donc pas question de mettre le nez dehors.) Tu as vraiment eu un virus intestinal ?

– Euh…

Je le vois à son visage, elle sait que c'est un mensonge.

– Ce qui est vrai, c'est que je ne me sentais vraiment pas bien.

– Mais qu'est-ce que tu as ?, demande-t-elle, sourcils froncés, tout en sirotant son milk-shake, paille entre les lèvres. Tom a demandé de tes nouvelles, hier soir.

– Vraiment ?

En un clin d'œil, je retrouve mon entrain. À peine si j'ai pensé à lui pendant presque deux semaines – j'étais trop obsédée par les événements.

– Qu'a-t-il dit ? Où êtes-vous allés ?

– Ah, ça va mieux, je vois, me taquine-t-elle avant de mordre dans son sandwich. On s'était donné rendez-vous chez Aaron, dit-elle entre deux bouchées. Ses parents ont aménagé leur garage en salle de jeux. On est resté là-bas à jouer au billard.

– Et Tom ? Qu'a-t-il dit ?, j'insiste avec impatience.

– Il voulait juste savoir où tu étais, répond-elle en secouant ses longs cheveux noirs.

– Il a dit autre chose ?

– Non. Mais il avait l'air un peu déçu.

Tout en m'emparant de mon sandwich, je ne peux m'empêcher de sourire. Mais soudain, une pensée me traverse la tête.

– Et Isla ? Elle était avec vous ?

– Non, elle n'était pas là. En fait, j'en suis sûre, ils ne sont plus ensemble.

Et hop, mon sourire revient se visser sur mes lèvres.

– Qui d'autre il y avait ?, je demande tout en mâchouillant, et elle me fait son rapport.

– Tu aurais dû venir, dit-elle pour finir, encore un peu vexée – elle n'a pas l'habitude que je lui dise non.

– Je ne pouvais pas, je réponds en baissant les yeux.

– Mais pourquoi ? Qu'est-ce qui t'arrive ?

Je ne suis pas certaine de pouvoir garder le secret encore bien longtemps. Je n'ai qu'une envie, cracher le morceau. Alors, sur un coup de tête, je prends ma décision, certaine que Natalie saura tenir sa langue.

– Bien… (Je soupire, je me penche sur la table.) Je viens juste de découvrir qui était mon vrai père…

– Oh… Wow !

Elle se renfrogne, l'air vaguement déçu, comme si elle s'attendait à mieux, et je comprends qu'elle n'a pas la moindre idée de la façon dont tout ça me hante, depuis tant d'années. Pas étonnant. En fait, on n'a jamais eu une seule conversation sérieuse. Bizarrement à ce moment, j'imagine Libby assise là, à sa place, et c'est plus fort que moi, je regrette qu'elle ne soit pas la première à entendre la nouvelle. Bref, je me prépare à balancer mon scoop. Natalie va être scotchée.

– C'est Johnny Jefferson.

Je réprime un éclat de rire face à sa tête. Mais visiblement, elle croit que je la fais marcher.

– Elle est bien bonne, dit-elle avec un regard ironique, avant de retourner à son sandwich.

– Je ne plaisante pas, dis-je en secouant doucement la tête.

– Ahahah, très drôle, marmonne-t-elle, sarcastique. Bon. As-tu vraiment découvert qui est ton vrai père ou c'est une blague, ça aussi ?

– Natalie… (Je lui attrape la main sur la table.) Je suis absolument, complètement sérieuse. Ma mère était fan de Fence, adolescente.

Elle écarquille les yeux et récupère sa main.

Merde, elle ne veut pas me croire…

– Je suis sérieuse !, je répète, hargneuse. C'est Stu qui me l'a dit. Cent fois j'ai demandé à ma mère qui il était, mais elle a toujours refusé de me le dire. Et puis, elle est morte…

Je me tais, je n'ai plus envie de sourire du tout. Natalie n'a toujours pas l'air convaincu. Elle ne dit rien, trop inquiète de passer pour une conne au cas où je lui raconterais des vannes. Mais je n'utiliserais jamais la mort de ma mère pour rire aux dépens de quelqu'un.

– Pourquoi ta mère ne t'a-t-elle pas juste avoué la vérité ?, demande-t-elle, sur ses gardes, sans laisser transparaître la moindre émotion. Je veux dire, si ton père est Johnny Jefferson, ajoute-t-elle en minaudant. Eh ben, c'est pas rien !

– Elle avait peur de me perdre, d'après Stu. Elle pensait que je partirais vivre avec lui. Que je le choisirais, lui. Tu comprends, c'est une méga star du rock...

Elle sourit bêtement, aspire à grand bruit les dernières gouttes de son milk-shake avec sa paille.

– Tu devrais faire du cinéma, dit-elle quand elle a fini son verre.

– Je ne rigole pas !, je répète en élevant la voix. Johnny Jefferson est mon père biologique. J'ai même fait un test de paternité. Et je suis allée voir son avocat, hier, à Londres. Qui m'a demandé d'éviter d'en parler autour de moi. Alors tant mieux si tu ne me crois pas, puisque j'étais censée ne rien dire à personne.

Quelque chose change dans son expression et je crois qu'elle commence à réaliser. Puis elle éclate de rire. Elle se tord vraiment de rire, quasi hystérique.

– Tu es sérieuse ?, répète-t-elle.

Elle porte des faux cils aujourd'hui qui font paraître ses yeux encore plus bleus.

– Oui !

Je m'enfonce dans mon siège et lui souris. Elle plonge sur la table pour me prendre la main.

– Johnny Jefferson est ton père ? *Ton* père ?

– Oui ! Chuut !

– Putain !

Je lui envoie aussitôt une claque sur le crâne.

– Doucement, pauvre folle. Je n'ai pas envie que quelqu'un nous entende.

Mais le snack grouille de monde, chacun papote dans son coin, personne ne prête attention à ces deux ados hystériques. Je regarde Natalie. Elle est en train de me regarder fixement. Toujours incrédule ou occupée à digérer la nouvelle, difficile de savoir. J'espère qu'elle a compris, parce que j'en ai marre d'essayer de la convaincre.

– Conneries, dit-elle soudain avec un sourire en coin, en repoussant les restes de son repas. Bon, il faut que je retourne bosser.

Elle se lève et ajoute :

– Contente que tu ailles mieux, au fait…

Elle me donne une petite tape sur l'épaule et sort tout en secouant la tête, presque hilare.

Je la suis des yeux, stupéfaite. Elle continue à croire que je lui raconte des histoires. Du coup, je repense à Libby. C'est sûr, les choses auraient été différentes si elle et moi étions encore amies.

Dans la soirée, la pluie finit par s'arrêter ; je rentre donc à la maison à pied, en faisant un détour pour passer devant chez Libby. Arrivée dans sa rue, je ralentis le pas et, depuis le trottoir d'en face, je regarde discrètement. La voiture de son père est garée dans l'allée, mais aucun signe de vie à l'intérieur. Je soupire, déprimée, quand juste à ce moment, comme la dernière fois que je suis passée devant sa maison, sa mère apparaît à la fenêtre de la cuisine. Elle me voit tout de suite. Mais contrairement à la dernière fois, je ne baisse pas la tête en fuyant son regard, alors elle agite la main avec frénésie. Je lui réponds avec un petit sourire, quand elle dresse un doigt, comme pour me demander d'attendre. Elle disparaît de ma vue, puis la porte d'entrée s'ouvre.

– Jessie !, crie-t-elle, tout sourire, ses boucles rousses voletant autour de son visage rond comme une pomme. Comment vas-tu ?

– Je vais bien, merci, Marilyn, je réponds, embarrassée.

Ma vie a connu tant de bouleversements depuis la mort de Maman, c'est comme si je ne la connaissais plus. Elle était pourtant comme une seconde mère pour moi.

– Viens ici, dit-elle en me faisant signe d'approcher et je me sens obligée de m'exécuter. Ça fait si longtemps !, s'exclame-t-elle en me serrant très fort dans ses bras.

Mal à l'aise, je l'étreins moi aussi. C'est drôle, elle m'est à la fois si familière et si étrangère.

– Tu as le temps pour une tasse de thé ?, m'implore-t-elle et j'hésite, avant d'accepter.

Elle me conduit à la cuisine. La maison est telle que je l'ai toujours connue, mais j'ai l'impression qu'une éternité a passé depuis ma dernière visite, il y a à peine quelques mois.

– Où est Libby ?

– Chez une amie, répond Marilyn.

Ma main à couper que l'amie en question est Amanda Blackthorn.

– Elle ne devrait plus tarder. Et je sais qu'elle aimerait beaucoup te voir…

Pourquoi est-ce que je me sens toute petite et tellement pas à ma place, soudain ? Tant de choses se sont produites depuis l'époque où je me sentais comme chez moi, entre ces murs. Marilyn attrape une bouilloire, la remplit et met l'eau à chauffer. Je tire l'une des chaises autour de la table et m'assieds, intimidée. Elle me rejoint peu après avec deux tasses fumantes de thé au lait et quelques biscuits dans une assiette.

– J'espère que cela ne te coupera pas l'appétit, à cette heure. Je n'ai pas envie que Stuart me tombe dessus, dit-elle en s'asseyant à côté de moi. Oh, il semble que ça fait des années que je ne t'ai vue ! Comment vas-tu ?

Elle plonge ses yeux noisette dans les miens et à cette seconde, je regrette d'être venue. La compassion me met toujours mal à l'aise et j'en ai assez de pleurer.

– Je vais bien, je réponds en soufflant sur mon thé.

– Tu dois être contente, avec l'été qui approche ?

– Quel été ?, je réponds avec ironie en regardant par la fenêtre le temps maussade, dehors.

Elle rit et secoue la tête.

– Tu as bien raison ! Dès la fin des cours, nous partons pour le Portugal où j'espère, il fera plus beau qu'ici...

Brusquement, elle se tait. Se rappelle-t-elle combien Maman rêvait d'aller en Espagne ? Attention, sujet sensible. Mais bon, y en a tellement. Peut-être qu'elle regrette de m'avoir fait entrer.

– Alors, tu es allée au cinéma, dernièrement ?, reprend-elle, cherchant désespérément quelque chose à dire.

– Pas depuis très longtemps, je réponds avec un sourire, peinée pour elle.

Voilà pourquoi je me sens mieux avec des gens comme Natalie. Pas de questions gênantes, aucun lien avec le passé.

On entend la porte d'entrée s'ouvrir et soudain, elle s'illumine, bondit sur ses pieds et se précipite pour regarder dans le couloir.

– Libby ! Tu es rentrée ! Jessie est ici.

– Jessie ?, demande Libby, incrédule.

Trois secondes après, elle apparaît.

– Salut !, dit-elle, visiblement surprise.

Elle porte un jean bleu et un haut bleu ciel que je reconnais comme venant de chez *TopShop*. On dirait qu'elle a perdu un peu de poids. À son grand désespoir, sa mère avait l'habitude de l'appeler ma poupée ronde.

– Salut, je réponds, crispée. Je rentrais du centre-ville et ta mère m'a vue passer par la fenêtre..., dis-je, ressentant le besoin de justifier ma présence.

– J'étais chez Amanda, explique-t-elle en glissant une mèche derrière son oreille, comme elle le fait cent fois par jour.

– Ta mère m'a dit que tu étais chez une amie, je me suis doutée que ce devait être Amanda, je réponds, en essayant de donner l'impression que ça m'est égal.

– Tu veux prendre une tasse de thé avec nous, Libs ?, demande alors Marilyn, la voix pleine d'espoir.

– Euh, vite alors, répond-elle en s'asseyant.

Je n'ai pas la moindre idée de ce que l'on va pouvoir se dire.

– Tu sors, ce soir ?, me demande-t-elle.

– Je ne sais pas. Peut-être que j'irai voir Natalie... (À ce nom, le visage de Libby se referme.) Et toi ?, je me dépêche d'ajouter.

– On va au ciné, avec Amanda.

– C'est vrai ?, s'exclame Marilyn. Jessie était justement en train de m'expliquer qu'elle n'était pas allée au cinéma depuis longtemps. Et quel film allez-vous voir ?

– *Two Things*.

Instantanément, mon estomac se noue puisque Tom m'avait invitée à aller voir le même film. J'espère ne pas être passée à côté de ma chance avec lui.

– Viens, si tu veux, ajoute-t-elle avec simplicité et d'un coup, j'ai envie, vraiment envie d'y aller – je regrette juste qu'Amanda soit là, elle aussi.

– Merci. Peut-être...

Je suis Marilyn des yeux quand elle sort de la cuisine, puis je reporte mon attention sur Libby, en train d'examiner ses ongles. Je me souviens de la dernière fois où je lui ai fait une manucure. J'avais dormi chez elle, la semaine juste avant ma fête d'anniversaire.

– Tu veux que je te passe du vernis ?, je m'entends lui demander, à ma grande surprise.

Libby manifestement n'en croit pas non plus ses oreilles.

– Hmm, d'accord.

Je lui souris et aussitôt, elle me rend mon sourire.

– Si on montait ?, propose-t-elle.

Au pied de l'escalier, je retire mes chaussures et c'est comme si je m'étais débarrassée de semelles de plomb, car d'un coup je me sens légère, de plus en plus légère à chaque marche. On arrive à la minuscule chambre de Libby, face à l'escalier. Au bout du palier, c'est la chambre que partagent ses frères. Je retrouve celle de Libby, rien n'a changé, l'odeur est toujours la même. Je me réjouis de constater que dans son monde au moins, les choses semblent immuables.

– Tu aimes toujours Joseph Strike, je note lorsque, refermant la porte, je me retrouve nez à nez avec un poster de l'acteur dans toute sa splendeur, torse nu et bronzé.

– Toujours, répond-elle avant de bondir sur son lit pour s'y asseoir.

Sa chambre est minuscule, juste assez de place pour un lit sous la fenêtre, à gauche une petite armoire tapissée de photos de One Direction et McFly, à droite un bureau genre secrétaire. Elle se penche pour y attraper une trousse à maquillage. Je m'assieds à côté d'elle sur le lit, en tailleur. Elle cherche un moment et finit par sortir de sa trousse un flacon de dissolvant et trois boules de coton, puis on commence à retirer notre vernis.

– Tu as recommencé à te ronger les ongles, note-t-elle avec une grimace.

– Oui, je réponds, prête à lui expliquer pourquoi.

– Qu'y a-t-il ?, me demande-t-elle, les yeux ronds, quand elle voit ma tête.

– Je sais qui est mon vrai père.

– Quoi ? (Elle devient tout à coup livide et prend mes mains dans les siennes. Contrairement à Natalie, elle sait combien c'est important pour moi.) Comment ça s'est passé ? De qui s'agit-il ?

– C'est Stu qui me l'a dit.

– Mais comment ? Je pensais... Je ne..., bredouille-t-elle.

– Oui, moi aussi je croyais qu'il n'en savait rien. Jamais je n'aurais eu l'idée de le lui demander. Mais il savait et tu ne vas pas le croire...

– Vraiment ? Pourquoi ? Qui est-ce ?

Elle a tellement envie de savoir. Je n'ai jamais entendu autant de comment, de pourquoi et de qui de toute mon existence.

– Tu ne vas pas le croire, je répète.

– Mais si. Je t'assure. Tu le sais bien, enfin...

Elle serre mes mains un peu plus fort entre les siennes.

– Tu ne devras le répéter à personne.

– Promis !

J'hésite, parce qu'elle va probablement penser que je me fous d'elle. Et je n'en ai pas envie. Pas avec Libby. J'inspire un grand coup.

– C'est Johnny Jefferson.

Elle semble ne pas savoir que dire. À moins que ce ne soit le choc. Puis elle détourne les yeux, comme sous le poids d'une tristesse infinie. Elle pense que je me moque d'elle et ne trouve pas ça drôle. Je peux le comprendre. Rire avec ça serait l'insulte suprême, vu toutes les heures que nous avons passées à essayer d'imaginer qui pouvait être mon vrai père. Elle doit croire que j'ai manigancé tout ça avec Natalie, pour rire d'elle.

– Je sais que tu ne me crois pas, dis-je avec calme en la dévisageant. Mais je te le promets, c'est la vérité.

J'attends un long moment qu'elle veuille bien me regarder, en vain. Je soupire. J'aurais peut-être mieux fait de garder tout ça pour moi encore un certain temps, du moins jusqu'à l'annonce officielle. Est-ce ainsi que ça va se passer ? Vont-ils un beau matin révéler au monde que je suis la fille de Johnny Jefferson ? Ma vie va changer du tout au tout. À cette pensée, je sens l'adrénaline qui pulse dans mes veines. Pas question pour autant d'abandonner mes amis, j'en fais le serment. J'ai été infecte avec Libby, mais Amanda ne me la prendra pas. Et puis Natalie a vraiment été sympa avec moi, donc je ferai en sorte après tout ça de...

– J'aimerais que tu t'en ailles, s'il te plaît...

Les mots de Libby m'arrachent à mes pensées. Des mots qui me lacèrent le cœur comme une lame bien affûtée.

Je me tourne vers elle, mais elle refuse toujours de me regarder. Je ne lui ai jamais vu une telle expression. Comme si elle était... en colère.

– Libby, je ne...

– Dégage, tu entends ? Je ne sais pas ce qui t'est arrivé, Jessie, mais je n'ai pas envie que tu viennes jusque chez moi pour te foutre de ma gueule.

Elle attrape le flacon de dissolvant sur le lit, le remet dans sa trousse à maquillage qu'elle pose bruyamment sur le bureau.

– Libby…

Je la regarde faire, désemparée.

Soudain, elle se tourne vers moi et me pousse sans ménagement.

– Dégage !, répète-t-elle en élevant la voix.

Je me lève, vacille, anxieuse à l'idée que sa mère puisse l'entendre crier.

– Libby, attends !, je la supplie, choquée. Tu me connais. Tu sais bien que je ne te mentirais pas à propos de mon père… (J'ai des larmes plein les yeux, que j'essuie avec frénésie tout en tentant de la convaincre.) C'est trop important. Tu peux penser que j'ai changé, et oui, c'est vrai, j'ai changé, mais pas à ce point-là…

Je l'observe, en proie au désespoir et à la panique, puis enfin, elle daigne me regarder. L'air en colère encore, furieuse même. À ce moment, la Jessie que Natalie connaît sortirait de cette chambre en envoyant Libby se faire voir, mais soudain, ce genre de réaction ne me ressemble plus.

– Je t'ai repoussée, je le sais. J'étais fâchée contre toi. Mais ce qui est arrivé à Maman… Et merde, Libby… (Je m'essuie les yeux, mais les larmes n'en finissent pas de couler.) Je ne te mentirais pas à propos de ça, dis-je avec ferveur. Jamais, tu le sais bien au fond de ton cœur.

Elle plisse un peu les yeux, m'observe, puis je vois sa colère s'estomper, remplacée par une infime étincelle d'espoir.

– Tu es donc en train de me dire que Johnny Jefferson serait ton père ?, dit-elle, avec une bonne dose de scepticisme encore.

Je me rassieds sur le lit du bout des fesses.

– J'ai dû passer un test de paternité. Et il n'y a pas le moindre doute là-dessus.

– Mais… Comment… ?, bredouille-t-elle, stupéfaite, limite abasourdie.

– Ma mère était l'une de ses premières fans… (Je sens mes joues s'embraser. Je ne me suis pas vraiment interrogée sur les détails concernant ma conception, mais maintenant, devant Libby, je me sens un peu gênée par cette révélation.) Bref, ils sortaient ensemble, j'ajoute, penaude. Mais je n'en sais pas plus. Stu m'a expliqué…

– C'est Stu qui te l'a dit ?, s'exclame-t-elle, perplexe.

– Il sait depuis toujours.

Là, elle commence à me croire, je le vois sur son visage, mais la seconde d'après elle écarquille les yeux, frappée par une stupéfaction absolue.

– Johnny Jefferson est ton père ?

C'est plus fort que moi, je pouffe.

– Oui.

– Putain… Oh, mon Dieu !

– S'il te plaît, ne dis rien à Amanda…

Je m'attends à ce qu'elle me fasse les gros yeux en répliquant « Bien sûr que non », mais à mon grand désarroi, elle n'en fait rien.

– Elle ne le répéterait à personne, tu sais, dit-elle un brin sur la défensive.

– Oui, mais quand même, ne lui dis pas, d'accord ?

– D'accord… (Elle semble énervée.) Tu sais, elle est super. C'est une fille en qui on peut avoir confiance…

– C'est en toi que j'ai confiance, Libby, dis-je au bord des larmes à nouveau. Je sais qu'Amanda est ton amie maintenant, mais en souvenir de notre amitié, je t'en prie, ne me trahis pas.

Là, elle s'énerve vraiment.

– Te trahir ? Tu ferais mieux de te regarder dans une glace avant de m'accuser de pouvoir faire une chose pareille !

Elle lâche ses mots sur un ton acide et je comprends qu'il vaut mieux que je me taise. Puis elle laisse échapper un soupir, comme vidée.

– Écoute, je ne dirai rien à Amanda, mais… (Elle regarde sa montre.) Désolée, mais je dois me préparer avant le repas, sinon je vais être en retard au ciné.

– Bien sûr, je marmonne en me levant.

– Tu peux encore te joindre à nous, si tu veux, dit-elle sans réel enthousiasme.

– Non. Mais merci. Je ferais mieux de rentrer retrouver Stu à la maison.

Je sors de la chambre en faisant le moins de bruit possible, pour éviter que sa mère ne vienne me demander ce qui ne va pas.

Je me sens complètement désemparée. J'ai imaginé tant de fois la scène où je révèle à Libby le nom de mon vrai père… Mais comme ça, non, jamais comme ça.

8.

Cette nuit-là et toute la journée du lendemain, je ne cesse de repenser aux réactions de Libby et de Natalie. Impossible de joindre Wendel, normal, on est dimanche, mais le lundi matin, je m'empresse de l'appeler. Stu, à côté de moi, est nerveux.

– Avez-vous pu parler à Johnny ?

– Oui, répond-il, et je dois faire un effort pour rester calme.

– Je voudrais savoir quand tout ceci sera rendu officiel...

– Qu'entendez-vous exactement par « officiel » ?, rétorque-il, sur ses gardes.

– Révélé au grand jour. J'en ai assez de devoir me taire, dis-je en me mordant la lèvre à ce mensonge.

Je l'ai déjà dit à deux personnes et j'ignore quelles peuvent en être les conséquences...

Il hésite.

– Oh. Je vois.

J'attends qu'il poursuive.

– Cela risque de poser problème…

– C'est-à-dire ?, je demande, agacée.

– Mon client tient beaucoup à préserver sa vie privée.

– Pardon ? Ce n'est pas l'impression que ça donne quand on lit les journaux !

– Une époque révolue, me fait remarquer Wendel. Il a aujourd'hui fondé une famille. Ma mission dans le cas qui nous occupe consiste à limiter les dégâts, raison pour laquelle je m'efforce de trouver un moyen de contrôler tout ça.

Il a de ces mots, ça me tue. J'ai l'impression d'être une sorte de catastrophe naturelle.

– Aimeriez-vous le rencontrer ?, demande-t-il.

– Oui, je réponds, tremblante.

– Verriez-vous un inconvénient à vous rendre à Los Angeles ?

Sa question fait battre mon cœur un peu plus vite.

– Ça peut se faire, dis-je, prenant sur moi pour ne rien laisser paraître de mon émotion. (Stu trépigne près de moi. Il n'entend qu'une partie de la conversation.) Quand ?

– Mon client doit s'absenter à la fin du mois avec sa famille, et il souhaiterait vous voir avant, enchaîne Wendel. Que diriez-vous de la semaine prochaine ?

Mon cœur bat tellement fort que j'en ai presque la tête qui explose.

– J'ai cours jusqu'à mercredi prochain, dis-je, en sentant le regard inquisiteur de Stu sur moi. Mais je pourrais peut-être prendre deux jours ? (Je me tourne vers Stu qui hausse les épaules, mains ouvertes, comme pour dire : « dis-moi ce qui se passe ».) Accordez-moi une minute, s'il vous plaît.

– Entendu, répond-il sèchement.

Je plaque ma main sur le combiné.

– Il demande si je peux aller à L.A. rencontrer Johnny et sa famille, la semaine prochaine, j'explique à Stuart et pour un peu, je me jetterais à ses genoux.

Il semble surpris.

– Oh. Wow... (Il attrape l'une des chaises autour de la table de la cuisine et s'assied, avant de regarder le combiné.) Puis-je ?

À contrecœur, je lui laisse le téléphone. Et le contrôle des opérations.

– Wendel ? Stuart à l'appareil.

C'est mon tour d'écouter une conversation à sens unique et c'est plutôt frustrant.

– Mmmhmm... Oui. Je suis tout à fait d'accord... Non, oui, le plus tôt sera le mieux... J'imagine début de semaine prochaine, peut-être même le week-end qui vient... Je vois... Entendu. Eh bien, ça serait parfait... Non, merci... Devons-nous nous occuper de réserver un vol ?... Oh, d'accord, oui, c'est super... Dans ce cas, nous attendons de vos nouvelles... Excellent, merci beaucoup... Pardon ?... Oh, oui. Non, je le lui répéterai... OK. À très bientôt.

Il met un terme à la conversation et j'hésite entre fureur et gratitude à son égard pour avoir réglé tous les détails. Je le regarde avec impatience. Il semble encore sous le choc quand il se tourne vers moi.

– Wendel va charger quelqu'un de te réserver un vol. Ils s'occupent de tout...

Puis il toussote, l'air embarrassé, et je sens mon cœur qui s'arrête. Stu subvient à mes besoins depuis des années et parfois, il m'arrive d'éprouver un peu de culpabilité.

– Johnny et sa famille s'en vont fin juillet, tu ne passeras donc qu'une semaine avec eux. Tu es d'accord ?

– C'est parfait, dis-je avec un sourire qui se dessine sur mes lèvres.

– Wendel a de nouveau insisté pour que tu ne révèles rien de tout ça à personne, ajoute Stu en me mettant en garde. Tu ne dois rien dire, pas encore.

Je me garde bien de lui avouer que le mal est déjà fait.

– On ne sait pas quelle sera la décision de Johnny. Tu ne voudrais pas toute ta vie être déracinée si plus tard tu décidais de faire les choses autrement…

Je ne sais pas trop ce qu'il entend par là, mais je suis trop excitée pour lui poser la question. Je vais à L.A. ! Je saute sur place en poussant un cri.

Stu sourit, mais je vois bien que quelque chose le tracasse.

– Veux-tu que je t'accompagne ?, demande-t-il, hésitant. Je veux dire, je sais qu'ils ne l'ont pas proposé, mais je peux m'acheter mon billet…

Je ressens une profonde bouffée d'affection à son égard et je réfléchis un moment à sa proposition. Mais je le sens, c'est à moi et moi seule d'agir.

– Non, c'est bon. C'est sans doute mieux que je fasse ça toute seule.

Cette semaine, au bahut, Amanda continue à coller Libby comme une odeur nauséabonde. Natalie a passé son dernier exam, aussi elle ne vient plus en cours. Libby fait un petit effort pour m'inclure dans son duo et je ne l'évite plus comme je l'ai fait par le passé, mais Amanda, c'est clair, se passerait bien de ma présence. J'ai très envie de dire à Libby pour Wendel et l'avion, mais impossible avec Amanda entre nous. Libby fait bien attention à ne pas exclure sa nouvelle amie et forcément, je finis par me refermer sur moi-même. Les choses ne sont plus ce qu'elles étaient et je ne me sens pas tout à fait disposée à m'adapter.

Je m'envole dimanche à midi, arrive à Los Angeles à quinze heures trente le même jour. Avec le décalage, ça fait un vol de onze heures et demie, autant dire que j'aurai le temps de m'ennuyer. Le plus long vol à mon actif, c'était pour l'Italie, soit environ deux heures et demie.

Parce que c'est encore top secret, j'ai accepté de séjourner chez Johnny et sa famille en me faisant passer pour la nounou de ses enfants. Je n'ai pas vraiment apprécié quand on m'a suggéré ça, mais Wendel m'a expliqué que c'était juste pour ne pas attirer l'attention de la presse. En ajoutant que c'était aussi pour ma propre sécurité. Pour lui, je le sais, je suis une fille naïve, qui n'imagine pas dans quoi elle a mis les pieds. Peut-être qu'il a raison. Mais maintenant, je ne vais pas faire marche arrière.

Le samedi soir, je rentre à pied à la maison quand quelqu'un m'interpelle, depuis le trottoir d'en face. C'est Tom.

– Salut, je réponds toute chose, alors qu'il traverse la rue pour me rejoindre, en tenue de foot, un ballon sous le bras.

– Je vais à Grenfell. Tu n'irais pas de ce côté, par hasard ?, demande-t-il avec décontraction.

– Je peux faire un détour, je réponds, redessinant déjà dans ma tête ma trajectoire pour passer par le parc, au lieu de le contourner.

– Super…

On marche une minute en silence, côte à côte.

– Tu sors, ce soir ?, demande-t-il après un moment. On te voit plus trop, ces derniers jours.

– Non, je ne peux pas, ce soir, je réponds, hésitante, en pensant à mes bagages que je dois boucler. Je pars en vacances, demain.

– C'est vrai ? (Il m'observe avec attention.) Et où ça ?

– Euh… À L.A.

– L.A. ? Wow, génial ! Monsieur Taylor a cassé sa tirelire ?

– Je ne pars pas avec Stu. Je… Je vais chez un ami de Maman…

Je laisse échapper un soupir de soulagement discret, tant mon explication paraît valable. Ce n'est même pas un mensonge. Enfin, pas vraiment.

– Combien de temps tu restes là-bas ?

– Juste une semaine.

– Peut-être qu'on pourrait aller voir *Two Things* ensemble, à ton retour ?

– Oui, dis-je avec un sourire timide, charmée qu'il se souvienne de ce détail. Je ne l'ai pas encore vu.

– Moi non plus.

Nouveau silence.

– Si tu veux, tu pourras m'envoyer un texto, suggère-t-il.

– Bien sûr… (Je cherche mon téléphone, bouleversée.) C'est quoi ton numéro ?

Je m'arrête sur le trottoir, entre nerveusement son numéro dans mon répertoire, puis je remets mon téléphone dans mon sac et on reprend notre marche.

– Tu fais quoi, cet été ?, je lui demande alors qu'il fait rebondir le ballon devant nous, comme au basket.

– Je vais juste traîner ici et là avec les potes. On a prévu de passer deux semaines à Ibiza, en août…

Et il y aura un maximum de nanas qui vont lui faire les yeux doux. Argh.

– Alors, toi et Isla… ?

Aïe, je me mords la langue presque au sang quand la question manque sortir de ma bouche, sans même que je l'aie préméditée.

– Quoi ?, dit-il, me forçant à aller jusqu'au bout de ma pensée.

– Vous aviez l'air super bien ensemble, à la fête de Natalie et Mike, je réponds, les joues en feu.

Il hausse les épaules, recommence à jouer avec son ballon.

– Non. Quand c'est fini, c'est fini, je ne reviens pas en arrière.

Mon soulagement est immense. On bavarde tout en poursuivant notre chemin. Ça m'est plus facile de lui parler, maintenant que je suis fixée sur lui et Isla.

Après un moment, je m'arrête devant l'allée sur ma droite.

– C'est par là que je passe pour rentrer à la maison.

– OK, répond-il avec un hochement de tête. Bon courage pour les valises.

– Merci.

Il recule de quelques pas, puis tourne les talons et s'en va à petite foulée à travers le parc. De mon côté, je continue à marcher, si bien que je finis par le perdre de vue quand il retrouve ses amis.

J'ai le sentiment qu'entre Tom Ryder et moi, l'histoire ne fait que commencer. J'espère juste que dans notre cas, le fameux adage « loin des yeux, loin du cœur » ne se vérifiera pas.

9.

Mon bouquin sur les genoux, je regarde par le hublot le ciel bleu. On vole au-dessus des nuages depuis des kilomètres – ne me demandez pas combien. Des centaines. Des milliers. Et maintenant, quand je regarde en bas, tout en bas, je peux voir le bleu profond de l'océan. Bientôt, on arrivera au-dessus du continent américain. J'en tressaille, rien qu'à l'idée de ce que je suis en train de faire. J'arrive pas à y croire.

Bizarrement, je me suis sentie tout émue quand le moment est venu de dire au revoir à Stu. Il m'a accompagnée jusqu'à la douane, puis il a attendu pendant que je faisais la queue. Tout ce temps, j'avais une boule en travers de la gorge, impossible de l'en déloger, même quand j'ai franchi les portes pour me retrouver encore à devoir faire la queue de l'autre côté.

Je repense à notre conversation, à la brasserie de l'aéroport, juste avant que je ne passe à l'embarquement, là où il ne pourrait pas me suivre.

– Pourquoi es-tu retourné avec Maman ?, je lui ai demandé de but en blanc. Quand elle m'a mise au monde ? Je n'étais pas ton enfant. Elle avait rompu avec toi et couché avec un autre. Pourquoi l'avoir reprise ? Comment pouvais-tu lui pardonner ?

Autant de questions qui m'avaient maintenue éveillée la nuit entière, mais je n'avais pas trouvé le bon moment pour les lui poser, le matin venu. Mais maintenant, le temps pressait et je voulais des réponses.

– Je l'aimais, m'a-t-il répondu avec calme. Je n'avais jamais cessé de l'aimer. Certaines personnes sont prêtes à tout pour l'être qu'ils aiment, quels que soient les conséquences, les sacrifices... (Son visage s'était adouci face à ma mine déconfite.) Mais tu n'étais pas un sacrifice, Jessie. Je t'aimais. Et je t'aime encore aujourd'hui, et peu importe tes efforts pour me rejeter. Cela ne change rien. Même si tu es destinée à faire de grandes choses, à vivre des expériences extraordinaires, tu seras toujours chez toi à la maison, avec moi.

– Je reviendrai vite, je te promets, ravalant mes larmes.

– Je sais, acquiesce-t-il avec un sourire. Et crois-le ou pas, tu vas me manquer...

C'est bizarre. D'une certaine manière, ces dernières semaines ont fait que j'ai considéré Stu comme mon père. Connaître l'identité de mon vrai père m'a permis de l'apprécier. J'éprouve une profonde affection pour lui. *Merci de m'avoir dit la vérité*. Mais lorsque je rouvre les yeux, face à l'immensité du ciel, je chuchote :

« J'aurais tant voulu que ce soit toi, Maman, qui me la dise, cette vérité. »

Une espèce de nuage grisâtre plane sur L.A. et, sur le siège devant moi, j'entends une maman dire à son ado que c'est la pollution. Il n'y a pas d'autres nuages dans le ciel, en tout cas, je n'en vois pas de ma place. En fait, on a le sentiment qu'il fait une chaleur suffocante en bas.

Je suis la fille de Johnny Jefferson. Je me pince. Je me pince vraiment. Et ça fait hyper mal. Non, je ne suis pas en train de rêver – je me suis pincée jusqu'au sang, j'ai une marque sur le bras. Je vais chez Johnny Jefferson ! Je vais faire la connaissance de mon père !

L'avion se rapproche du smog et je pense à l'un de mes morceaux préférés de Wombat, *Jump into the Fog*. C'est cette chanson que Maman disait aimer, lorsqu'on était allongé sur mon lit, juste avant la chanson de Johnny. Si on n'avait pas obligation d'éteindre nos appareils électroniques à bord, j'aurais pu l'écouter sur mon iPod. On traverse le nuage de pollution et mon cœur se détraque. Me voilà lâchée dans… eh bien, dans l'inconnu.

Une fois passée la douane et ma valise d'une tonne récupérée sur le tapis roulant, alors qu'il est minuit, là-bas au Royaume-Uni, je commence à me sentir un peu dans le cirage. J'essaie d'envoyer un texto à Stu pour lui dire que je suis bien arrivée, mais je découvre que la batterie de mon téléphone est à plat – j'ai oublié de la recharger, avant de m'envoler. Je n'ai pas fermé l'œil, en vol. À la perspective de rencontrer Johnny, j'étais trop fébrile, trop euphorique. J'avais une place en classe affaires, avec un choix de tant de films géniaux, que je n'ai pas voulu perdre une minute en dormant.

Wendel m'a dit que le chauffeur personnel de Johnny, un type du nom de Davey, viendrait me récupérer. J'ai vu des clichés de paparazzi montrant Johnny tentant de sortir de l'aéroport, assailli par une foule de fans hystériques. Normal qu'il ne vienne pas lui-même me chercher.

La gorge nouée, je pousse mon chariot à bagages à travers la foule, direction la sortie. Je porte un T-shirt, une veste en jean, un jean et des bottines noires, ce que je ne vais pas tarder à regretter, j'en ai conscience, une fois dehors. Le temps était gris quand je suis partie et je voulais quelque chose de confortable dans l'avion. J'imagine que je pourrais me changer, mais c'est trop tard maintenant. Je me retrouve dans le hall des arrivées, face à des masses de gens, de visages inconnus. Je balaie la foule du regard, en espérant voir un écriteau Jessica Pickerill, Jessie, Mademoiselle Pickerill, n'importe quoi. Mais ma vue se brouille, la faute à toute cette adrénaline. Soudain, un type à la peau ébène portant un uniforme de chauffeur couleur bleu marine se matérialise devant moi.

– Mademoiselle Pickerill ?, demande-t-il, sourcils froncés, à peine visibles sous la visière de sa casquette.

– Oui, je réponds, soulagée.

– Je vous ai reconnue tout de suite !, s'exclame-t-il et son sourire met à nu une impressionnante rangée de dents d'un blanc éclatant. (Il me prend le chariot des mains.) Je suis Davey. Par ici, mademoiselle ! (Il marche à toute vitesse, zigzague avec un rare savoir-faire parmi les voyageurs, tout en me jetant des regards furtifs.) Vous ressemblez à votre père, dit-il avec un hochement de tête et, tout en pressant le pas pour le suivre, une bouffée d'émotion me submerge.

Il franchit les portes de l'aéroport et à peine sur le trottoir, la chaleur s'abat sur moi tel un coup de massue. J'en titube, le souffle coupé.

– Ça va ?, s'enquiert Davey, l'air inquiet.

– Je n'aurais pas dû mettre un jean.

– Vous pouvez vous changer dans la voiture. Je relèverai la vitre de séparation.

Plus facile à dire qu'à faire. Puis je vois la voiture... On dirait un autobus.

– Wow, je soupire tandis que nous nous dirigeons vers la limousine, une Mercedes noir métallisé, longue comme un semi-remorque.

Davey m'ouvre la portière d'un geste théâtral et je monte. Il y a de la moquette au sol et un superbe canapé en cuir noir sur ma gauche qui part de la portière et court sur tout un côté à l'arrière de la voiture. Juste en face, sous la vitre, c'est le bar d'un blanc immaculé, la stéréo et apparemment, un petit frigo.

– Voulez-vous que je pose votre valise ici, mademoiselle Pickerill ?, demande Davey en désignant le canapé.

Je dois avoir l'air un peu sidéré, parce qu'il ajoute :

– Comme ça vous pourrez choisir une tenue plus appropriée... ?

– Oh, je... Oui, merci.

– Je vais mettre la clim, me promet-il avec un sourire, avant de refermer la portière. (Il se met au volant et une vitre fumée se dresse entre nous.) Comme ça, vous aurez un peu d'intimité, dit-il, juste avant de disparaître de ma vue. (Puis sa voix résonne dans l'interphone.) Si vous voulez me parler, pressez sur le bouton à côté de l'évier. N'hésitez pas à vous servir un rafraîchissement. Et au moindre souci, appelez-moi. Nous serons chez Johnny dans une demi-heure environ.

– Merci, je réponds, sans savoir s'il m'a entendue.

Je reste là un moment à regarder autour de moi. Je me sens bizarre, très bizarre. Chaque siège a sa ceinture de sécurité, mais je laisse la mienne un moment. Je me sens encore un peu vaseuse. Peut-être devrais-je boire quelque chose. Je me penche pour ouvrir le réfrigérateur. Une bouteille de champ, diverses canettes de soda, du jus de pomme et, euh, du lait ? Curieux. Un peu d'alcool me déstresserait sûrement, mais jamais je n'oserais ouvrir la bouteille de champagne, alors je me sers le jus de pomme et regarde par la vitre, en essayant de rassembler mes pensées.

Tout est si différent, ici. Les magasins, les petits pavillons avec leur pelouse asséchée et tristounette, les trottoirs immenses… J'ai l'impression d'avoir atterri sur une autre planète. Et c'est le cas. Je ne reconnais même pas l'Amérique des séries télé auxquelles je suis pourtant accro depuis des années. Où est passé le faste ? Le clinquant ? À ce moment, j'ai l'œil attiré par une guirlande de Noël accrochée au porche de l'une de ces maisons miteuses qui se succèdent sur notre route. Ça ne correspond pas vraiment à cet étalage de luxe auquel je m'attendais. D'autres décos de Noël décorent les bicoques et scintillent au soleil. Manifestement, on n'est pas superstitieux, ici. Maman retirait toujours nos décorations le 6 janvier, qu'il pleuve ou qu'il vente. Vous me direz, regardez à quoi ça lui a servi. Soudain, je suis frappée par une illumination. Tinseltown. On est à Tinseltown. Voilà qui explique la passion que les gens d'ici ont pour les guirlandes[1].

Je bois mon jus de pomme et pose mon verre sur le plateau, puis j'ouvre ma valise et regarde à l'intérieur, le dos trempé de sueur, rien que le temps de marcher de l'aéroport à la voiture. Je souris en voyant dépasser dans mes affaires un bout de tissu argenté. Je sors la robe du sac. Ces guirlandes m'ont inspirée.

Je retire mes bottines, mes chaussettes moites. Ah, le bonheur de mes petits pieds une fois à l'air. J'enlève ensuite mon jean, jette ma veste dans ma valise, me débarrasse de mon T-shirt et je me dépêche d'enfiler ma robe trapèze argentée, juste au cas où la vitre entre Davey et moi viendrait à s'abaisser. Puis je range mes fringues sales dans la poche intérieure de ma valise et laisse le couvercle se refermer, sans m'embêter à tirer la fermeture Éclair, parce que je compte m'occuper de mes cheveux et aussi me maquiller un peu.

Mais pas tout de suite. Là, je me sens encore comme barbouillée, alors je prends un autre jus de pomme, attrape un sachet de chips dans un tiroir et vais m'installer sur la banquette, à l'arrière. Je remets mes lunettes de soleil et tente de me détendre. Je sens un sourire se dessiner sur mon visage alors que je regarde à nouveau par la vitre l'avenue immense longée de palmiers grotesques, trop grands, trop maigres. Le ciel est d'un bleu profond au-dessus du nuage de pollution et les voitures de luxe

---

1. *Tinsel* désigne les guirlandes de Noël, mais peut aussi signifier « clinquant ». *Tinseltown* est le nom donné à Hollywood, en référence justement à son aspect clinquant de capitale du cinéma.

m'envoient des reflets de soleil direct dans les yeux. Et tout ça est vrai. Bien vrai.

– Descends de voiture !, hurle Maman, un début de panique dans la voix.

– Quoi ? Pas question de sortir sous ce déluge.

Je regarde par la vitre la nuit noire et la pluie battante éclairée par les phares des voitures qui nous croisent, de l'autre côté du terre-plein central.

Sa vieille Peugeot est en panne – une fois de plus –, mais là, on est sur l'autoroute. Maman a réussi à se garer sur la bande d'arrêt d'urgence et je n'ai pas l'intention de bouger de ma place.

– Descends de cette voiture tout de suite !, aboie-t-elle alors qu'un semi-remorque nous dépasse dans un fracas pas possible, faisant trembler notre petite voiture rouge.

– Mais pourquoi ?!

– Parce que c'est dangereux ! Sais-tu combien de gens trouvent la mort sur la bande d'arrêt d'urgence, chaque année ?

– C'est un truc que t'as appris à ton stage de sensibilisation à la vitesse ?, je rétorque en ricanant.

Elle vient juste de récupérer ses trois points sur son permis et n'arrête pas depuis de faire la leçon.

– Descends immédiatement de cette voiture !, répète-t-elle, visiblement à bout de nerfs. Et grimpe tout en haut du monticule, là !

– Pour quoi faire ? Aller m'asseoir sous la pluie ?

Elle ouvre sa portière et descend sous la flotte juste quand un autre camion nous dépasse, faisant violemment trembler notre voiture. OK, c'est un peu flippant, je l'admets. Soudain, ma portière s'ouvre, elle se penche sur mon moi, déclique ma ceinture de sécurité et m'arrache quasiment à mon siège pour me faire sortir, ses cheveux trempés me dégoulinant dessus.

– Putain, ça va ! OK, je sors !, je hurle en la bousculant.

Elle me pousse aux fesses jusqu'au sommet du monticule. En moins de cinq secondes, je suis trempée jusqu'aux os et vraiment, vraiment en rage, merci bien. Où est-elle passée maintenant ? Je regarde derrière moi, furieuse, et je la vois encore en bas, en train de prendre son sac sur le siège passager. Tant qu'elle y est, elle pourrait attraper le mien. Je commence à descendre de mon perchoir pendant qu'elle referme la portière et se dirige vers moi quand soudain, surgie de nulle part, une bagnole dévie de sa trajectoire et accroche l'arrière de notre voiture. Je laisse échapper un cri d'horreur au moment de l'impact, le choc projette des étincelles dans la nuit alors que la Peugeot exécute presque un demi-tour. L'autre voiture freine à mort et s'arrête un peu plus loin, les autres bagnoles et camions la frôlent, puis je me retrouve dans les bras de Maman, elle me serre si fort et je suis tellement heureuse qu'elle n'ait rien que je ne réagis même pas quand elle se met à pleurer comme une hystérique.

Je ravale mes larmes et me détourne de la vitre pour promener mon regard à l'intérieur de la limousine. On n'a jamais eu l'argent pour s'offrir des caisses neuves, du genre qui ne tombe pas en panne tout le temps. Le type à bord de l'autre voiture était indemne, heureusement, mais notre petite voiture n'a pas survécu. Après ça, on a dû partager la Fiat de Stu. Le bon côté du truc, ça a été le fric de l'assurance qui est tombé deux mois plus tard. Maman était si contente, cette semaine-là, qu'elle a décidé de préparer nos vacances d'été. On était loin d'imaginer qu'une bombe à retardement se balançait au-dessus de notre tête, avec le compte à rebours des deniers jours de sa vie déjà entamé, vie qu'elle avait déjà failli perdre deux mois plus tôt, à cause de moi.

Je tente de faire passer la boule en travers de ma gorge. Elle m'a probablement sauvé la vie, en m'obligeant à sortir de la voiture. Si seulement j'avais pu sauver la sienne. Si seulement je l'avais aidée un peu plus, le matin de ma fête d'anniversaire. Si seulement je lui avais dit que je ne voulais pas de gâteau, cette année. Si seulement je lui avais dit que je n'avais pas envie de cette putain de fête. Si seulement elle n'était pas passée sur ce trottoir à la seconde précise où cette putain de baie vitrée s'est détachée pour venir s'écraser sur elle, déchiquetant son corps et son visage d'éclats de verre... Si seulement, si seulement, si seulement...

Les larmes rebondissent sur mes joues et je tremble dans mes efforts pour retenir mes sanglots. J'aurais pu aller en Espagne, la semaine prochaine, avec elle et Stu, au lieu d'être assise là, seule dans cette limousine, dans ce pays qui n'est pas le mien, sur le point de rencontrer ce maudit Johnny Jefferson. J'arrête brusquement de pleurer et essuie mes larmes, avec le sentiment décuplé que tout ça n'est pas réel. Je ferais mieux de me ressaisir et de remettre un peu d'ordre dans mes cheveux, de me maquiller en vitesse avant de perdre la tête.

Il fait bon maintenant dans la voiture et la clim finit par me rafraîchir aussi les idées. Je me passe la main dans les cheveux pour les ébouriffer, surtout pas les coiffer. Je le sais, le brushing me donne sale gueule. Mon maquillage a à peu près tenu le choc, alors je repousse mes lunettes de soleil sur mon front et rectifie, un peu de poudre, de rouge à lèvres, sans insister trop. Je ne veux pas avoir l'air trop apprêté. Je baisse les yeux sur ma robe argentée et manque m'esclaffer. Bon, c'est pas vraiment la tenue appropriée. Normalement, je porte ce genre de tenue pour me rendre à une fête, mais j'ai acheté cette robe la semaine dernière au travail et j'avais envie de la mettre. Qui sait ce que je vais faire ici, où je vais aller, à supposer que j'aille quelque part. Et pour être honnête, je me fous un peu de ce à quoi je ressemble dans l'immédiat. De toute façon, je ne vais certainement pas me changer encore une fois.

Bientôt, à cause de la clim, j'ai un peu froid et les pieds glacés, alors je remets ma veste en jean, attrape des chaussettes propres que j'enfile illico. Je les enlèverai plus tard, mais là tout de suite, je veux juste essayer de me détendre. Ouais. Comme si c'était si facile. Puis je me demande si nous sommes encore loin du but.

J'appuie sur le bouton.

– Hello, Davey ?

– Hello, mademoiselle Pickerill !, répond-il avec chaleur. Je pensais que vous vous étiez assoupie.

– Non, mais je me suis changée. Vous pouvez abaisser la vitre…

– Comme vous voulez…

L'écran entre nous disparaît et il me regarde dans son rétro, une ride entre les sourcils.

– Prête ?

– Oui, prête, je réponds avec un sourire nerveux. C'est encore loin ?

– Dix minutes. On arrive juste à Bel Air, dit-il et je regarde par la vitre, juste à temps pour nous voir franchir un immense portail en fer forgé. Alors là oui, ça ressemble plus à ce que j'attendais. D'immenses demeures se dressent le long d'avenues immaculées, au milieu de parcs paysagers foisonnant de couleurs, avec un peu partout des salves d'eau projetées par les systèmes d'arrosage automatique qui abreuvent des pelouses d'un vert intense. Je souris, rabats mes lunettes de soleil sur mon nez tandis que la route commence à serpenter. L'ascension prend une minute, puis c'est une succession de villas majestueuses, plus vastes que celles d'en bas, en partie dissimulées derrière de hauts murs et des portes ultrasécurisées.

Soudain, je me sens oppressée et l'atmosphère n'y est pour rien.

– On y est presque !, me lance Davey.

Oh ! Vraiment ? Je me grillerais bien une cigarette, là, tout de suite. Je referme en vitesse ma valise et attends, le cœur battant. Et si je mettais ma veste ? Et ma robe… ? Soudain, je ne sais pas si j'ai eu raison de la mettre. Trop flashy, trop tout… Trop tard !

– Voilà la maison, dit Davey en franchissant un portail monumental, équipé de chaque côté de caméras de sécurité pointées vers le bas. Davey abaisse sa vitre et fait signe à un homme dans la guérite quand nous passons. Si ce type me voit, malgré les vitres fumées, il doit trouver que j'ai l'air d'un petit oiseau piégé dans sa cage. Oh non ! Et mes chaussures ?

On commence à descendre une longue allée. De grands arbres dissimulent en partie la maison. Paniquée, je regarde autour de moi, avant de comprendre. Je n'ai pas d'autre choix que celui de remettre mes bottines en vitesse. Tant pis, c'est mon look, après tout, non ? Je tente de retrouver un peu de la confiance qui est la mienne en temps normal.

Enfin, la maison se dévoile. Un bâtiment blanc tout en longueur, sur deux étages, avec de grandes baies vitrées. Davey se gare devant une porte d'entrée en bois massif et descend de voiture. Et là, impossible de bouger. Comme si j'étais scotchée à mon siège. Jamais je n'ai ressenti une telle terreur de toute mon existence.

Davey ouvre la portière.

– Mademoiselle Pickerill ?

Je ne sais pas pourquoi je ne lui ai pas encore dit de m'appeler Jessie, mais à cet instant, c'est tout juste si j'arrive à respirer, encore moins à parler. Alors, en me tenant à la portière, je m'arrache à mon siège et pose une première bottine par terre. Voilà, j'y suis.

10.

Je descends de voiture, mes semelles crissent sur le gravier. Puis je constate que la porte d'entrée a déjà été ouverte. Une femme est là, sur le seuil. Environ la trentaine, mince, jolie, avec des cheveux blonds raides qui lui retombent sur les épaules.

– Bonjour !, lance-t-elle en s'avançant. Je suis Meg, la femme de Johnny.

Oui, je la reconnais, j'ai vu des photos d'elle dans la presse. J'ouvre la bouche pour répondre mais, de peur de ne pouvoir sortir qu'un mince filet de voix de ma gorge ultraserrée, je monte au préalable le son, histoire d'avoir l'air plus sûre de moi que je ne le suis en temps normal.

– Hello !

Elle vient vers moi, main tendue. Elle porte un short blanc et un top bleu marine.

– Et vous êtes Jessica.

– Jessie, je réponds en lui serrant la main.

– Vous avez fait bon voyage ?

Elle me sourit et je comprends qu'elle fait de son mieux pour être sympathique, malgré son stress.

– Super, je réponds, tandis que Davey sort ma valise de la voiture, derrière moi.

– Dois-je porter ceci dans la chambre blanche ?, demande-t-il.

– Oui, merci Davey, répond-elle sur un ton chaleureux.

La chambre blanche. Je suis impatiente de voir ça.

Meg reporte son attention sur moi et me fait signe d'entrer.

– Johnny est absent malheureusement, dit-elle avec un air contrit. Il avait promis de rentrer à temps, mais il a pris du retard... (Elle lève les yeux au ciel en feignant l'exaspération, mais je note bien la tension dans sa voix). Mais entrez, je vous en prie. Je vais vous présenter les garçons.

Je la suis dans le vestibule, avant de m'arrêter net quand nous pénétrons dans un espace de la taille d'une cathédrale, avec des baies vitrées panoramiques donnant sur la ville de L.A., juste en dessous. Et moi qui trouvais le bureau de Wendel impressionnant. Là, on est dans une autre galaxie.

Je laisse échapper un « wow ! ». Devant nous, une terrasse grandiose avec une piscine immense. Soudain, le rire d'un bébé attire mon attention. Je regarde derrière un canapé d'angle anthracite et aperçois un petit garçon aux cheveux blonds debout au-dessus d'un enfant nettement plus petit, allongé sur le dos, à même le tapis couleur citron vert. Le plus grand se tient une jambe de chaque côté du plus jeune et se balance d'un pied sur l'autre. Le tout petit a l'air de trouver ça marrant.

– Barney !, s'écrie Meg. Je t'ai déjà dit de ne pas jouer à ça avec Phoenix !

Barney esquisse une moue, mais quitte sa position, chancelle, sur le point de perdre l'équilibre. Meg se précipite et s'agenouille devant lui.

– Tu ne dois pas faire ça, dit-elle avec sévérité. Rappelle-toi quand tu es tombé sur lui et que tu lui as fait mal.

Barney semble tout triste et il me fait de la peine. Le pauvre cherchait juste à faire rire son petit frère.

Meg se tourne vers moi avec un sourire confus.

– Désolée.

Je hausse les épaules et me dirige vers le canapé.

– Je vous présente Barney, reprend-elle avec une mimique de reproche au petit garçon, mais je devine qu'elle fait de son mieux pour garder son sérieux. Et voici Phoenix, dit-elle en souriant et elle chatouille le plus petit qui glousse.

– Salut !, je lance, sur le ton le plus enjoué possible.

Barney me regarde avec un intérêt mitigé, puis se laisse tomber à genoux sur le tapis pour jouer avec une petite voiture.

– Barney, dis bonjour à Jessie, intervient Meg.

– Bonjour, dit-il sans enthousiasme, avant de retourner à son jeu.

Meg lève les yeux au ciel tandis que le plus jeune s'assied.

– Quel âge ont-ils ?

Ça fait tellement bizarre de penser que nous appartenons à la même famille.

– Barney a quatre ans et Phoenix vient juste de fêter son premier anniversaire, répond Meg, radieuse.

Dehors, dans l'allée, on entend le bruit d'une voiture, à moins qu'il ne s'agisse d'une moto. Instantanément, Meg regarde du côté de la porte.

– On dirait que Johnny est rentré, dit-elle, visiblement soulagée, contrairement à moi.

Aussitôt, j'ai les nerfs qui se mettent à vrombir et c'est le cœur dans les talons que je fais face à la porte. Soudain, je prends conscience que j'ai encore mes lunettes de soleil sur le nez – la lumière est telle, ici, que je ne m'en suis même pas rendu compte. Je les cale sur le haut de mon front, tandis que Meg se précipite.

De ma place dans le salon, je la vois de dos ouvrir la porte et attendre sur le seuil. En arrière-plan, j'aperçois une silhouette qui approche, un casque noir de motard sur la tête. Puis la silhouette enlève le casque et libère des cheveux blond cendré mi-longs. C'est lui. Johnny Jefferson. Il rejoint Meg à la porte, qui reste un moment là comme scotchée. J'entends Johnny dire « Désolé » puis, sans rien ajouter, elle s'écarte. C'est avec un air contrit qu'il regarde dans ma direction. Puis il me voit.

Quel choc, sur son visage. Meg se retourne et croise mon regard et même elle semble choquée, sans que je comprenne pourquoi. Johnny se ressaisit, écarte une mèche sur son front et se dirige vers moi en abandonnant casque et gants de cuir sur une console, dans l'entrée, mais sans retirer son blouson.

– Salut, dit-il avec une voix grave que je reconnais, avant de s'arrêter devant moi.

Ses yeux verts sont encore plus perçants en vrai et soudain, je me sens totalement dépassée par les événements.

– Désolé d'être en retard…

Il me tend la main, que je prends et serre. Une main chaude et moite, à cause des gants.

– Ce n'est rien, je réponds, intimidée.

Il est plus grand que ce que je pensais, un mètre quatre-vingts et des poussières, largement.

– Jessica, c'est ça ?

– Les gens m'appellent Jessie.

– C'est super de pouvoir enfin faire ta connaissance, dit Johnny, hochement de tête à l'appui.

J'hésite à le croire. Tout ça est tellement étrange, si gênant. Non pas que je m'attendais à de grandes effusions, mais… En fait, je ne sais pas ce que j'attendais.

– Meg t'a offert quelque chose à boire ?

– Elle vient juste d'arriver, s'interpose celle-ci, un peu sur la défensive. J'étais en train de la présenter aux garçons.

Johnny désigne une paroi vitrée.

– Je vais te servir un jus de fruits ou autre chose…

Je n'ai pas particulièrement soif, mais je le suis, tandis que Meg, elle, reste en retrait. Derrière la paroi vitrée, je découvre une immense cuisine de la superficie de notre rez-de-chaussée, à la maison. Au milieu trône une grande table laquée blanc entourée de huit chaises design de différentes couleurs, jaune, rouge, vert, bleu. Johnny en tire une et m'invite à m'asseoir. Ce dont je me réjouis, parce que j'ai les jambes en coton. Il se dirige ensuite vers l'un des deux frigos monstrueux gris métallisé qui se dressent dans un coin et en ouvre un. Des tonnes de canettes attendent sagement rangées côté porte.

– Qu'est-ce qui te ferait plaisir ?

– Une limonade ou un truc du genre…

Il s'affaire pour nous servir à boire, puis s'adresse à Meg dans le salon pour savoir si elle veut quelque chose. Elle décline la proposition. Je crois qu'elle est furieuse contre lui, à cause de son retard.

– Voilà, dit-il en posant deux grands verres de limonade remplis de glaçons sur la table. (Il attrape une chaise jaune et s'assied en face de moi.) Pardon de ne pas avoir été là pour ton arrivée, répète-t-il avec un léger haussement d'épaules.

Il semble un peu tendu. Il n'est pas le seul.

– C'est pas grave.

Je prends mon verre et il en fait autant, puis on avale une gorgée en chœur avant de reposer notre verre en même temps sur la table.

– Ton vol s'est bien passé ?, demande-t-il après un moment de silence embarrassé.

– Super. Je n'avais jamais volé que sur easyJet avant, pour le coup, c'était vraiment autre chose.

– Ton beau-père t'a accompagnée à l'aéroport ?

– Stu ? Oh oui, bien sûr.

Il esquisse un sourire et soudain, je me rappelle en face de qui je suis assise. Ça fait tellement bizarre !

– Papa !

C'est un véritable cri du cœur que pousse Barney en pénétrant tout sautillant dans la cuisine. Meg apparaît derrière lui, Phoenix dans les bras. Tandis que Barney demande à Johnny de venir voir le circuit qu'il a construit pour ses petites voitures, j'aperçois Meg hésiter à l'entrée de la cuisine. Peut-être que c'est le fait de nous voir assis l'un en face de l'autre à cette table, en tout cas elle semble tétanisée.

– J'arrive tout de suite, mon chéri, répond Johnny à son fils d'une voix distraite.

Je le surprends en train d'observer sa femme avec curiosité.

Elle l'ignore et s'adresse à moi.

– Voulez-vous que je vous montre votre chambre, Jessie ?

– Oui, bien sûr !

Je me lève.

Après une brève hésitation, Johnny m'imite et nous sortons de la cuisine. C'est clair, il y a un malaise entre lui et sa femme. Je crois que Meg se serait bien passée de me recevoir chez elle. Et à vrai dire, moi-même, là, je me demande si je n'ai pas commis une erreur. Je suis tellement loin de la maison. Je sais, c'est ridicule, je viens juste d'arriver. Mais d'un coup, Stuart me manque.

– Par ici, me dit Meg en m'indiquant un escalier digne d'un palais.

– Regarde, Papa !, lance Barney à Johnny qui, du coup, nous abandonne pour aller s'occuper de ses fils.

– Que pensez-vous de Davey ?, m'interroge Meg et je reporte mon attention sur elle.

– Super. Très gentil.

– Il est le chauffeur attitré de Johnny depuis des années. Par intermittence, ajoute-t-elle. Je l'ai connu nettement plus agité, mais il s'est calmé avec l'âge…

Elle sourit quand, une fois en haut, nous prenons sur la droite.

– Je me souviens encore de lui quand il est venu me chercher à l'aéroport, la première fois où j'ai débarqué à L.A. pour travailler pour Johnny. C'est comme ça que nous nous sommes rencontrés, Johnny et moi.

Un genre de petit muret sur notre droite sert de garde-fou afin de prévenir toute chute, direct dans le salon. Sur notre gauche, une enfilade de portes. L'une d'entre elles est ouverte, la chambre de l'un des enfants apparemment.

– C'est la chambre de Phoenix, me dit Meg en s'arrêtant devant trois secondes.

J'en profite pour jeter un œil. Une déco sur le thème abysse, tout en bleu et vert. Le lit a la forme d'un poisson.

La chambre d'à côté, celle de Barney, est encore plus colorée. Son lit ressemble à un camion de pompier, avec une couette rouge pétard. Aux murs, ce sont des étagères bleues remplies de livres et au centre de la pièce, il y a une table et des chaises. On dirait plus une salle de récré qu'une chambre. Je parie qu'il n'a pas la moindre idée de la chance qu'il a.

On arrive à la dernière porte sur le palier. Meg l'ouvre et s'écarte pour me laisser entrer.

Maintenant je comprends pourquoi on appelle cette pièce la chambre blanche. Excepté ma valise mauve pourrie au pied du lit et l'énorme écran plat fixé au mur, tout ici est conjugué en nuances de blanc. La moquette, le lit – un modèle XXL, comme je n'en ai jamais vu – la couette, les oreillers et les coussins. Un dressing laqué blanc court sur toute la longueur du mur et, juste devant moi, ce sont d'immenses baies vitrées qui donnent sur les arbres, devant la maison. Et sur ma gauche, deux portes.

– La kitchenette et la salle de bains, dit Meg en souriant, amusée sans doute par mon expression médusée.

Soudain, je me rappelle avoir gardé mes bottines aux pieds.

– Désolée, dis-je, confuse, et je me dépêche de les enlever, avant de saccager la moquette.

– Ne vous inquiétez pas pour ça !, s'exclame Meg. Inutile de les retirer.

N'empêche, je ne me sens pas à l'aise avec.

– Je vous assure, ajoute Meg. Tapis et moquettes sont nettoyés à fond plusieurs fois par mois…

Mais déjà, je suis en chaussettes. Je vais poser mes bottines sur le palier, puis je pousse la première porte sur ma gauche. Du marbre partout, aucune surface n'y échappe. Deux vasques sur ma gauche, une cabine de douche géante sur ma droite et au fond de la pièce, un jacuzzi revêtu lui aussi de marbre. Des draps de bain moelleux, blancs bien sûr, pendent à des porte-serviettes en chrome.

J'ouvre la bouche, mais aucun mot n'en sort. Meg me précède et va ouvrir le placard sous les vasques. Il y a là un véritable arsenal beauté, des flacons et des fioles par dizaines et de toutes les couleurs de lotions et potions magiques. Parmi elles, des marques de cosmétiques prestigieuses. Chères.

– C'est pour vous. Ne connaissant pas vos produits fétiches, j'ai fait en sorte que vous ayez le choix, dit-elle avec un sourire.

Je secoue la tête, sans voix. Je suis impatiente de tester tout ça. Meg rit. Je la regarde.

– Pardon, dit-elle en reprenant son sérieux. C'est juste que cette chambre était la mienne, la première fois où je suis venue à L.A., alors je sais exactement ce que vous ressentez.

Ça m'étonnerait, mais je ne fais aucun commentaire. Je n'ai jamais vu un tel étalage de luxe de toute ma vie.

– Je vous laisse vous installer ? Voulez-vous défaire votre valise tout de suite ou plus tard ? L'une de nos bonnes peut aussi s'en occuper, demain matin…

Ils ont des bonnes ?

– Non, non, je préfère le faire moi-même.

– J'en étais sûre, remarque-t-elle et je la regarde. Moi aussi, à l'époque, j'ai répondu ça.

Je lui offre un petit sourire. Peut-être avons-nous plus de choses en commun que je ne le pense. J'ai vraiment envie qu'elle ne m'en veuille pas d'être ici.

– Je me souviens d'avoir pris une photo de la chambre avec mon téléphone et l'avoir envoyée à ma meilleure amie, ajoute-t-elle avec un regard lointain.

J'ai un coup de blues en pensant à Libby et à Natalie. Je me sens tellement loin d'elles, à ce moment.

– Nous pensions dîner un peu plus tôt, car vous devez être fatiguée après ce voyage. Peut-être aimeriez-vous prendre une douche et vous reposer un peu ? À moins que vous ne souhaitiez visiter le reste de la maison ?

Ce dont j'ai envie, là, c'est de redescendre pour voir Johnny, mais ça me gêne de le dire.

– Je veux bien visiter la maison.

Après la chambre des garçons, il y en a encore deux autres, dont l'une meublée dans les tons or et la deuxième en vert. Au bout du palier, l'avant-dernière porte sur notre droite ouvre sur le studio de Johnny. Et c'est exactement comme à la télé, avec des tables de mixage, des dizaines de boutons dessus et de manettes. Derrière un écran de verre, une salle avec une batterie dans un coin et plusieurs guitares au mur. Au centre de la pièce, un micro rond et plat pend du plafond.

– Et pour finir voici notre chambre, dit Meg en m'entraînant hors du studio vers la dernière porte de l'étage. Elle l'ouvre et je découvre une pièce immense qui occupe tout l'arrière de la maison, avec des baies vitrées panoramiques surplombant la piscine et la ville derrière. La déco se décline en vert, gris et jaune, avec au sol un tapis gris et un couvre-lit aux motifs graphiques dans les tons jaune et vert. La salle de bains tout en marbre, à droite, donne sur les arbres devant la maison. Je note qu'il n'y a pas de stores dans la salle de bains, mais Meg devinant mon étonnement, appuie alors sur un bouton. Et aussitôt, la vitre vire à l'opaque.

– Génial ! C'est vraiment classe !

– Vous voulez visiter le rez-de-chaussée ?

– Ah bon ? Je n'ai pas tout vu ?, je m'exclame, surprise.

– Loin de là.

On sort de la chambre. Je la suis dans l'escalier. Assis en tailleur sur la moquette, Johnny est en train d'examiner une petite voiture.

– Dis, Papa, tu peux la réparer ?, lui demande Barney.

– Une minute, mon chéri, répond Johnny avec calme, très concentré sur sa tâche.

On arrive en bas, il lève alors les yeux et quand il me sourit, je sens mon cœur se serrer d'une façon bizarre. Mais il détourne tout de suite le regard et reporte son attention sur Barney et la voiture, dans sa main. En une fraction de seconde, je me sens perdue. Je me demande s'il aurait été comme ça pour moi, à cet âge, à réparer mes jouets cassés.

Mais je n'ai pas le temps de m'interroger là-dessus, Meg m'entraîne pour poursuivre la visite. Elle m'emmène au fond du salon, sous l'escalier, et là, je vois une nouvelle série de portes, placées exactement sous les chambres de l'étage. Ça m'avait échappé, tout à l'heure, quand je suis allée dans la cuisine.

– Le secrétariat, m'explique Meg en me montrant une vaste pièce avec deux énormes bureaux. L'assistante de Johnny vient ici presque tous les jours.

– C'était votre travail ?, je demande, en espérant qu'elle ne m'en voudra pas de poser la question.

– Oui, répond-elle avec une grimace rigolote. Mais à l'inverse d'Annie, je vivais ici et travaillais vingt-quatre heures sur vingt-quatre, tous les jours de la semaine.

Elle sort de la pièce et ouvre la porte à côté. Cinq rangées de fauteuils ergonomiques en velours rouge font face à un immense écran tout au fond.

– La salle de cinéma.

– Wow !

– S'il y a un film que vous souhaitez voir, demandez-moi. Je vous montrerai comment ça marche. Et nous avons aussi une machine à pop-corn, ajoute-t-elle avec un clin d'œil complice.

Puis c'est la salle de gym, avec tout un équipement de muscu et divers appareils de torture, avec vue sur le parc. Un écran plat est accroché au mur de droite et Meg me montre à gauche un sauna et une salle de douche.

– C'est vraiment une maison incroyable, dis-je, fascinée, quand nous retournons dans le salon. Je n'ai jamais rien vu de tel de toute mon existence.

– Qu'aimeriez-vous faire, maintenant ?, me demande Meg avec un sourire. (Son regard se pose sur Johnny, puis revient vers moi.) Je vais m'occuper du dîner dans un petit moment. J'espère que vous aimez les pizzas ?

– Oui, bien sûr.

– Super... (Elle hésite.) Bien, peut-être voulez-vous aller vous rafraîchir un peu dans votre chambre... ?

– Euh, oui. Bien sûr.

Son visage s'illumine, comme si elle était soulagée. Et tandis que je monte à l'étage, je me dis qu'ils ne savent peut-être pas quoi faire de moi.

Une fois sur le palier, je jette un coup d'œil en bas, juste à temps pour voir Johnny prendre le visage de Meg entre ses mains et déposer un baiser sur son front. À ce moment précis, le regard de Meg croise le mien et on dirait qu'elle se sent coupable. Elle s'écarte de Johnny et je l'entends dire qu'elle doit aller à la cuisine allumer le four. J'entre dans ma chambre, referme la porte derrière moi et laisse échapper un long soupir. Je n'avais même pas conscience que je retenais ma respiration.

J'ai la tête qui tourne. J'arrive pas à y croire. J'arrive pas à croire à tout ça. Je suis dans la maison de Johnny Jefferson. Et Johnny Jefferson est mon père. C'est tellement étrange, tellement surréaliste.

La sensation ne me quitte pas quand je pénètre dans la salle de bains. J'ouvre le placard sous les vasques, en sors une crème de savon de luxe. J'espère pouvoir avoir une vraie conversation avec Johnny, ce soir. J'ai envie de savoir à quoi il ressemble intérieurement, ce qu'il a vraiment dans la tête et le cœur. J'ai envie de connaître mon père, pas la rock star. J'espère juste que c'est réciproque. Que lui aussi a envie de me connaître.

Très bientôt, je devrai rentrer, je retrouverai ma petite chambre, ma petite maison avec son bout de jardin miteux. Je retournerai à ma réalité, à devoir vivre et respirer heure après heure sans ma maman. Mais ce n'est pas pour tout de suite. Pas déjà. Dans l'immédiat, j'ai bien l'intention de profiter de chaque minute.

11.

Meg est dans la cuisine avec Phoenix quand je réapparais, vingt-cinq minutes plus tard, fraîchement douchée, vêtue de mon short caramel et d'un top noir ample. Je suis pieds nus, les ongles encore dorés de ma séance pédicure de la veille. J'ai passé l'essentiel de ma journée d'hier à me faire belle en prévision de ce voyage.

– Je peux vous aider ?

– Non, asseyez-vous, répond-elle tout en bouclant Phoenix sur sa chaise haute.

– Voulez-vous que je mette la table ?

Elle me donne l'impression de vouloir dire non encore une fois, mais elle se ravise.

– Bien sûr… (Elle me montre un tiroir.) Les couverts sont là. Merci, ajoute-t-elle avec un petit sourire à mon attention.

Sur sa chaise haute, Phoenix gazouille gaiement pendant que je m'affaire.

– Tu as faim ?, je lui demande en lui tendant une cuillère pour jouer avec.

Il ne parle pas, donc ne me répond pas, mais il se met tout de suite à frapper sur la tablette de sa chaise avec sa cuillère. Un futur as de la batterie.

– Tu veux être musicien, comme ton père ?, je lui demande en riant.

– Pas si je peux l'en empêcher, s'interpose Johnny sur un ton cassant, me faisant sursauter.

Il pénètre dans la cuisine et je l'observe, perplexe.

– Alcool, drogue et rock'n'roll, dit-il en souriant à Meg, mais comme elle ne lui prête pas attention, il lui envoie une claque sur les fesses.

Je reste là, immobile, mal à l'aise.

– Asseyez-vous, Jessie, me dit-elle en me montrant une chaise en bout de table.

Je m'exécute pendant que Johnny sert à boire et crie à Barney de venir nous rejoindre. Je les regarde s'agiter autour de moi. Meg qui ouvre le four et recule sous la chaleur du souffle, avant de sortir les pizzas. Barney qui déboule avec Buzz l'Éclair en hurlant. Johnny qui lui arrache le jouet des mains et lui ordonne de se taire, avant de lui demander de s'asseoir à table, en face de Phoenix. Phoenix qui continue à jouer avec sa cuillère tout en roucoulant… J'ai le sentiment d'assister à un repas de famille normal. Excepté que ce dîner n'a rien de normal. Il y a dans cette pièce une intruse assise en bout de table. Je me sens comme une étrangère. Et c'est exactement ce que je suis.

– Comment te sens-tu ?, me demande Johnny en prenant place entre Barney et moi.

– Un peu bizarre, j'admets – et surtout de trop, mais ça, je le garde pour moi.

J'ai l'impression que mon corps est rempli de sable... En fait, je ne sais pas si je suis fatiguée ou si j'ai faim ou autre chose encore.

– Sans doute le décalage horaire, remarque Meg en posant les pizzas sur la table. (Puis elle s'assied en face de Johnny.) C'est le milieu de la nuit, chez vous.

– Ah bon ?, je réponds, surprise.

– Votre horloge biologique doit être détraquée, dit-elle en commençant à faire le service.

– Oh...

– Tu n'as jamais changé de fuseau horaire ?, m'interroge Johnny.

– Non, je réponds en secouant la tête. J'ai seulement voyagé en Europe, mais ça ne compte pas, il n'y a qu'une heure de décalage. On n'avait pas les moyens d'aller plus loin...

Johnny et Meg échangent un regard et je m'en veux d'avoir évoqué notre situation financière.

– Et vous ? Vous voyagez beaucoup ?, je demande, histoire de combler le silence.

– Pas tellement en ce moment, mais l'année prochaine, je pars en tournée, m'apprend Johnny avant de mordre dans sa pizza.

– C'est génial !

Il va falloir que je me le mette dans la tête : mon père est une mégastar internationale !

– C'est trop chaud !, hurle Barney à cet instant.

– Passe-moi ça, dit Johnny en lui prenant son assiette.

– Alors comme ça, vous vivez à Maidenhead ?, demande Meg, tandis que Johnny souffle sur la pizza de son fils.

– Oui. Pas loin de Henley, où vous habitiez, non ?

– Exact.

– Drôle de coïncidence, pas vrai ?, remarque Johnny qui rend son assiette à son fils et se joint à la discussion.

– Oui… (Mon cœur se serre au souvenir de Stu m'expliquant l'angoisse de Maman, quand il avait emménagé si près.) Tu te rappelles ma mère ?

La question me vient comme ça, presque malgré moi. Meg se crispe et Johnny semble désarçonné.

– Elle s'appelait Candy, je poursuis. Mais tu la connaissais peut-être sous son vrai nom, Candace ?

C'est ce moment que choisit Phoenix pour jeter un bout de pizza par terre. Maggie se lève aussitôt en marmonnant, pour le ramasser.

– Nous parlerons de tout ça, promet Johnny avec un regard appuyé, sans ajouter « d'ici peu », mais ça va de soi.

Je hoche la tête, envahie par une profonde déception. C'est clair, il ne se rappelle pas ma mère et il cherche juste à éviter de me l'avouer. Pas de souci, je ne suis pas sûre de vouloir l'entendre.

Après un dîner ponctué de conversations laborieuses sur l'école, mes passions, bref tout ce qui permet de ne pas parler de choses qui fâchent, je m'endors presque devant mon assiette. Je culpabilise un peu de laisser Johnny et Meg débarrasser, mais je suis vraiment épuisée ; aussi lorsque Meg me propose d'en rester là pour ce soir, je ne proteste pas.

Je monte me préparer pour la nuit quand je pense que je n'ai pas envoyé de texto à Stu pour lui dire que j'étais bien arrivée. Je pars à la recherche de mon chargeur, mais soudain je me rends compte que je n'ai pas d'adaptateur secteur pour les États-Unis. Johnny et Meg ont forcément ça quelque part.

Je ressors donc de ma chambre, pieds nus, du coup impossible d'entendre le bruit de mes pas sur le palier en béton et dans l'escalier. Meg et Johnny sont en pleine discussion dans la cuisine, j'entends des chuchotements et des éclats de voix aussi, comme dans une dispute. L'adrénaline pulse dans mes veines tandis que je m'approche. Je sais, je ne devrais pas écouter, mais c'est plus fort que moi.

– Écoute, je suis désolé, d'accord ? Mais que voulais-tu que je fasse ?, dit Johnny qui doit élever la voix pour couvrir les bavardages des enfants, en fond sonore.

– Je ne sais pas, Johnny… (Meg soupire, se tait avant de reprendre.) Je ne sais pas pourquoi mais, pour être franche, j'ai un mauvais pressentiment à propos de tout ça. À propos d'elle.

– Mais qu'est-ce que tu as contre elle ? Elle vient juste d'arriver.

– Oui… Une vraie caricature de petite rock star, avec sa robe argentée, ses bottines et ses lunettes de soleil qu'elle garde sur le nez, même à l'intérieur.

Je suis prise de nausées. Je ne voulais pas ressembler à ça.

– Je te trouve un peu dure, dit Johnny en prenant ma défense.

– Vraiment ?, réplique Meg, énervée.

– Enfin merde, elle vient juste de perdre sa mère et d'apprendre que je suis son père !

– Chut, doucement, le rabroue-t-elle, avant de poursuivre, d'une voix tremblante. Tout ça est arrivé si vite.

On ne la connaissait pas et du jour au lendemain, la voilà chez nous ! Je n'ai même pas eu le temps d'en prendre conscience.

– Je te rappelle que c'est toi qui m'as suggéré de la faire venir, fait-il remarquer, agacé.

– Uniquement parce que nous partons la semaine prochaine ! Je préférais régler ça tout de suite pour ne pas avoir cette épée de Damoclès au-dessus de notre tête !

Mais qu'est-ce que je suis ? Un boulet ? Et pourquoi est-ce Meg qui a suggéré de m'inviter ? Johnny n'avait pas envie de m'accueillir chez lui ?

– Comme elle te ressemble, je n'en reviens pas. Les mêmes yeux..., dit-elle et je dois tendre l'oreille pour entendre la suite, les enfants se mettant soudain à chahuter. Enfin, pour ce que j'ai pu en voir, ajoute-t-elle, sarcastique.

– Les garçons, du calme ! (Johnny gronde ses fils, puis soupire.) Écoute, je sais que c'est compliqué pour toi. Je sais que tu n'avais pas envie de revenir à L.A. et je comprends que la situation te perturbe, mais tout se passera bien. Je t'aime.

Je perçois le son d'un baiser, puis j'entends Meg qui renifle.

– D'accord ?, insiste-t-il avec douceur.

Elle renifle à nouveau et peut-être acquiesce-t-elle d'un hochement de tête, peut-être aussi va-t-elle lui répondre, mais j'en ai assez entendu. Je remonte en vitesse, le cœur à toute allure.

À présent, je suis fixée sur ce qu'elle pense vraiment de moi. Et honnêtement, là, j'ai juste envie de me barrer d'ici pour rentrer chez moi au plus vite.

12.

– Maman !, je hurle. Où es-tu ?

Je regarde autour de moi, paniquée, mais je ne la vois nulle part. Je suis à la maison, sauf que ce n'est pas la maison, avec des couloirs tortueux qui n'en finissent pas. J'entends la télévision à fond, alors je me dirige tant bien que mal vers le salon, en fait une pièce vide et immense, et là, je manque éclater en sanglots tellement soulagée quand je la vois enfin, assise à sa place préférée sur le canapé. Mais elle ne me regarde pas. Son visage est marqué, elle est pâle, livide. C'est comme si elle ne pouvait pas me voir.

– Tu es là !

Je ravale mes larmes et me précipite pour la prendre dans mes bras, mes bras qui se referment autour de rien. Puis je me souviens. Elle est morte. Et elle ne reviendra jamais.

Je me réveille en sursaut suite à ce cauchemar, avec une douleur bien réelle, secouée de sanglots silencieux puis, peu à peu, la boule dans ma gorge se disloque et je reprends conscience. Ce n'est qu'à ce moment que je me rappelle où je suis, même si, l'espace d'un instant, je me tâte, croyant encore à un rêve. Les bras en croix, je sens sous mes doigts la douceur des draps de ce lit monumental. Non, je ne rêve pas. Je suis vraiment chez Johnny Jefferson.

J'inspire un grand coup, lessivée. Je n'ai aucune idée de l'heure qu'il peut être. Les volets électriques que j'ai réussi finalement à faire fonctionner hier soir occultent toute lumière. Il pourrait être minuit ou midi, je n'en sais rien.

Je suis remontée en douce dans ma chambre hier soir, après avoir surpris la conversation de Johnny et Meg, mais j'étais trop épuisée et j'ai mis un moment avant de pouvoir m'endormir.

Meg me prend pour une fille rêvant de célébrité et de paillettes. Quelle humiliation ! Si j'ai gardé mes lunettes à l'intérieur, c'est parce que la lumière était telle que je les ai oubliées. Quant à mes bottines et à ma robe argentée… Je pourrais choisir cette tenue pour une soirée, mais en temps normal, c'est sûr, jamais je ne mettrais ça pour la journée. Je me demande ce que Johnny pense de moi.

Après un moment, je me lève et bataille une fois de plus avec les volets. Le bruit qu'ils font en se relevant est assourdissant et j'ai peur de réveiller Barney dans la chambre voisine, ce qui accentuerait un peu plus l'agacement de Meg à mon égard. Puis, c'est le silence et la lumière pâle et grise du petit matin.

Je décide d'appeler Stu avant que le décalage horaire ne rende la chose compliquée. Peut-être que je peux trouver un adaptateur secteur dans le bureau, au rez-de-chaussée… J'allume la lampe halogène pour mieux y voir et contemple le méli-mélo de fringues dans ma valise. Qu'est-ce que je vais mettre ? Quelque chose qui ne me fera pas ressembler à une caricature de rock star, je me dis, pleine de ressentiment. J'enfile ma petite robe bleue et sors de ma chambre.

Je capte des bruits de couverts et de vaisselle, dans la cuisine. Quelqu'un est levé. Je descends sans bruit, pieds nus, et m'avance doucement jusqu'à la cuisine. C'est Meg et les garçons, en plein petit-déjeuner. Étonnamment sages devant leur bol de céréales.

– Bonjour, je marmonne, et elle sursaute.

– Tu m'as fait peur ! Euh, pardon, on pourrait se tutoyer, qu'en penses-tu ?, ajoute-t-elle, une fois remise.

– Désolée. Oui, d'accord…

– Bien dormi ?, demande-t-elle avec un grand sourire auquel je n'arrive pas à répondre, maintenant que je sais ce qu'elle pense de ma présence ici.

– Pas mal.

– Veux-tu petit-déjeuner maintenant ? Céréales, toasts… Si tu attends un peu, Eddie, notre chef, ne va pas tarder, il pourra te préparer des œufs brouillés et du bacon ?

– Non, je vais juste prendre un bol de céréales.

Je ne voudrais surtout pas passer pour une rock star, avec un cuistot à mes ordres pour se plier à tous mes caprices. Décidément, cette remarque de Meg hier, je ne la digère pas.

Elle fait mine de se lever.

– Laisse, je sais me débrouiller toute seule…

– Mais non, voyons, insiste-t-elle, avec un air de martyr.

Elle se lève, me tend un bol et une cuillère, puis elle fouille parmi les différentes boîtes de céréales. Je choisis Cheerios, au moins celles-là, je les connais.

– Tu n'aurais pas par hasard un adaptateur pour mon chargeur de téléphone ?

– Si, bien sûr. Désolée, tu n'en as pas trouvé dans ta chambre ?

– En fait, je n'ai pas cherché…

– Regarde dans le tiroir de la table de chevet.

On se met à manger et le silence s'éternise. Je jette un œil du côté de son bol, rempli de machins plats et de couleurs vives, genre Rice-Krispie.

– Qu'est-ce que c'est ?, je demande, intriguée.

– Des Pebbles, répond-elle avec un sourire penaud en me montrant une boîte de céréales au riz soufflé multicolores, avec la célèbre famille Pierrafeu dessinée dessus. J'ai toujours eu un faible pour ces cochonneries de gamins. Je suis très gourmande, en fait.

Je remarque que les garçons, eux, mangent des grains de riz soufflés nature, juste grillés.

– Oui, je suis une méchante mère, plaisante-t-elle quand elle surprend mon regard. Ils n'ont droit qu'à la variété sans arômes ni colorants artificiels.

Je ne fais aucun commentaire. Oui, elle est méchante !

– Tu veux goûter ?, demande-t-elle, pleine d'espoir.

– Non, merci.

Je n'ai envie de rien, venant d'elle, après sa réflexion d'hier soir.

– Oh, d'accord, répond-elle, l'air un peu dérouté.

Et maintenant, je regrette ma réaction. Ce n'est pas vraiment mon intérêt de la monter encore plus contre moi.

– Bon, allez, d'accord, je m'entends dire.

Elle semble toute contente et se dépêche de me passer un bol propre pour m'en verser quelques-uns. *Oh, c'est super bon !*

– Qu'en penses-tu ?, me demande-t-elle, impatiente d'avoir mon avis.

– C'est à tomber par terre !

Meg éclate de rire et c'est plus fort que moi, je ris aussi.

– Bonjour...

La voix grave de Johnny met un terme à nos rires. Je me retourne. Il est là, à la porte, les cheveux en pétard, vêtu d'un T-shirt blanc et d'un short kaki. Il a l'air crevé, mais il sourit.

– Merde, Nutmeg, tu n'es pas en train de convertir Jessie aux Pebbles, j'espère ?

Nutmeg ? Drôle de surnom. Il va l'embrasser sur le front puis, à ma grande surprise, il s'approche de moi et me pose la main sur l'épaule.

– Une idée de ce que tu aimerais faire, aujourd'hui ?, me demande-t-il.

La chaleur de son contact traverse le coton de ma robe. Puis Meg nous regarde et il retire sa main.

– Je ne sais pas. On peut aussi rester ici.

C'est étrange, la déception qui m'envahit quand il enlève sa main.

– Pas de problème, si c'est ce dont tu as envie. Mais on s'était dit que tu aimerais peut-être aller à la plage de Santa Monica.

– Je ne suis toujours pas convaincue que ce soit une bonne idée, s'insurge Meg, nerveuse.

– Tout se passera bien. On emmènera nos gorilles...

Les gorilles, comme je le découvre plus tard, ont pour nom Samuel et Lewis, deux gardes du corps baraqués, chargés de la sécurité de Johnny. Ils nous suivent à bord d'une berline noire Mercedes, tandis que Davey au volant de la limousine ouvre la voie. Je suis assise à l'arrière, entre Phoenix et Barney bouclés sur leur siège-auto, Johnny et Meg installés sur la banquette latérale.

– Tout va bien ?, s'inquiète Meg avec le sourire. Pas trop écrasée entre nos deux petits monstres ?

– Non, c'est parfait.

– As-tu réussi à joindre ton père ?

– Je l'appelle Stu, pas Papa, je la reprends d'office.

Elle semble gênée, alors j'enchaîne tout de suite.

– Mais oui, je l'ai eu, merci. Et merci aussi de m'avoir permis d'appeler depuis votre fixe, j'ajoute à l'attention de Johnny.

– Aucun souci, répond-il.

Je n'ai pas pu joindre Stu avec mon mobile puisque je n'ai pas la possibilité de passer des appels à l'international, détail que j'avais oublié. C'est un téléphone bas de gamme. Johnny m'a donc proposé d'utiliser l'un des fixes dans le bureau.

J'ai l'impression que Meg était mal à l'aise de ne pas m'avoir suggéré elle-même cette option, alors pour se rattraper, elle est venue me montrer comment faire. Une bonne chose, puisque je ne connaissais pas l'indicatif pour l'international.

– Tu peux rester au téléphone autant que tu veux, avait-elle insisté avant de sortir de la pièce.

Peut-être se sent-elle coupable, en tout cas je ne suis pas mécontente qu'elle soit plus gentille avec moi aujourd'hui.

Stu avait l'air heureux que j'appelle, mais en entendant sa voix, je me suis sentie étrangement triste, tout juste si je n'ai pas éclaté en sanglots, après avoir raccroché. Je ne lui ai pas dit que je ne me sentais pas la bienvenue. Je ne veux pas qu'il s'inquiète. Après tout, c'est moi qui ai choisi de venir ici, à moi d'assumer maintenant. Mais à ce moment-là, la distance entre nous était plus que physique. Je suis vraiment toute seule, dans cette histoire.

– J'espère qu'il n'y aura pas trop de monde à la plage, dit Meg, m'arrachant à mes pensées. Nous ne sortons jamais en principe à cette heure, pas vrai ?, demande-t-elle à Johnny en lui envoyant un petit coup de coude dans les côtes. S'il le pouvait, Johnny dormirait toute la matinée, me dit-elle en secouant la tête.

– Quoi, hein, put... Hmm, tu exagères, se reprend-il, ravalant son juron juste à temps.

Il se tourne vers Meg, le regard vaguement insolent. À côté de moi, Phoenix commence à pleurnicher.

– Qu'est-ce qui t'arrive ?, je demande au bébé de ma voix la plus douce.

Il continue à pleurnicher, manifestement contrarié.

– Il déteste être attaché, m'explique Meg. On arrive bientôt mon chéri.

Et maintenant, c'est au tour de Barney de se mettre à rouspéter.

– Je sais pas quoi faire !, gémit-il.

Et on n'est en voiture que depuis quinze minutes.

– Tu veux que Papa te chante une chanson ?, demande Meg.

– Meg !, grommelle Johnny.

– Oui !, s'exclame Barney.

– Entendu, soupire-t-il. Tu veux que je te chante quoi ? (Et il me regarde, l'air résigné.) Désolé...

Comme si j'allais me plaindre d'assister à un concert privé de Johnny Jefferson !

– *Baa Baa Black Sheep* !, bêle Barney.

– Non, autre chose, dit son père avec fermeté.

– *Old MacDonald Had a Farm* !, suggère alors Barney.

– J'avais pour habitude de ne jamais chanter de berceuses, m'explique-t-il, sourire en coin. Mais j'ai dû m'y mettre…

Meg sourit, moqueuse, et Johnny lui tire la langue.

– Je vais vous chanter la chanson de Thomas, décrète-t-il, et Meg applaudit, aussitôt imitée par les garçons, tout excités. Après tout, Ringo Starr a bien osé, lui…

Il ressort que même quand il chante la chanson d'un dessin animé pour enfants, Johnny a une voix incroyable.

— « Thomas » !, chante-t-il et il frappe une fois des mains avant de tendre un doigt vers Meg, comme une invitation à se joindre à lui.

— « He's the cheeky one », essaie-t-elle alors de chanter et Johnny fait la grimace, parce qu'elle a une voix horrible.

J'éclate de rire, tandis qu'ils continuent avec James et Henry et tous les amis de Thomas. Même Barney semble connaître certaines paroles et quand tous les trois en arrivent à Toby, c'est plus fort que moi, je me joins à eux.

Et on s'égosille ainsi tous en chœur, Meg à contretemps et moi me souvenant à peine des paroles, les garçons frappant des mains et sautillant sur leur siège. Pour la première fois depuis que j'ai touché le tarmac de L.A., je me détends un peu.

– Encore ! Encore !, hurle Barney quand on a terminé.

Phoenix, de son côté, gazouille de plaisir.

– On y va ?, me demande Johnny avec un sourire.

– C'est parti…

Cette fois, je chante avec lui dès le début et, j'ignore pourquoi, mais Johnny et Meg échangent un regard de surprise. J'essaye de ne pas me laisser déconcentrer lorsqu'on en arrive à la partie sur Thomas la loco, quand je m'aperçois que je suis seule à chanter.

– Tu as une super voix !, s'exclame Johnny avec stupéfaction quand je me tais. (Il se tourne vers Meg.) Tu ne trouves pas ?

– Oui, c'est vrai…

Elle secoue la tête et me dévisage, l'air impressionné, et je me sens rougir.

– Chante encore !, s'interpose Barney.

Mais maintenant, je suis trop mal à l'aise.

– Plus tard, chéri, répond Johnny, l'esprit visiblement ailleurs.

– Nooonn !, peste Barney.

– Sérieux, reprend Johnny en me regardant dans les yeux. Tu as une voix magnifique. Tu as pris des cours ?

– Bien sûr que non, je réponds d'un air détaché, mais au fond de moi, je n'en peux plus de fierté : Johnny Jefferson trouve que je suis une bonne chanteuse !

– Pourquoi pas ?, insiste-t-il.

– Je ne sais pas. J'ai bien trop peur de chanter en public… Bon, le karaoké, ce n'est pas pareil.

Je me tourne vers Barney à côté de moi. Il me sourit et il est si mignon que mon cœur soudain s'emplit d'émotion. Puis je me rappelle qu'il est mon demi-frère et instantanément, ma bulle de bonheur se gonfle. Je regarde Phoenix de l'autre côté, mais il est trop occupé à gigoter, toujours aussi grognon.

– On est presque arrivé, lui dis-je et il me regarde.

Je dois avoir une drôle de tête parce qu'il me sourit lui aussi et alors, sans réfléchir, je commence à lui chatouiller les côtes. Il se met à rire comme un fou et Barney à ce moment crie :

– Chatouille-moi, chatouille-moi !

Et bientôt, tous deux se tordent de rire.

Davey nous dépose face à la plage et, tandis qu'on descend tous de voiture, en un éclair je prends conscience que je fais partie de cette famille, vraiment. Je reste sur mon petit nuage de bonheur alors que nous marchons sur le trottoir. Sur notre gauche, un sable blanc et lisse nous sépare de l'océan, hyper calme. Des palmiers se dressent tout le long du front de mer. Au loin, on aperçoit un embarcadère avec des manèges.

Deux nanas en short passent à ce moment sur leurs rollers et font demi-tour un peu plus loin pour nous regarder, avec un air ébahi. Elles échangent quelques mots et gloussent, puis poursuivent leur chemin, en se retournant pour nous regarder au moins cinq fois de suite. Je me tourne vers Johnny, mais visiblement, il s'en fiche. Puis je remarque Samuel et Lewis, quelques mètres derrière lui. Je n'avais pas vu qu'ils nous suivaient. Il est à peine huit heures trente, il n'y a pas foule autour de nous. Je pense que j'ai dû me réveiller à six heures.

Barney trottine devant nous et Meg qui porte Phoenix finit par le poser par terre et lui prendre la main.

– Il sait presque marcher, mais il est encore un peu branlant, me dit-elle avec fierté.

Phoenix avance tant bien que mal quand soudain, il me tend son autre main.

– Il veut jouer à la balançoire, m'explique Meg.

On compte jusqu'à trois et on le soulève, ce qui le fait rire aux éclats. On répète l'opération plusieurs fois, jusqu'à ce que je commence à avoir mal au bras. J'entends Johnny dire quelque chose à ses gardes du corps derrière nous, puis il s'élance et s'empare de Phoenix entre Meg et moi.

– Viens avec moi, mon grand…

– On va sur les manèges ?, crie Barney.

– C'est ce qui était prévu, répond Johnny, tandis que Lewis accélère le pas et nous devance.

On descend du trottoir pour marcher sur le sable, cap sur l'embarcadère. J'aperçois un terrain de jeu, en fait de plus près, je constate qu'il s'agit d'un espace gym pour adultes. Un type outrageusement musclé se balance à une succession de barres asymétriques et en bout de parcours saute sur le sable et nous regarde. Il se fige, sourire aux lèvres, on dirait une statue de bodybuilder. De toute évidence, il a reconnu Johnny. Johnny lui fait signe, mais il se passe un certain temps avant que le type ne réagisse et ne réponde à son salut. On continue à marcher et je n'en reviens toujours pas d'être la fille d'une célébrité.

La fête foraine est fermée et je me demande combien de temps il va falloir attendre avant que Barney, impatient comme il est, ne craque. Quand, à ma grande surprise, un homme émerge de derrière la barrière de sécurité. Il serre la main de Johnny et à ce moment, j'aperçois Lewis derrière lui, en train d'inspecter les lieux. Il a dû appeler avant notre départ de la maison pour que l'on puisse avoir les manèges rien que pour nous pendant une heure.

On les essaie tous. Parfois, je prends Barney avec moi, parfois je monte dessus avec Johnny. Je n'ai pas autant ri depuis un an. En fait, je ne me suis pas amusée comme ça depuis, eh bien, depuis que nous avons chanté à tue-tête les chansons de *Thomas*, dans la voiture. Pour finir, on va sur la grande roue. Je prends place avec Johnny et Barney, Meg dans la nacelle, juste derrière nous. Tout en bas, je constate que la plage s'est remplie, puis j'aperçois la foule massée sur l'embarcadère, juste devant le site.

– Il est temps de partir, dit Johnny et quand nous descendons du manège, Samuel et Lewis nous attendent au portillon, visiblement impatients.

– Compris…, dit Johnny sans même échanger un mot avec eux.

Il connaît évidemment la marche à suivre.

Il doit y avoir environ une vingtaine de personnes qui attendent, soit beaucoup moins que ce dont Johnny a l'habitude, mais il est encore tôt et la foule me fait peur. Puis je remarque un photographe un peu à l'écart qui nous mitraille avec son téléobjectif.

– Il est en train de prendre des photos, je chuchote, affolée, à Meg.

– Tout va bien, me dit-elle avec calme. Les paparazzis adorent voler des moments comme celui-là.

– Mais… Et moi ? S'ils découvrent qui je suis ?

– Pas de souci. Pour tout le monde, tu es la nounou des garçons, tu te rappelles ? Ne t'en fais pas, essaie-t-elle de me rassurer.

N'empêche, je baisse quand même la tête, au cas où.

Une fois dans la voiture, j'ai du mal à me remettre de mes émotions. Quelle drôle d'expérience ! Les gens qui gardent le silence quand on nous exfiltre, puis la moitié d'entre eux qui se met à péter un plomb. Leurs hurlements résonnent encore à mes oreilles. Je trouvais déjà Lewis et Samuel costauds, mais soudain, ils se sont transformés en armoire à glace pour nous protéger et nous faire sortir de la plage pour rejoindre la limousine. Des fans en délire se sont jetés sur la voiture et ont commencé à tambouriner aux vitres. Moteur allumé, Davey a attendu avec un calme olympien que Meg et Johnny bouclent les garçons sur leur siège, avant de démarrer plein pot.

Le téléphone de Johnny sonne. Tandis qu'il prend l'appel, Meg sort une poignée de gressins d'un placard et les distribue aux garçons. Je comprends maintenant pourquoi le lait dans le réfrigérateur. C'est pour les enfants.

– Tu veux quelque chose, Jessie ?, propose-t-elle.

– Non, merci, je réponds en secouant la tête énergiquement.

– Ça va ?, insiste-t-elle, une ride entre les sourcils, comprenant mon désarroi, quand Johnny et elle semblent parfaitement sereins.

– Oui, je réponds, un peu essoufflée.

– Tu as eu peur… Désolée.

– Euh, hmm, un peu, j'imagine. Mais c'était super aussi, d'un autre côté, j'avoue, parce que si c'était dingue de voir tous ces gens en adoration devant nous, c'était grisant aussi, quelque part.

– J'aurais dû te prévenir, pardon. J'y suis tellement habituée, maintenant, dit-elle, sincèrement confuse, tandis que Johnny continue de parler au téléphone à côté d'elle.

Les garçons grignotent leurs gressins, visiblement indifférents à ce qu'ils viennent de vivre.

– Eux aussi sont habitués, ajoute Meg en devinant mes pensées. Au début, je m'inquiétais pour eux. Je ne crois pas que tu connaisses mon histoire avec Johnny... ?

– Pas vraiment, non.

– Je te raconterai, un jour, promet-elle au moment où Johnny met un terme à sa conversation téléphonique.

– Christian, dit-il à sa femme, avant même qu'elle ne lui pose la question.

Aussitôt, son visage s'illumine.

– Il va bien ?

– Oui, ça va. Il devrait bientôt venir à L.A. et voulait savoir si on serait dans le coin.

– Tu ne lui as pas dit que nous partions en vacances la semaine prochaine ?

– Bien sûr que si, mais il arrivera après.

– Super. Je me demandais quand il allait venir nous voir.

Je serai rentrée à la maison quand ils s'envoleront pour leurs vacances. Hier soir, j'étais prête à repartir, mais après cette matinée, une semaine me semble bien trop courte. Dans ma bulle de bonheur, l'air commence soudain à fuiter et, très vite, je ne ressens plus rien que du vide à l'intérieur de moi.

13.

À la maison, on est accueilli par des odeurs de quelque chose qui dore au four, à en avoir l'eau à la bouche.

– Viens, je vais te présenter Eddie, me dit Meg, remarquant mon air surpris.

Barney fonce vers la cuisine en criant :

– Des cookoos, des cookies !

On arrive juste à temps pour voir Eddie prendre Barney dans ses bras. Pas loin de la quarantaine sûrement, plus grand que moi, à peu près un mètre soixante-dix, cheveux blonds, yeux bleus.

– Hello !

Tout de suite, je reconnais, dans ce seul mot, un fort accent américain.

– Eddie, voici Jessie, me présente Meg, tout sourire.

Il cale Barney sur son bras gauche et s'avance, main droite tendue.

– Heureux de vous rencontrer.

Barney gigote pour descendre et court en direction du four.

– Attention !, s'exclament Meg et Johnny en même temps et aussitôt, Barney se fige.

– Encore dix minutes et c'est prêt, promet Eddie.

– Ce sont ceux aux pépites de chocolat… ?, demande Meg, le regard suppliant.

– Bien sûr, répond Eddie avec un sourire espiègle. Installez-vous sur la terrasse. Je vais vous les servir avec du thé et du café.

– Ce serait super, répond-elle avec entrain, avant de se tourner vers moi. Annie doit être dans le bureau. Viens, allons lui dire bonjour…

On abandonne Johnny et les garçons dans la cuisine pour se rendre directement dans le bureau où nous accueille un petit bout de nana… En fait, elle me fait tout de suite penser à un lutin.

Elle bondit sur ses pieds et se précipite pour me serrer la main.

– Hello, Jessie ! Comment allez-vous ?

Elle est vraiment minuscule. Moi-même je ne suis pas grande, pourtant je la dépasse. Elle a des cheveux noirs hyper courts, coupe brosse, des yeux verts pétillants et un beau sourire.

– Bien, merci.

– Elle est peut-être petite, mais elle déborde d'énergie, dit Johnny qui nous a rejointes.

Annie secoue la tête en riant, puis elle se tourne vers moi.

– J'étais justement en train de regarder des photos de vous, sur le Net, me dit-elle à ma grande surprise.

Elle aussi, à l'évidence, est américaine, comme Eddie.

– Que... Quoi ? Où ça ?, je demande, paniquée.

– À Santa Monica. Ne vous inquiétez pas, on reconnaît à peine votre visage. Vous avez bien fait de baisser la tête. On croirait que vous avez une grande pratique des paparazzis. Il y a aussi pas mal de photos des garçons..., ajoute-t-elle en se tournant vers Meg.

Celle-ci instantanément se crispe et Johnny, dans un geste rassurant, pose une main sur son épaule. J'imagine qu'elle déteste que les garçons soient ainsi exposés à la presse.

– Vous voulez les voir ?, demande Annie.

Johnny et Meg, je n'en sais rien, mais moi, oui. Annie se rassied au bureau et clique sur sa souris. Apparaît une page pleine de photos. Une tonne de Johnny et Barney aux autos tamponneuses – sur certaines, on peut me voir passant derrière eux, au volant d'une auto rose bonbon, mais heureusement, le photographe a visé la superstar et son fils. Ouf. Puis ce sont les chevaux de bois. Cette fois, la majorité des clichés concerne Meg et Phoenix, la maman maintenant son bébé, juché sur un cheval de couleur vive. Là aussi, on m'aperçoit sur plusieurs photos, mais toujours en arrière-plan.

Et puis c'est une série de nous tous, sur la grande roue. Là par contre, on me voit bien, mais la plupart du temps, je regarde sur le côté et de toute façon, j'ai mes lunettes de soleil sur le nez. Puis il y a les photos de notre groupe déambulant dans le parc d'attractions, Barney sur les épaules de Johnny, décontracté, complètement indifférent à l'attention dont il fait l'objet tandis que nous quittons l'embarcadère, avant de marcher sur le sable, Phoenix dans les bras de Meg, Samuel et Lewis autour de nous, comme un rempart infranchissable. La plupart du temps, j'ai regardé mes pieds, mais je ressens encore cette angoisse qui m'a étreinte à l'idée de notre secret révélé au grand jour.

Meg discute à voix basse, manifestement contrariée, avec Annie, Johnny à côté d'elle, une main protectrice sur son épaule. Je m'écarte, hésite un moment, avant de les laisser.

Barney est à sa place habituelle, sur le tapis du salon, avec ses jouets, Phoenix, lui, court autour de la table basse en s'y accrochant avec maladresse. Encore nerveuse, je me dirige vers lui et lui tends les bras, puis on fait le tour du salon. Soudain, Eddie émerge de la cuisine avec un plateau, pour aussitôt jeter un regard inquiet en direction du bureau.

– Un problème ?

– Je ne sais pas, je réponds, mal à l'aise.

– Je vais mettre ça dehors, décide-t-il à voix haute, posant le plateau sur la table basse pour ouvrir la porte coulissante, avant de reprendre son plateau et de sortir.

Quelques minutes plus tard, Meg et Johnny sortent du bureau. Elle a toujours l'air préoccupé. Johnny me regarde, mais sans sourire, du coup je me sens encore plus mal.

– Viens, allons boire un café, dit-il à sa femme. Des cookies au chocolat, mon chéri ?, demande-t-il à Barney au passage.

Je n'ai jamais vu un enfant bondir sur ses pieds aussi vite.

– Je vais le prendre, me dit Meg, avec un sourire crispé, détachant la petite main de Phoenix de la mienne, ce qui crée en moi un drôle de sentiment de manque.

Elle le prend dans ses bras et il s'accroche à son cou. Ils sont tous sortis sur la terrasse et je leur emboîte le pas, me sentant plus que jamais exclue.

Ils sont assis à la grande table, avec vue plongeante sur la ville. J'hésite. J'en suis sûre, ma présence les dérange. Mon existence les dérange. Alors, sans réfléchir, je tourne les talons et m'enfuis.

Je me réfugie dans ma chambre, m'assieds sur le bord du lit et me ronge consciencieusement les ongles, quand Johnny vient me voir. Il frappe doucement à la porte, m'appelle par mon prénom avant d'ouvrir.

– Hé, dit-il en entrant, hésitant. Est-ce que ça va ?

Il semble terriblement embarrassé.

– Je peux rentrer chez moi, si tu veux, je déclare, tendue.

Il fronce les sourcils, comme surpris.

– Pourquoi rentrerais-tu chez toi ?

– Eh bien, si tu n'as pas envie que je sois là...

– Qu'est-ce qui te fait croire une chose pareille ?

Mes yeux soudain se remplissent de larmes quand je comprends combien j'ai envie de rester. Mais je ne veux pas non plus être source de dispute entre eux.

C'est la gorge nouée que je réponds :

– Tout ce qui s'est passé sur la plage. Ces photos de moi. Meg a l'air à bout de nerfs...

– Elle n'est pas à bout de nerfs à cause de toi, m'interrompt Johnny et, à ma grande surprise, il vient s'asseoir sur le lit, pose une main sur mon épaule.

– Elle est stressée à cause de Barney et Phoenix. Elle ne supporte pas que les paparazzis prennent des photos des garçons.

C'est comme si mon cœur battait des ailes soudain. Alors, ce n'est pas de ma faute ?

– Vraiment ? Elle n'est pas fâchée contre moi ?

– Bien sûr que non. De toute façon, c'est à peine si on te voit, toi, sur les photos. Et à supposer que oui, il ne lui viendrait pas à l'idée de te le reprocher. Si elle est fâchée, c'est surtout contre moi, ajoute-t-il en secouant la tête, coudes sur les genoux.

– Pourquoi ?, je demande, toujours au bord des larmes, la gorge serrée.

Il contemple un moment ses mains croisées. Je remarque des tatouages sur ses poignets qui lui courent sur les bras.

– Meg déteste les montrer en public. Au début, elle ne voulait pas entendre parler de revenir s'installer à L.A… (Il me jette un regard espiègle.) J'ai fini par la convaincre. Mais c'est impossible de vivre comme ça, à toujours devoir se cacher des paparazzis. Je n'ai pas envie de vivre comme un reclus. Mais j'en ai bien peur, il va nous falloir faire avec. Les garçons, eux, se moquent de tout ça, conclut-il avec un sourire.

– Oui, ils ne semblent pas du tout en souffrir. (Je constate pour la première fois combien il a le bout de ses doigts calleux.) À force de jouer de la guitare ?

– Exact…

Il a déjà forcément eu cette conversation avec Meg et je pense que tout ça le gonfle un peu, mais une chose est sûre, il l'adore. J'aurais aimé qu'il ait le même genre de sentiments pour ma mère. À cette pensée, une profonde tristesse m'envahit. Si seulement elle avait été plus, pour lui, qu'une conquête parmi d'autres.

– Au sujet des photos où j'apparais… Que va-t-il se passer si la presse les publie ?

– C'est peu probable, répond-il avant de se lever pour exécuter quelques étirements. Il y en a tellement d'autres et puis, pour l'instant, ce qui les intéresse, ce sont les garçons, pas toi. De toute façon, Annie veille au grain.

Annie, toute menue, mais bourrée d'énergie… C'est ce qu'il a dit, à peu de chose près.

– Allez, zou, dit-il en désignant la porte. Les cookies d'Eddie sont bien meilleurs chauds.

Je me lève à contrecœur. Et me sentant un peu bête. J'ai réagi de façon excessive en pensant que tout ça était à cause de moi. Mais pas question de laisser ma fierté m'empêcher de me goinfrer de cookies aux pépites de chocolat.

14.

Je noue mon sarong blanc autour de ma poitrine pour cacher mon bikini bleu électrique. Ce sarong, je le portais déjà l'année dernière, lors de nos vacances en France, bien plus bas, autour de la taille, mais aujourd'hui, je me sens trop vulnérable.

On est mardi, fin d'après-midi, et après l'épisode des paparazzis, je ne suis pas mécontente de rester à la maison aujourd'hui. Bon, j'ai eu un petit serrement au cœur quand Johnny a dû sortir pour un rendez-vous avec sa maison de disques, mais il est rentré maintenant et Meg a proposé à tout le monde de se baigner. Je regrette de ne pas avoir eu plus d'occasion de parler avec lui, mais dorénavant je vais m'appliquer à prendre les choses comme elles viennent.

Quand j'arrive sur la terrasse, Meg est en train de badigeonner Barney de crème solaire. Il gigote et rouspète tandis qu'elle lui en enduit le visage.

– Arrête de bouger, le gronde-t-elle.

– Tu crois que j'en ai besoin, moi aussi ?, je demande en sentant la chaleur du soleil sur mes bras.

Je me suis fait un chignon pour ne pas me mouiller les cheveux et mes lunettes sont à leur place, sur mon nez.

– Non, ça va, répond Johnny derrière moi.

Je me retourne. Il porte un short de bain bleu marine, rien d'autre. Il a le torse et les bras en partie tatoués. J'ai vu des photos de lui dans des magazines à peu près semblables à ça et aujourd'hui, il est devant moi, en chair et en os. Bien vrai. Mon père biologique.

– On n'est jamais trop prudent, remarque Meg, Barney toujours en train de râler.

Elle était un peu tendue aujourd'hui, en l'absence de Johnny. Je crois qu'elle n'appréciait pas qu'il se soit absenté pour ce rendez-vous. Pour passer le temps, on a regardé un film et après ça, j'ai dormi deux heures. Mon horloge interne ne tourne pas encore bien rond.

Johnny disparaît dans ce qui ressemble à une cabine de plage – une structure de taille moyenne peinte en blanc, à droite de la piscine – et en ressort avec un paquet de serviettes vertes enroulées. Il va balancer le tout par-dessus la clôture en verre trempé sur un des transats alignés autour du bassin. Puis il retourne dans la cabine. Une minute plus tard, il en émerge avec un énorme crocodile gonflable sous un bras, un requin sous l'autre. Il est trop marrant comme ça. Je me dépêche de passer derrière la clôture pour attraper les deux monstres. Et le voilà qui repart direction la cabine une troisième fois !

Je jette les bouées dans l'eau et me retourne. C'est là que je le vois apparaître avec un double matelas pneumatique géant en train d'essayer de passer la porte. À cet instant, il n'a plus rien de la rock star et c'est plus fort que moi, je m'esclaffe quand il balance le matelas par-dessus la clôture et repart, direction la cabine. Je regarde Meg qui me sourit lorsque ressurgit Johnny, cette fois les bras pleins de jouets et deux longues frites en mousse.

– Tu es sûr que tu as tout maintenant ?, je demande, ironique, et il me sourit.

– C'est bon, poupée...

Il me passe les jouets et s'éloigne vers le portillon pour me rejoindre dans la zone protégée. Il chipe Barney à sa femme et le fait tournoyer autour de lui à bout de bras, ce qui fait rire son fils aux éclats.

– Je ne lui ai pas encore fait les bras, dit Meg, vaguement agacée.

– Oh, ça ira, rit Johnny en embrassant son fils sur le bout du nez. On plonge ?

– Ouais !, s'écrie Barney.

Johnny le pose par terre et tous deux s'approchent du bassin.

– Un, deux, trois...

Plouf !

L'eau est hyper froide, mais sa main autour de la mienne est chaude et ferme. Je remonte à la surface du lac et on rit toutes les deux, puis elle noue les bras autour de ma taille et instantanément, je me sens rassurée, en sécurité. J'ai cinq ans et on est en vacances au camping, parc national du Lake District, rien qu'elle et moi. Je m'essuie les yeux tout mouillés et souris à ma maman, qui me sourit en retour.

– Tu veux que je te fasse tourner ?, demande-t-elle.

De l'eau lui dégouline sur le visage, ce qui l'oblige à cligner à toute vitesse ses grands yeux couleur caramel.

– Ouais !, je m'écrie, aux anges.

Je chasse ce souvenir et regarde Johnny et Barney émerger. D'un coup de tête, Johnny dégage de ses yeux une mèche de cheveux, puis il prend les mains de Barney et l'entraîne.

Je me tourne vers Meg dont le regard s'adoucit en les observant tous les deux.

– Barney sait nager ? Il est si petit.

– Oui, répond-elle tout en mettant de la crème solaire à Phoenix. Mais depuis peu. Impossible de le laisser sans surveillance. Alors surtout, ne jamais, jamais laisser le portillon de la piscine ouvert.

– Bien sûr.

Elle me prend pour une idiote ou quoi ?

– Tu viens ?, crie Johnny à ce moment et je comprends que c'est à moi qu'il s'adresse.

Encore un peu chiffonnée par la réflexion de Meg, je m'avance au bord du bassin.

– Tiens, monte là-dessus…

Il pousse le crocodile gonflable vers moi. Je ne sais pas trop, mais bon, allez… Je dénoue avec maladresse mon sarong, gênée dans cette petite tenue, le jette sur un transat, puis je positionne le crocodile devant moi et saute. Le jouet gonflable bouge dans tous les sens, j'essaie de m'accrocher, puis bascule tête la première. Je suis trempée de la tête aux pieds. Moi qui ne voulais pas me mouiller ! Johnny est mort de rire, Barney idem et c'est comme ça que je me découvre un vrai talent de clown.

– Tu savais ce qui allait se passer !, je m'exclame en riant et j'éclabousse Johnny.

L'eau turquoise est super bonne, fraîche mais pas froide, comme celle du lac dans ma mémoire. Il m'asperge à son tour, mais je brandis le crocodile comme un bouclier. Quand je regarde Meg, je surprends sur son visage une drôle d'expression alors qu'elle nous observe. Mais Johnny à ce moment m'arrose encore une fois et je n'ai d'autre choix que de lui rendre la politesse.

Quand je regarde à nouveau, Meg et Phoenix ont disparu.

On ne reste pas longtemps à la piscine. La disparition de Meg semble avoir rendu Johnny nerveux.

– Elle a pas l'air bien, dis-je, inquiète.

– Ça s'arrangera, me répond-il, ce qui ne me satisfait pas vraiment.

Oui, elle ira mieux quand je serai partie, sans doute.

Quand on rentre, on entend du bruit en provenance de la cuisine. Je suis Johnny et on trouve Meg en train de donner à manger à Phoenix, dans sa chaise haute.

– Que s'est-il passé ?, demande Johnny. Je croyais que tu avais envie de te baigner ?

Les yeux de Meg se posent sur moi, puis retournent à son petit dernier.

– Je ne m'étais pas rendu compte que c'était presque l'heure du repas des enfants. Pourrais-tu aider Barney à se changer ?, demande-t-elle, un brin agressive. Et fais attention, tu mets plein d'eau par terre !

La remarque s'adresse aussi à moi. Embarrassée, je resserre la serviette autour de ma taille.

– Eddie nous a préparé un dîner thaï, me dit-elle avec un sourire qui m'a tout l'air forcé. Nous mangerons quand vous serez prêts.

– Je vais sous la douche. Je me dépêche, je promets en sortant de la cuisine à toute vitesse.

J'ai le sentiment d'avoir contrarié Meg. Une fois de plus.

– Allez, mon garçon, dit Johnny à Barney qui me passe devant, dans l'escalier.

– Attention à ne pas glisser !, crie Johnny. Il a les pieds trempés.

Barney se fige deux secondes, puis se remet à monter les marches, une à une, comme un petit lapin. C'est plus fort que moi, je ris.

– Tu viens m'aider à l'habiller ?, dit Johnny en se dirigeant vers la chambre de son fils.

Je le suis, encore un peu tendue.

– Attrape-lui quelques vêtements, dans ce tiroir, me dit-il tout en commençant à déshabiller Barney.

Je fais ce qu'il me demande, choisis un short rouge et un T-shirt bleu marine, avec un requin blanc dessiné dessus. Quand je me retourne, Barney se tient face à Johnny, tout sourire, tandis que son père lui frictionne les cheveux.

– Vous vous ressemblez tellement, tous les deux, je remarque et ils me regardent avec les mêmes yeux verts pénétrants. Phoenix ressemble plus à Meg.

– Meg a eu un choc quand elle a vu combien toi, tu me ressemblais, m'avoue-t-il en enfilant son T-shirt à Barney.

Je ne m'attendais pas à ce qu'il admette ce genre de choses. Tremblante, je m'appuie à la petite table.

– En fait, je ne ressemblais pas beaucoup à Maman…

J'ai l'impression qu'il serre les dents, en tout cas il ne fait aucun commentaire. J'ai tellement de questions à lui poser sur elle, mais je n'ai pas encore trouvé le bon moment et là, avec Barney, c'est même pas la peine d'y penser.

– Quand révélerons-nous la vérité, sur moi ?, je me surprends à demander. Je sais que Meg n'apprécie pas trop de m'avoir ici, j'ajoute, la voix un peu chevrotante.

– Meg va très bien, répond-il et comme je ne dis rien, il me sourit avec gentillesse, comprend que je ne suis pas dupe. (Il regarde Barney, lui ébouriffe les cheveux.) Je ne crois pas qu'il faille se précipiter pour révéler à tout le monde la vérité à ton sujet. Une fois que ce sera fait, il n'y aura plus de retour en arrière possible. Mais nous parlerons de tout ça une autre fois, d'accord ?

Je ne saisis pas vraiment ce qu'il veut dire, mais je comprends que ce n'est ni l'endroit ni le moment d'évoquer le problème.

Johnny est encore en maillot de bain et à ce moment, mon regard tombe sur les mots tatoués sur la gauche de son torse. *Nutmeg*.

– C'est le surnom de Meg ?

Il passe la main dessus.

– Oui, répond-il, l'air un peu penaud en me regardant. Je lui parlerai. Je ne veux pas que tu te sentes mal ici, avec nous.

Le lendemain, Meg vient me retrouver au bord de la piscine.

– Ça te dirait d'aller à une fête, vendredi soir ?, demande-t-elle en s'asseyant sur le transat, face à moi.

– Une fête ?

– Oui, chez Michael Tremway. C'est le…

– Je sais qui c'est !, je m'exclame, tout excitée. Ce monsieur est le producteur exécutif de l'une de mes séries préférées, *Little Miss Mulholland*, l'histoire d'une ado, Macy, qui tente de se faire un nom en tant qu'actrice à Hollywood. Le rôle de Macy est tenu par la propre fille de Michael Tremway, Charlotte, seize ans.

Meg me tend un carton d'invitation et c'est tout juste si je ne le lui arrache pas de la main.

– Michael organise une soirée pour son quarantième anniversaire, m'explique-t-elle tandis que je découvre l'info imprimée sur le précieux sésame. Mais je suis sûre qu'il y aura aussi plein de jeunes de ton âge.

– Est-ce que Johnny le connaît ?, je demande, quasi en hyperventilation.

– Johnny connaît tout le monde, répond-elle avec un sourire espiègle. Il ne se rend plus dans ce genre de fêtes depuis quelque temps, mais il a promis de nous accompagner à celle-là.

– C'est vrai ?, je m'exclame, proche de l'hystérie, puis je sens mon cœur se serrer. Mais je n'ai rien à me mettre…

– Et cette robe métallisée ?, suggère-t-elle, avant de se frapper le front. Que je suis bête ! Si on allait faire du shopping ?

– C'est-à-dire que…

– Johnny s'occupe de ça, m'interrompt-elle. De toute façon, il doit bien te devoir pas loin d'un million de dollars de rattrapage en pension alimentaire…

C'est une réflexion lancée comme ça, mais j'en ai la tête qui tourne.

L'après-midi, Meg et moi laissons les enfants avec leur père et Davey nous embarque dans sa limousine, direction Rodeo Drive.

Sérieux, je me sens comme Julia Roberts dans *Pretty Woman*. J'ai le cœur en mode tachycardie et lorsqu'on descend de voiture et que mes pieds foulent le trottoir de cette rue plantée de palmiers d'une propreté quasi virginale, j'ai peur de faire une attaque. Au loin, c'est le panneau HOLLYWOOD qui trône sur la colline et je n'en crois pas mes yeux.

Gucci, Prada, Armani, Valentino… Un soleil aveuglant ricoche sur les vitrines somptueuses des boutiques de luxe et devant des robes de rêve incrustées de pierres précieuses, j'en prends plein les yeux. Meg propose de flâner dans un premier temps, d'essayer quelques trucs avant de se décider pour ma tenue de soirée. Je me laisse guider, trop sous le choc pour réagir.

Ce n'est que plus tard, alors que je me trouve dans une cabine d'essayage de Roberto Cavalli, en train de regarder dans la glace le reflet d'une fille que je ne reconnais pas, que je me souviens de qui je suis et d'où je viens.

– J'attends…

La voix de Maman me parvient dans l'atmosphère moite et étouffante de la cabine d'essayage.

– Un petit moment, je réponds tout en bataillant avec la fermeture Éclair de la robe. Elle passe la tête par le rideau – juste son visage, comme dans un spectacle de marionnettes.

– Maman !, je hurle, paniquée à l'idée que d'autres personnes puissent me voir.

Elle ignore complètement mes cris.

– Tu as besoin d'aide ?

Et elle entre, tss-tsste quand je proteste pour qu'elle referme correctement le rideau. Puis je relève mes cheveux pour qu'elle puisse accéder à la fermeture Éclair.

– Voilà… (Elle me fait me retourner pour me regarder.) Hmm. (Elle promène ses yeux sur moi.) Oui, j'aime bien…

– Cache ton enthousiasme, je marmonne, ironique.

Elle sourit. Elle n'est pas, n'a jamais été, une mère exubérante. C'est pas comme la mère de Libby qui, elle, se serait sans doute écriée : « Wow, chérie, c'est géant ! », même si ça ne l'était pas.

Je me retourne, observe mon reflet, alors qu'elle m'examine.

– Ça peut aller, dis-je sur un ton détaché, sa spécialité.

– On la prend, décrète-t-elle.

– Je vais voir ce qu'il y a d'autre, avant, je réponds, essentiellement pour la contrarier.

– D'accord, dit-elle sans réagir. Mais je vais demander à la vendeuse de la mettre de côté.

Elle savait que je reviendrais à ce modèle. Et elle avait raison. Cette robe, je l'ai mise pour ma fête d'anniversaire, celle où elle ne s'est jamais montrée.

Je refoule mes larmes tout en scrutant la fille dans le miroir. Je porte un ensemble noir, jupe et top sans manches. Un top avec liseré de dentelle noire qui s'arrête au-dessus du nombril et laisse voir mon ventre, légèrement bronzé. La jupe, elle, m'arrive aux chevilles et elle est fendue sur la droite, tout le long de ma cuisse. Je serai obligée de porter des talons. Et puis, ça s'impose avec ce style, je me ferai un chignon déstructuré et pour le maquillage, du noir sur les yeux. Déjà, je m'imagine. Je n'ose même pas penser à ce que cet ensemble doit coûter, et Meg m'a interdit de regarder l'étiquette. Mais la curiosité l'emporte et quand je découvre le prix, j'en reste scotchée.

– Je peux regarder ?, demande alors Meg.

– Une seconde.

Je le sais, c'est celle-là. Cette robe et pas une autre. Et il me semble entendre Maman, « Hmm, oui » ou quelque chose dans le genre, mais ça suffirait à me renforcer dans ma décision. Je voudrais tant qu'elle soit ici, avec moi. Elle me manque tellement.

Je prends quelques secondes pour me ressaisir, puis j'ouvre le rideau pour avoir l'avis de Meg.

– Magnifique, dit-elle en secouant la tête.

Je lui souris, intimidée. Je n'ai pas oublié ses réflexions de la première nuit, mais elle semble déterminée à faire un effort. Johnny a dû lui parler, comme il me l'avait promis.

– Et toi, qu'en penses-tu ?, me demande-t-elle.

– Je l'adore.

– Moi aussi. Tu veux essayer autre chose ? (Un silence.) Ou tu es décidée pour celle-là ?, demande-t-elle, l'air amusé.

– Je doute de pouvoir trouver mieux.

Elle rit et ferme le rideau.

– Dans ce cas, on la prend.

Tandis que je me rhabille, je lui pose une question à travers le rideau.

– Pourquoi Johnny t'appelle-t-il Nutmeg ?

Elle rit doucement.

– Dieu seul le sait. Quand je travaillais pour lui, un jour il s'est mis à m'appeler Nutmeg. Il a même fait tatouer ce surnom sur son torse.

– Je sais. Je l'ai vu à la piscine.

– Et il te donnera sans doute un petit nom, à toi aussi, remarque-t-elle sur un ton cinglant et, à ce moment, je regrette de ne pas voir l'expression de son visage.

– J'ai déjà un petit nom, Jessie, lui fais-je remarquer en sortant de la cabine.

– Bien sûr. Le diminutif de Jessica…

Elle sourit. Je reste là à la regarder.

– Je ne veux pas être indiscrète, mais… Comment t'es-tu retrouvée à travailler pour Johnny ?

– Oh, ça n'a rien d'un secret. Je travaillais pour une architecte comme assistante de direction et l'un de ses clients… Oh ! C'était Wendel Rosgrove ! Tu l'as rencontré, non ?

– Oui, je réponds avec une moue.

– Quoi ?, demande-t-elle, intriguée.

– Je le trouve un peu… intimidant.

C'est une jolie façon de présenter les choses. En fait, à mon avis, c'est un connard de première.

Meg me regarde avec un air complice.

– Je suis d'accord avec toi, heureusement je n'ai que rarement affaire à lui. Bref, un jour il a expliqué à ma patronne que Johnny cherchait une nouvelle assistante et elle m'a proposée pour le job.

– Wow. C'est aussi simple que ça ?

Elle rit, un peu amère, et s'appuie au mur, les bras croisés.

– Rien n'est jamais simple quand il s'agit de Johnny.

– Hmm. Oui, j'imagine…

Je rassemble mes affaires pour les présenter à la caisse.

– Je suis désolée pour ta maman, me dit-elle soudain et je la regarde, surprise. Je voulais juste… Juste te le dire, ajoute-t-elle avec un sourire gêné.

– Merci, je réponds doucement.

Meg semble perturbée et je pressens qu'elle a autre chose à me dire. Je cherche son regard, j'attends.

– Je suis également désolée de m'être montrée un peu agressive depuis ton arrivée, me chuchote-t-elle avec un regard confus.

– Ce n'est rien, dis-je, même si je ne lui ai pas complètement pardonné.

– Je savais que ce genre de choses arriverait, un jour. Que le passé de Johnny reviendrait nous… (Elle s'interrompt avant de prononcer le mot « hanter », puis elle me sourit.) Attention, je ne dis pas que c'est une mauvaise chose.

– Parce que ça ne l'est pas, vraiment ?, je réponds, déterminée soudain. Je veux dire, dans ton esprit, est-ce que je ne suis pas une « mauvaise chose » ?

Si elle a quelque chose à me dire, c'est le moment, face à face.

– C'est ce que j'essaie de t'expliquer, reprend-elle avec humilité. Je ne dis pas que ce n'est pas difficile, pour moi. Ce serait un mensonge. Johnny et moi avons déjà traversé tant d'épreuves. Mais j'ai toujours eu la conviction que notre couple surmonterait tous les obstacles et que nous finirions par trouver le bonheur.

– Désolée de venir tout gâcher comme ça…

– Tu ne m'écoutes pas, Jessie, dit-elle avec calme. Ce que je tente de t'expliquer, même si au début ça a été un choc, je crois que tu pourrais être une bonne chose pour nous. Pour Johnny… (Elle laisse échapper un soupir.) Oui, en fin de compte, je suis plutôt contente que tu sois là.

On se dévisage de longues secondes, puis elle sourit.

– Allez, zou, sinon la vendeuse risque de penser qu'on va la braquer.

– Pas la peine, j'ai déjà piqué ce qu'il me fallait chez Armani…

– Pardon ?, manque-t-elle s'étouffer.

– Je rigole !

Je l'ai eue.

Elle lève les yeux au ciel et me donne une claque sur l'épaule. Puis on arrête de rire et nous sortons de la cabine d'essayage.

Les deux jours qui suivent passent à une vitesse dingue. Très vite, on arrive à vendredi et l'heure de la fête approche. Je porte une tresse queue-de-poisson. C'est Meg qui a fait venir quelqu'un pour la coiffure et le maquillage. Jamais je ne me suis sentie aussi pourrie gâtée. La fête a lieu ici, à Bel Air, dans la vaste demeure de Michael Tremway, à peine à quelques minutes en limousine. Meg est ravissante avec sa robe Gucci, un modèle jaune or assez court, qui met en valeur ses longues jambes. Elle a les cheveux détachés, un énorme collier de pierres en toc autour du cou et comme moi, des talons aiguilles d'enfer aux pieds. On les a achetés ce matin et c'est sûr, je vais connaître l'enfer dedans.

Johnny porte un jean noir skinny, une ceinture cloutée et une chemise grise, col entrouvert. La soirée est chaude et il a retroussé ses manches, dévoilant ainsi ses tatouages. À ce moment, j'imagine Stu avec ce genre de tatouages et l'idée me fait sourire.

Johnny ouvre le réfrigérateur et en sort une bouteille qui m'a tout l'air d'être du champagne. Avec une étiquette marquée Perrier Jouet et une jolie fleur blanche gravée dessus. Perrier... Comme l'eau minérale ?

– Tu en veux ?, demande-t-il à Meg.

Elle le dévisage, comme sur ses gardes.

– Non, c'est bon.

– Nutmeg, tout va bien. Jessie et toi, vous pouvez en boire.

Il ne boit pas d'alcool ? Je sais d'après Google qu'il a enchaîné les cures de désintox à cause de la drogue, mais depuis quelque temps visiblement, il est clean. Une chose est sûre, Stu ne m'aurait jamais laissée aller le voir si ça n'avait pas été le cas. Par contre, j'ignorais qu'il ne buvait pas.

– Jessie n'a que quinze ans, fait remarquer Meg.

– Et alors ?, je réplique, un peu agacée. (J'ai trop envie d'un peu d'alcool, surtout à la perspective de cette soirée.) Je bois tout le temps, à la maison.

Elle ne semble guère convaincue. À moins que je n'interprète mal son regard et qu'elle ne soit pas du tout impressionnée.

– Un verre ne peut pas faire de mal. C'est une occasion particulière, dit Johnny avec calme, avant de se tourner vers moi. Jessie ? Veux-tu une coupe de champagne ?

– Oui, avec plaisir ! Je n'ai encore jamais bu de champagne.

Meg en prend un verre elle aussi, mais Johnny, lui, attrape une canette de Coca.

J'avale une longue gorgée de champagne et tousse aussitôt, manquant en recracher la moitié. La vache, ça pique ! Honnêtement, je préfère le cidre. C'est plus sucré. Mais bon, j'avale tout le plus rapidement possible. À peine ai-je vidé mon verre que déjà, on est arrivé. Je regarde par les vitres teintées et aperçois une foule de gens qui se presse sur le trottoir, au pied d'un immense mur de briques. D'autres descendent de limousines, aussitôt mitraillés par une meute de photographes. Meg pose une main sur le genou de Johnny et se tourne vers moi.

– J'ignore combien de temps nous serons encore en mesure de protéger ton identité, me dit-elle avec calme. Nous ferons de notre mieux. Profite de cette soirée. Et si quelqu'un te pose des questions, tiens-t'en à la version nounou.

– Entendu.

Pourquoi tant de réticence de leur part à révéler au monde qui je suis ?

Mais avant même de pouvoir poser la question, la porte s'ouvre et Davey aide Meg à descendre de voiture. Johnny et moi n'avons toujours pas eu de vraie conversation à cœur ouvert. Je n'ai donc pas eu l'opportunité d'avoir les réponses à ces questions qui me hantent. Une ou deux fois j'ai évoqué Maman et il a eu l'air mal à l'aise. D'accord, si ça se trouve, il ne se la rappelle même pas. Et peut-être aussi qu'il n'a pas très envie de parler devant Meg. Cela dit, il n'a pas non plus cherché à discuter avec moi tranquillement quelque part, entre quatre yeux. Je suis allée faire du shopping avec Meg, mais c'est avec Johnny que j'aimerais nouer une relation. À quel jeu joue-t-il ? Pourquoi ne fait-il pas plus d'efforts ? Peut-être que c'est trop dur, pour lui. Bordel ! La vie tout entière est dure, non ? D'un coup, la colère s'empare de moi.

Johnny descend de voiture et aussitôt, les appareils photo des paparazzis crépitent. J'inspire, expire dans un effort pour me calmer. Je m'apprête à participer à une soirée à Hollywood ! Je devrais être super heureuse. Ce soir, je vais devoir refréner Jessie la déconneuse et essayer d'oublier tout le reste. J'attends que les photographes suivent Johnny, s'éloignent de la limousine, puis je m'approche de la portière et, un peu réconfortée par le sourire amical de Davey, je sors, prudente, en espérant ne pas m'étaler sur mes stilettos.

15.

Fascinée, je regarde Johnny et Meg qui se dirigent vers le portail. Ils ne cillent même pas face aux flashes qui leur explosent en pleine figure. En leur emboîtant le pas, je me sens un peu perdue dans la foule et j'ai la tête qui tourne. Sans doute ai-je bu trop vite cette coupe de champagne.

Meg se retourne pour vérifier que je suis là, mais Johnny, lui, regarde droit devant. J'ai mon carton à la main et je présume que s'ils restent à bonne distance devant moi, c'est dans le seul but de préserver mon identité, face à la presse. Je ne peux pas m'empêcher d'être déçue, mais ils doivent savoir ce qu'ils font.

Mon cœur se serre quand je les vois franchir le portail, sans que personne ne leur demande leur invitation. Évidemment ! Johnny et Meg sont des personnalités du showbiz. Mais… Et si on ne me laissait pas entrer, moi ? C'est la boule au ventre que je me faufile dans la queue.

Personne ne me cède sa place, comme beaucoup l'ont fait pour mon célébrissime de père. Enfin, j'arrive au portail et tends mon carton.

– Votre nom ?, m'interroge un type balèze.

– Jessie Pickerill, je réponds, le cœur à l'arrêt.

Il consulte sa liste et, trois secondes après, s'écarte pour libérer le passage.

Meg et Johnny m'attendent. Elle me sourit, radieuse, mais mon regard est attiré par celui de Johnny.

– Tout est OK ?, me demande-t-il, sourcils légèrement froncés.

– Oui, je réponds, encore nerveuse.

Puis je regarde autour de moi. Il y a tant à voir. La maison au loin, qui trône devant une pelouse en pente douce et sur le gazon, toutes sortes de manèges à l'ancienne. Carrousel, grande roue, chaises volantes, toboggan géant et tasses tournantes. J'ai l'impression d'être ramenée à l'embarcadère de Santa Monica, sauf que ces attractions-là se trouvent dans un jardin privé.

La maison elle-même ressemble à un château sur ses trois étages, tout en pierres de taille blanches. L'allée qui y mène, bordée de fleurs blanches et roses, est éclairée par de vraies torches enflammées, même s'il ne fait pas encore tout à fait nuit. Je remarque des voiturettes style buggy de golf qui font l'aller-retour entre la maison et le portail. En état second, je suis Johnny et Meg. Passé les grilles, il n'y a plus de photographes – en tout cas, pas que je sache – alors je finis par me détendre. Je boirais bien une autre coupe de champagne.

À la seconde où la pensée germe dans ma tête, j'aperçois une armada de serveuses vêtues de robes rouge et noir style années 1950, au garde-à-vous devant des chariots sur lesquels attendent des coupes. Certaines remplies d'un breuvage pétillant transparent, les autres roses ou orange clair. Il y a aussi quelques verres de jus de fruits.

– Champagne, Bellini, Rossini ?, nous propose la serveuse la plus proche.

J'épie sa réaction face à Johnny. Elle reste impassible, mais quand il approche pour prendre un verre de jus de fruit, ses yeux ne voient plus que lui. Elle est superbe. Elle pourrait aussi bien être actrice ou top model avec son gloss rouge sang et ses cheveux noirs en queue-de-cheval.

– Je vais prendre un Bellini, dit Meg qui se sert, ignorant complètement la fascination évidente de la fille pour son mari.

Je me demande comment elle arrive à gérer ce genre de trucs. Si j'étais elle, j'aurais la haine.

– Qu'y a-t-il, là-dedans ?, je demande à Meg en désignant le liquide orange clair dans son verre.

– Champagne et nectar de pêche. Le Rossini, c'est champagne et nectar de fraise. Crois-tu que ton beau-père nous maudirait si tu goûtais ?

– Il n'a pas intérêt, je rigole et je jette mon dévolu sur le cocktail rose.

Je trempe les lèvres tout en montant dans une voiturette qui attend. Hmm, c'est meilleur que le truc dans la limousine. Johnny et Meg prennent place derrière moi, assis dans le sens inverse de la marche. Il glisse aussitôt son bras autour des épaules de sa femme. Il est tellement attentionné avec elle, mais bon, sans doute n'est-elle pas très à l'aise, avec toutes ces filles qui lui tournent autour.

Partout dans le jardin, de méga-enceintes crachent de la musique pop, mais ça ne suffit pas pour couvrir les cris et les rires en provenance des manèges devant lesquels on passe. Je reconnais l'odeur du pop-corn, de la barbe à papa, aperçois même une baraque ou deux de hot-dogs, avec au comptoir des types en costard rayé rouge et blanc, là aussi style années 1950, chapeau assorti sur la tête.

Au lieu de nous déposer devant la maison, le buggy la longe, puis tourne tout au fond pour déboucher sur le parc, derrière. Tout de suite mon regard est attiré par une immense piscine ovale dotée d'un toboggan sur chaque flanc et d'une fontaine au milieu qui envoie un geyser d'eau cristalline. Il y a foule tout autour, surtout des jeunes qui s'éclaboussent, beaucoup de filles en bikini. Des garçons torse nu en short de bain se prélassent sur des transats installés tout autour du bassin. La fête de Mike et Natalie était finalement un peu minable comparée à celle-ci…

Après la piscine, le parc continue et au loin se dresse une sorte de chalet en bois argenté.

J'arrive pas à croire que tout ça appartienne à une seule personne. Je n'ai jamais rien vu de tel de toute ma vie.

À l'intérieur, la maison continue de m'impressionner. Deux escaliers en colimaçon s'élèvent depuis le hall d'entrée tout en marbre blanc. De somptueuses compositions florales reposent sur des tables en bois sculpté, genre antiquités.

Un type à l'air distingué vêtu d'une chemise blanche et d'un pantalon noir accueille les invités. Ça me prend quelques secondes avant de le reconnaître. Michael

Tremway. Une femme se tient à côté de lui, son épouse probablement. Elle est super jeune et d'un coup, je me rappelle avoir lu quelque part qu'il s'était remarié avec une femme de vingt ans sa cadette. Elle a l'âge d'être sa fille. Je me demande ce que Macy pense d'elle.

– Johnny, dit Michael avec chaleur quand nous arrivons à son niveau. Meg. Tu es sublime, comme toujours…

Il lui baise la main, puis serre celle de Johnny. Je reste en retrait, mais Johnny s'écarte et me fait avancer.

– Et voici Jessie, ma…

– Notre nounou, l'interrompt Meg avec délicatesse.

Minute. Johnny n'a-t-il pas failli me présenter comme étant sa fille, à l'instant ? Un sentiment d'irritation m'envahit suite à l'intervention de Meg pour l'en empêcher. Qui essaye-t-elle de protéger ? Moi ou eux ? Je penche plutôt pour la deuxième option.

Michael me serre la main et sourit, un sourire qui se reflète jusque dans ses yeux gris. Puis il se tourne vers sa femme.

– Vous vous souvenez de Colleen…

Elle s'avance, embrasse Johnny sur les joues, pareil avec Meg. Elle a une voix haut perché, un tantinet mièvre.

– C'est génial que tu sois rentré à L.A., dit Michael à Johnny.

– Oui, c'était mieux comme ça. Au fait, bon anniversaire.

Soudain, de l'agitation derrière nous. Je me retourne et aperçois une fille, à peu près de mon âge, dans un minibikini rouge, les cheveux longs et noirs trempés, assise par terre dans l'entrée. Elle semble sous le choc. Michael Tremway fend la foule.

– Combien de fois dois-je te répéter de ne pas courir sur le marbre avec les pieds mouillés !, s'exclame-t-il, visiblement exaspéré.

La fille vire rouge tomate et se relève.

– Je t'emmerde !, lance-t-elle et elle se rue vers l'escalier, bousculant exprès au passage Colleen qui vacille sur ses talons en retenant un cri.

Je suis la fille des yeux, abasourdie. C'est Macy, l'héroïne de ma série préférée. Charlotte Tremway, je rectifie dans ma tête.

Michael laisse échapper un rire crispé.

– Les ados. Impossible de vivre avec, impossible de vivre sans...

Puis il se tourne pour saluer d'autres invités, derrière nous.

C'est plus fort que moi. Je ne peux pas m'empêcher d'avoir de la peine pour Charlotte, jetée comme une malpropre par son père.

Plus tard, je décide d'aller explorer les lieux en solo. J'en veux encore à Meg d'avoir empêché la révélation du scoop du siècle. Je les laisse, elle et Johnny, en compagnie de gens de la maison de disques de Johnny pour aller me balader du côté des manèges.

Je passe devant une baraque à hot-dogs, mes talons s'enfonçant dans l'herbe tendre à chaque pas, direction les autos tamponneuses. J'attrape en chemin une coupe de Bellini sur le plateau d'une serveuse. Miam-miam. Encore meilleur que le cocktail aux fraises. Dommage que je n'aie pas avec moi une amie pour partager cette expérience. Natalie me manque. Elle serait folle, à une fête comme ça !

Penser à elle me rappelle que je vais bientôt rentrer à la maison. Alors que j'ai à peine fait connaissance avec mon soi-disant père. J'ai peur de ne jamais pouvoir le connaître, de la façon dont je connais Stu. Une fois de plus, j'ai la nostalgie de la maison. L'absence remplit mon cœur d'affection jusqu'à ras bord. Je me demande si je manque à Stu. Probablement pas. Je parie au contraire qu'il apprécie le calme et le silence.

Katy Perry chante à plein volume *California Girls* dans les enceintes du parc, tandis que les autos tamponneuses font une pause. Le cocktail musique entraînante + alcool me donne envie de faire un tour. Coup de chance, je réussis à me glisser dans l'une des voitures, juste à côté de la barrière. Je coince mon verre presque vide entre mes genoux et regarde autour de moi, en attendant le départ. Les personnes ici ont entre dix et soixante ans. Je remarque quelques ados, super cool. Ils s'interpellent d'une voiture à l'autre. Quand les voitures s'ébranlent, mon regard est attiré par la nuque d'un garçon devant moi. Cheveux noirs hirsutes. Même de dos, je suis certaine qu'il doit être mignon. Je me faufile entre deux voitures conduites par des gamins et négocie un virage juste devant pour me permettre de voir son visage. Wow. J'avais raison. Il est super beau. Mieux que ça. Bronzé, de longs cils noirs, pommettes hautes. Qui sait, il est peut-être acteur. Je me demande s'il a une petite amie... Ou peut-être qu'il est homo. À ce moment, une petite mémé me rentre dedans sur le flanc et éclate de rire. Je ris moi aussi et vire sur la droite pour la prendre à revers, avant de me crasher en plein sur une autre voiture face à moi. L'impact est tel que je manque me cogner la tête sur le tableau de bord.

– Hé !

J'entends un garçon derrière moi gémir pour de faux. J'appuie sur le champignon et regarde... C'est lui ! J'écarquille les yeux, lui plisse les siens et, l'air déterminé, se lance à ma poursuite. Je passe de justesse entre deux voitures et vire d'un coup sec à droite pour me placer derrière lui. Il me regarde faire et j'éclate de rire en voyant sa tête, alors qu'il feint la surprise. Mais soudain, il fait demi-tour et nous voilà face à face, prêts pour la collision frontale. Je ferme les yeux et... Aïe !

– Pas de chocs par l'avant !, hurle le responsable dans son micro en nous regardant.

Le garçon me sourit et je tente de rester digne quand nous nous retrouvons à rouler côte à côte. Je saisis l'opportunité pour finir mon verre.

– Tu picoles en conduisant ?, me demande-t-il en prenant un air horrifié. (Il a l'accent américain.) Mauvaise fille.

– Et tu n'as encore rien vu, je réplique avant de tourner le volant d'un coup brusque sur la droite, pour lui rentrer dedans.

– Hé !

Il rit et me rend la politesse. Puis les voitures ralentissent d'elles-mêmes et s'arrêtent.

– Merde.

– Tout le monde descend !, gueule le patron du manège.

Nos voitures sont à l'arrêt l'une à côté de l'autre. Il me lance un regard sceptique.

– Ne me dis pas que tu conduis comme ça, sur la route…

– Je n'ai même pas le permis, je réponds sur un ton désinvolte, en essayant de paraître cool.

Mon principal souci, descendre avec grâce de ma voiture. Il sort de la sienne, me tend la main. Il a un tatouage style onomatopée bande dessinée sur l'avant-bras droit et des lanières de cuir tressées aux poignets. Instinctivement, je prends sa main et quand je descends de mon bolide, la fente de ma robe s'entrouvre un peu plus sur ma cuisse. Au moins, avec lui qui me tient, je ne risque pas de glisser sur mes talons aiguilles et de me ridiculiser.

– Quel âge as-tu ?, me demande-t-il, alors qu'une fille d'une dizaine d'années me bouscule presque pour se glisser dans ma voiture.

– Quinze ans, je réponds en fusillant du regard la sale gosse.

Il a l'air surpris et c'est là que je m'aperçois que je lui tiens la main à la broyer. Je la lâche aussitôt, comme si je venais de me brûler. Il a les doigts rêches, comme ceux de Johnny.

– Tu joues de la guitare, dis-je sans même réfléchir.

– Oui, répond-il, avec un regard perplexe. On se connaît ?

– Non, simple déduction, dis-je en désignant ses mains.

– Aah, d'accord.

Même avec quelques centimètres en plus grâce à mes talons, il est plus grand que moi de quinze bons centimètres.

On arrive à la barrière en tentant d'éviter la cohue des gens qui se précipitent pour une voiture. Deux gamins se retrouvent le bec dans l'eau et manifestent bruyamment leur frustration. J'observe la vieille peau de tout à l'heure qui se moque d'eux avec un air sournois.

– Peau de vache, je marmonne.

– Qui ça ?

– Elle, la grand-mère, là-bas. Elle refuse de céder sa place.

– Bah. Faut bien qu'elle prenne son pied quelque part…

On s'éloigne des autos tamponneuses et c'est là que je remarque son T-shirt. Gris avec le dessin d'un wombat, guitare électrique entre les pattes.

– Tu aimes les Wombats ?

– Oui, ils sont super ! (Et derrière une mèche de cheveux, ses yeux gris-bleu me scrutent.) Je vais les voir en septembre.

– C'est pas vrai ! Je t'envie tellement.

– Tu n'as qu'à prendre un billet, dit-il, pouces dans la ceinture de son jean noir skinny.

– De toute façon, je ne serai plus là en septembre, j'explique avec tristesse en tendant mon verre vide à une serveuse.

– Et où seras-tu ?

– Maidenhead.

– Quoi ?

J'éclate de rire. Évidemment, pour lui, c'est le trou du cul du monde.

– En Angleterre.

– Tu viens de là-bas ?

– Exact.

– Ah, je savais bien que tu avais un accent… C'est bizarre, j'ai l'impression de te connaître pourtant. On s'est peut-être déjà vu…

– Je ne pense pas. Je ne suis ici que depuis samedi.

– Comment tu t'appelles ?

– Jessie.

– Moi, c'est…

– Jack !, l'interpelle à ce moment un mec.

On tourne la tête et on voit quatre ados à proximité des autos tamponneuses. Deux filles et deux garçons, dont celui qui vient de crier son nom.

– Tu viens faire un tour au toboggan ?

Il part, déjà ? En une fraction de seconde, j'ai le moral qui sombre.

– Je vous rejoins !, répond-il avant de reporter son attention sur moi. Donc, je m'appelle Jack.

– Oui, j'ai entendu, dis-je en souriant, consciente du regard de ses amis sur nous.

Je me retourne… Gagné ! Ils n'ont pas bougé. En fait, l'une des filles – une grande blonde avec une robe ample couleur lilas – semble un peu contrariée. Serait-ce sa petite amie ? Pas forcément, puisqu'il est encore là, à parler avec moi. Mais je sûre qu'elle en a envie. Et on la comprend. Bizarrement, à cet instant précis, mon cerveau choisit de m'envoyer une image mentale de Tom en train de rire.

– Tu veux venir avec nous ?, me demande Jack, en désignant le groupe d'un mouvement de la tête et aussitôt, je retrouve mes esprits et me concentre sur lui.

– Bien sûr…

Bientôt, je serai partie. Je doute de remettre les pieds dans une soirée hollywoodienne avant un bout de temps. Je serais idiote de ne pas profiter au mieux de la fête. Jack est super mignon. Et puis, ce n'est pas comme si Tom et moi on sortait ensemble.

Je rejoins donc le groupe avec lui. La fille que j'ai remarquée plus tôt semble mal à l'aise et me lance un regard assassin.

– Eh, les mecs, voici Jessie... (Jack fait les présentations.) Morgan, Miles, Bryony et Lissa.

Tous me saluent, certains avec plus d'enthousiasme que les autres. Morgan est grand et mince, cheveux blond cendré courts, jean bleu destroy. Miles est un peu plus petit, assez costaud, cheveux noirs avec pointes orange, tout de noir vêtu. Bryony est de ma taille, cheveux noirs mi-longs. Quant à Lissa, la blonde, à peine si elle me regarde. Les filles portent des robes de marque, du coup je me réjouis en pensant à la mienne, surtout à cause des garçons, plutôt débraillés de leur côté.

– Surtout, prends ton temps, dit Lissa à Jack, sur un ton agressif.

– Tu n'es pas obligée de me chaperonner, ma puce. Je serais venu vous retrouver..., réplique Jack. (Lissa soupire bruyamment.) Alors, raconte, reprend Jack en se tournant vers moi. Qu'est-ce qui t'amène ici ?

– Mon... (J'ai failli dire « mon père », et je me rattrape juste à temps.) Je suis venue avec des gens qui connaissent Michael...

Je me force à dire Michael et pas Michael Tremway, je n'ai pas envie d'avoir l'air nulle.

– Tu es actrice ?, m'interroge Lissa sur un ton vaguement condescendant.

J'éclate de rire.

– Oh non !

Elle semble encore plus énervée quand Jack me sourit.

– Et toi ?, je lui demande. Comment tu as atterri ici ?

– Oh, mon père connaît Mike.

Mike, pas Michael. Crotte. Moi qui voulais donner l'impression d'être rompue aux habitudes de la jet-set…

– Tu restes longtemps à L.A. ? me demande-t-il, alors que nous arrivons au pied du toboggan géant.

– Jusqu'à après-demain, je réponds, pendant qu'il me passe un tapis pour la glissade.

– Quel dommage !, commente Lissa avec sournoiserie, son humeur vis-à-vis de moi ne s'améliorant décidément pas.

– Ta gueule, Lissa, lâche Jack.

Elle gravit les marches devant nous avec une rage contenue. Nous la suivons et prenons la file une fois en haut.

– Pardon, dis-je, lorsque quelqu'un me pousse pour me doubler.

Et c'est là que je la reconnais.

– C'est la vieille emmerdeuse des autos tamponneuses, je chuchote à Jack et nous la regardons, stupéfaits.

– Qui m'a traitée de vieille emmerdeuse ?, s'écrie-t-elle alors, furieuse, en nous dévisageant.

Merde, elle m'a entendue !

– J'ai quarante-neuf ans !, hurle-t-elle avant de bousculer tout le monde pour rejoindre le sommet.

Jack et moi échangeons un regard avant d'éclater de rire. Et à ses hurlements quand elle redescend à toute vitesse sur le toboggan, on rit encore plus.

J'en ai encore les larmes aux yeux quand je m'élance sur la pente et même la vue de Lissa tout en bas, chuchotant à l'oreille de Bryony, ne parvient pas à effacer mon sourire. Jack est derrière moi, alors une fois arrivée, je l'attends.

– Je ne m'approcherais pas trop de lui, si j'étais toi…

Je me retourne. Lissa et Bryony se sont approchées, mais c'est Bryony, pas Lissa, qui vient de parler.

– Pourquoi, il est dangereux ?, je demande avec un air ingénu, mais elles ne voient pas que je plaisante.

– Oui, répondent-elles en chœur avec le plus grand sérieux.

– D'accord. Je garderai ça à l'esprit ce soir…

Comme si je risquais de tomber amoureuse de lui dans les prochaines heures. Je lève les yeux au ciel et me retourne, juste à temps pour voir Jack dévaler la pente. Dangereux ou pas, il est sexy.

– Tu es sûre que l'on ne se connaît pas ?, me demande-t-il encore une fois en me rejoignant.

– Je t'assure. Si je te connaissais, je m'en souviendrais…

J'arrive pas à croire que j'ai dit ça. Je rougis.

Il rit, secoue la tête.

– Vraiment, tu me rappelles quelqu'un…

Et soudain, c'est la révélation. Est-ce qu'il pense à Johnny ?

– Quoi ?, dit-il en devinant ma soudaine nervosité.

– Oh, rien.

– Allez, dit-il et quand sa main effleure mon dos, je tressaille. À tout à l'heure !, crie-t-il à l'attention de ses amis.

I Knew You Were Trouble de Taylor Swift résonne dans le parc et c'est plus fort que moi, j'éclate de rire.

Se pourrait-il que Taylor essaye de me faire passer un message ?

Nous nous éloignons, Jack sort un paquet de cigarettes de sa poche.

– Allons plutôt par là-bas, me dit-il. La musique est meilleure.

– Pourquoi, tu n'aimes pas Swifty ? Je préfère le rock indé, mais difficile de ne pas reconnaître un son pur quand tu en entends un…

– Ma petite sœur est fan. Mais c'est trop de Taylor Swift pour moi…

Il se tait, m'offre une cigarette. J'hésite, avant de décliner. Je n'en ai pas vraiment envie et puis, j'en suis sûre, Johnny et Meg n'apprécieraient pas.

– Je parie que Harry Styles est d'accord avec toi.

– Qui ça ?, demande-t-il dans un nuage de fumée.

– Harry Styles, de One Direction. Il est sorti avec elle.

– Ah, oui… (Il me regarde.) Je vais tout savoir. Je croyais que tu aimais la bonne musique, comme celle de Wombats…

– Mais oui ! Et puis, tu t'es vu avec ton tatouage Zayn Malik… (Je lui attrape la main et lui tords à moitié le bras pour voir son tatouage.) Il en a un pareil, sauf que sur le sien, c'est écrit ZAP et pas POW !

Jack s'arrête pile et me regarde droit dans les yeux.

– Zayn ?

– Lui aussi, il fait partie des One Direction.

– D'accord, dit-il, avec une certaine ironie. Katy Perry, Taylor Swift, One Direction… Sacrée rockeuse…

– Qui a dit que j'aimais Katy Perry ?

– Je t'ai vue te dandiner sur l'un de ses tubes, aux autos tamponneuses, répond-il avec un regard insistant, tout en continuant de marcher.

– Ah bon ?

Il m'aurait donc vue le premier ? On arrive à l'allée éclairée de torches, un buggy nous dépasse.

– Juste avant que tu ne viennes te crasher sur ma voiture, ajoute-t-il en coupant par la pelouse.

– Oh, oui, dit la personne qui porte un tatouage de One Direction.

– Je n'ai pas de tatouage de One Direction, proteste-t-il avec véhémence, avant de s'arrêter et de me faire face.

– Tu t'en défends trop pour être honnête, je lâche, avec un air dédaigneux.

– Je parie que j'ai fait faire le mien avant lui.

– Je suis sûre que non.

– Combien ?

– Combien quoi ?

– Combien tu paries ?

– Sérieux ? (J'éclate de rire.) Tu veux parier sur ça… (J'hésite.) OK, je te suis. On parie quoi au juste ?

– Le perdant devra plonger dans la piscine à poil.

– Oh… (J'en reste bouche bée.) Pas question.

– D'accord. Alors en sous-vêtements, convient-il et on se remet à marcher.

– Tu te fous de moi ou quoi ? Compte pas que je me jette à l'eau devant tout ce monde. Hors de question de mettre un orteil dans cette piscine, même si je portais mon bikini.

– Pourquoi pas ?, répond-il avec un sourire en coin tout en me regardant de bas en haut.

Je suis toute retournée.

– Je ne suis pas exhibitionniste. J'ai vu Macy glisser sur le sol en marbre tout à l'heure, dans son bikini tout mouillé. Elle est tombée sur le cul.

– Macy ?

– Oui, tu sais la fille de Michael Tremway…

Et voilà, encore une fois je dis Michael au lieu de Mike.

– Tu parles de Charlotte ?, me dit-il en souriant.

– Pardon ?

Je comprends mon erreur et éclate de rire. Je l'appelle Macy dans ma tête depuis que je suis arrivée.

– *Little Miss Mulholland* est l'une de mes séries préférées…, dis-je avec le sentiment que ce n'est pas le genre d'aveu très cool. Encore un truc à ajouter à la liste.

Jack semble amusé, il tire une dernière bouffée et balance sa cigarette par terre. Je pose le pied dessus et l'écrase dans l'herbe avec ma chaussure.

– Tu as envie de provoquer un incendie ou quoi ?

– J'ai l'impression d'entendre ma mère.

Ce qui veut dire que lui, au moins, en a une.

C'est la première fois que je pense à ma mère, depuis le début de la soirée.

– J'ai besoin d'un autre verre. Ils n'ont pas l'air de faire gaffe à la limite d'âge, ici ? Au fait, quel âge as-tu ?

– Dix-huit. Et ici, c'est considéré comme mineur. Heureusement, c'est une fête privée. Tu peux t'autoriser certains trucs…

Il a une façon de dire ça qui me fait froid dans le dos.

On repère une serveuse au coin de la maison et on va tout de suite se servir un verre. La musique est plus forte qu'à notre arrivée et il y a beaucoup moins de monde dans la piscine. Le ciel est bleu pétrole maintenant, avec une faille couleur orange sanguine à l'horizon. Je me demande l'heure qu'il est. J'espère que Johnny et Meg ne me cherchent pas.

Jack s'installe sur un transat et s'étire avant de croiser les jambes. Puis il tapote le transat voisin.

– Assieds-toi.

Je m'exécute, en faisant bien attention à ne pas laisser voir ma petite culotte. De là où on est, on a une vue idéale sur la piscine et la maison en arrière-plan. À l'intérieur, toutes les lampes sont allumées et déversent leur lumière par les fenêtres jusqu'à nous, même à cette distance.

Les premières notes de *Hang Me up to Dry* de Cold War Kids résonnent dans les enceintes.

– J'adore cette chanson, j'avoue.

– C'est mon frère qui fait le DJ.

– C'est vrai ? Cool…

– Mais ça m'étonnerait qu'il passe du One Direction, ajoute-t-il, moqueur.

– Oh, désolée pour toi, je réponds sur le même ton. Bon, allez, je ne plongerai pas à poil ni en sous-vêtements dans la piscine de toute façon. Alors tu peux me le dire maintenant. Quand as-tu fait faire ce tatouage ?, je demande en avalant une gorgée de champagne.

– Quatre ans environ…

– Merde ! Tu avais juste quatorze ans !?

– Exact.

– Les tatouages sont interdits, avant dix-huit ans. Tu peux me croire sur parole, j'ai vérifié. Sauf si tu as l'autorisation parentale, mais en ce qui me concerne, je n'avais pas la moindre chance…

Je me souviens de cette dispute, avec Maman. Libby comme d'habitude était de son côté. Elle ne pouvait pas croire que j'envisageais de me faire tatouer. Cette scène, c'était un mois avant le décès de Maman, mais déjà on était beaucoup moins proches. Je tente de chasser ce souvenir. Je passe un trop bon moment pour le gâcher.

– C'est différent ici ?

– J'en sais rien, me dit-il. C'est un pote de mon frère aîné qui me l'a fait.

– Tes parents ne t'ont pas gueulé dessus ?

– Mes parents ne s'intéressent pas vraiment à ce que je fais…

Comme je fronce les sourcils, il continue :

– Ne pas s'intéresser ne signifie pas ne pas aimer. Ils sont juste un peu trop cool.

– Oh… Comme les parents de Natalie donc. Ce n'est pas si mal.

– Et les tiens, c'est quel genre ?

– Eh bien… (Alerte, sujet tue-l'ambiance ! Je n'ai aucune envie de parler de ça.) Mais ce n'est pas Macy ?, dis-je en me redressant sur mon transat, lorsque j'aperçois une fille sortir de la maison.

– Charlotte, tu veux dire ?, rit Jack en suivant mon regard.

Ooops. Et rebelote.

– C'est ça, oui.

– Tu veux que je te présente ?, me propose-t-il, tout sourire.

– Tu la connais ?

– Je connais *Charlotte*. C'est une amie de ma sœur.

– Oh, pas possible ! Elle est sympa ? (Soudain, je me sens nerveuse.) Enfin, je veux dire, elle est pas, euh…

– Un peu pute ? Oh oui, c'est inévitable avec une ado star, ajoute-t-il avec nonchalance. Mais tu m'as l'air capable de te défendre, non ?

– Tu veux dire quoi, là ?

Il sourit, sans commentaire.

– Tiens, elle arrive.

Je tourne la tête et la regarde s'avancer vers la piscine. Deux de ses copines sur les transats à côté de nous se lèvent pour lui faire signe. Jack sort une autre cigarette de sa poche, mais ne fait pas un geste. Je refuse d'en prendre une, trop nerveuse pour fumer bizarrement. Elle regarde dans notre direction et soudain son visage s'illumine.

– Hé, Jack ! (Elle passe devant ses amies médusées pour venir directement nous voir.) Où est Agnès ?

Qui est Agnès ? Sa petite amie ?

– Elle n'est pas là, ce soir.

– Oh oui, j'avais oublié, pour elle et Drew…

Elle l'embrasse sur les joues, puis désigne sa clope.

– Donne-moi une bouffée…

Elle lui prend la cigarette des doigts, mais il ne réagit pas. Puis elle se pose du bout des fesses sur le transat en face de moi. Avec cette robe dos nu, on voit qu'elle est hyper maigre. Quand elle prend une taffe, je peux presque lui compter les côtes.

– Aah, ça fait du bien, marmonne-t-elle, puis elle tire une deuxième fois sur la clope, avant de la rendre à Jack.

– T'en veux une ?

– Non. Mike va péter un plomb s'il me voit fumer.

Mike ? Elle appelle son père Mike ?

Jack lui tapote l'épaule et fait un signe dans ma direction.

– Tiens, je te présente Jessie.

Tout ce temps, je suis restée là à assister à leur conversation en me sentant exclue, mais maintenant elle se tourne vers moi et paraît presque surprise de me voir. Peut-être que j'ai le pouvoir d'être invisible ?

– Oh, salut, dit-elle, avant de se renfrogner. Excuse-moi, mais qui es-tu ?

– Jessie.

– Cela ne répond pas à ma question.

– Jessie est fan de ta série, dit Jack avec calme.

– Oh...

Elle semble apprécier, étrangement.

– Elle est venue d'Angleterre passer quelques jours.

– J'adore l'Angleterre !, s'exclame-t-elle avec ferveur et soudain, elle étend les jambes sur celles de Jack en me faisant face. Quelle région ?

– Le Berkshire.

Elle retrousse son petit nez.

– C'est pas loin de Londres, j'explique.

– Moi, j'adore Londres, dit-elle, les yeux brillants. C'est super joli et tellement... (Elle cherche le mot juste.) Pittoresque.

Je suis un peu sceptique, mais trop émue pour commenter. J'arrive pas à y croire. Je suis là en train de discuter avec Charlotte Tremway.

Elle pince la cuisse de Jack et lui pique à nouveau sa clope.

– Alors, tout va bien, bébé ?

– Oui, ça va. Tu me connais.

– Oui, je te connais...

Elle recrache la fumée et une nouvelle fois, j'ai l'impression d'être devenue invisible. Je ne veux même pas savoir ce qu'elle veut dire par là. En tout cas, elle est très à l'aise avec lui.

– Tu es prêt pour le 7 ?

– Tout est calé, répond-il en récupérant sa cigarette. Mon groupe donne un concert, le 7 août, m'explique-t-il.

– Super, dis-je.

– Tu parles, renchérit Charlotte, sans un regard pour ma personne. Je fais tout pour t'avoir dans mon show, je n'ai pas dit mon dernier mot, ajoute-t-elle en lui pinçant à nouveau la cuisse.

– Charlotte ! Tu veux un verre ?, l'appelle une de ses copines à côté.

– J'arrive dans une minute, répond-elle sur un ton excédé, sans même prendre la peine de se retourner.

Est-ce que toutes les filles de L.A. sont aussi infernales ? Mais folle comme je suis de la série, je me moque un peu que la célébrité conduise Charlotte à se comporter comme une diva.

– Et toi, quoi de neuf ?, lui demande Jack et je me dis qu'il est peut-être temps pour moi d'aller retrouver Meg et Johnny.

– La merde habituelle. Ça me rend folle. Mike est un gros con. Tu es au courant ? Ils prévoient d'éliminer Bessie dans les prochains épisodes...

– Tu sais bien que je ne regarde pas cette série, lâche Jack, pendant que je me creuse la tête pour tenter de me rappeler du personnage de Bessie, dans la série. En vain. Je n'ai pas envie de trop réfléchir dans l'immédiat et peu à peu, je décroche.

Maps de Yeah Yeah Yeahs prend la relève dans les enceintes. Je me laisse aller sur mon transat et observe les étoiles qui une à une commencent à éclore au-dessus de moi. Je me mets à fredonner.

– Ah, là, je dis respect, décrète Jack, et je me rends compte que ses paroles s'adressent à moi.

– Et tu n'as encore rien vu, je rétorque aussi sec.

– Comment vous vous connaissez, tous les deux ?, nous interrompt Charlotte, distante, tout en promenant des yeux sournois sur ma tenue, mon nombril à découvert.

– On a fait connaissance ce soir, je réponds en rentrant le ventre – je n'ai pas la taille Hollywood.

Soudain, j'aperçois Lissa et Bryony sur la terrasse. Ça y est, elles nous ont vus.

– Charlotte !, appelle Lissa.

Super, elles sont amies. Forcément.

– Mais où étiez-vous donc passées ?, s'exclame Charlotte en enlevant ses jambes des cuisses de Jack pour se précipiter vers elles.

Enfin seule. Ou presque.

C'est au tour de Nirvana de susurrer dans les enceintes avec *Heart-Shaped Box*. Johnny a un peu le look de Kurt Cobain, genre hippie, je trouve. Je devrais à présent les rejoindre, lui et Meg. Mais je ne suis pas vraiment pressée de quitter Jack, pas tout de suite…

– Ton frère a bon goût en musique, je remarque, chassant Johnny et Meg pour l'instant de mon esprit.

– Viens, je vais te le présenter, répond Jack qui soudain se lève.

– OK. Je suis touchée par cette attention.

– Tu sais que tu me dois un gage, dit-il alors que nous longeons la piscine. C'est moi qui ai gagné le pari.

– Oui, oui. Mais je t'ai dit qu'il était hors de question que je me déshabille ou même que je plonge dans la piscine en sous-vêtements.

– Dans ce cas...

Et en une fraction de seconde, il me prend dans ses bras et s'avance au bord du bassin, sourd à mes hurlements. Dans la panique, je m'accroche à son cou.

– Ne fais pas ça ! C'est une robe Roberto Cavalli !

Jamais je n'aurais cru prononcer un jour ces mots.

– Tu t'en achèteras une autre, me dit-il, sourire au coin des lèvres.

– C'est mon père qui me l'a offerte !

D'ailleurs, je ne l'ai même pas remercié pour ça. Que va penser Johnny s'il me retrouve dans la limousine complètement trempée ? Et Meg, que dira-t-elle ? Caprice d'une ado qui se la joue rock star...

– Ne fais pas ça, je le préviens, nettement plus sérieuse.

– Tu me dois un gage, répète-t-il en détachant chaque mot. À ce moment, je prends conscience de la proximité de ses lèvres, à portée des miennes. Je plonge mes yeux dans les siens et une douce chaleur m'envahit.

– JESSIE !

Surprise, je sursaute, me tourne et j'aperçois Johnny de l'autre côté de la piscine. Jack le voit lui aussi et en un clin d'œil, je me retrouve sur mes jambes.

– Nous partons !, crie Johnny en me faisant signe de le suivre. Il n'a pas l'air content. Je sens mon cœur qui se serre. Pour plusieurs raisons. Je n'ai pas envie de partir, pas déjà. Et je n'ai pas envie non plus d'envoyer mon nouveau père au diable.

– Tu connais Johnny Jefferson ?, me demande alors Jack, sous le choc, et je remarque que Charlotte, Lissa et Bryony sont en train de nous regarder.

– Oui, je réponds, sur mes gardes. Il est… (Je ne veux pas mentir.) Je suis… En fait, j'aide à m'occuper des enfants…

Ce qui n'est pas faux, en somme.

– Tu es la nounou ? Super.

C'est lui tout seul comme un grand qui en arrive à cette conclusion. J'y suis pour rien.

– Ils ont de la chance, ces gosses, ajoute-t-il avec un regard de travers du côté de Johnny.

Je ris, mollement.

– Si ma nounou était comme toi, je ne sortirais pas souvent.

– Tu n'as pas de nounou, je remarque en riant, avant de comprendre qu'il est en train de me draguer.

– Si. Elle a cinquante et un ans, la hauteur et le tour de taille d'un pot de confiture, et elle veillait sur moi déjà quand j'étais bébé. Je ne suis pas un menteur.

– Tu as une nounou ?

– Parfaitement.

– Bien, OK, je réponds, hilare, avant de regarder Johnny.

Il me fait signe de les rejoindre sur la terrasse et je hoche la tête. Meg attend avec lui. La seconde d'après, je me sens complètement vide.

– Bon, c'était super, je parviens à articuler.

– Tu fais quoi, demain ?

Mon pauvre petit cœur se remet à battre.

– Je ne sais pas… Rien de particulier, sans doute.

– Ça te dit de sortir quelque part ?

Impossible de réprimer un sourire.

– Bien sûr.

– Donne-moi ton numéro, dit-il, tout sourire.

Je suis prête à lui réciter mon numéro de portable quand je me rappelle qu'il est hors-service, ici. Toute la semaine, j'ai utilisé le fixe de Johnny et Meg.

– Je ne le connais pas par cœur…

– Tu essaies de me larguer, déjà ?

– Non, non, je te jure que non ! Donne-moi plutôt ton numéro, je t'appellerai, moi.

L'air perplexe, il glisse une main dans sa poche, prend son portefeuille et en sort une carte de visite.

– Tu as des cartes de visite ?

– Ça peut servir, me répond-il avec un clin d'œil, tout en rangeant son portefeuille dans sa poche.

– Je t'appellerai, je promets avec un sourire tout en m'éloignant, sous les regards insistants des filles à côté.

– T'as intérêt ! Sinon, je te retrouverai…

Quand je rejoins Johnny et Meg, Johnny tape du pied avec impatience.

– On y va ?, demande Meg avec un sourire.

– Oui.

Je regarde Jack au loin, tout en prenant place à bord d'un buggy. Lissa, Bryony et Charlotte l'entourent, mais je sais qu'il me regarde. Ne me quitte pas des yeux.

16.

– Tu as passé une bonne soirée ?, me demande Johnny, une fois en sécurité dans la limousine de Davey.

Je note une certaine agressivité dans sa voix et je n'en connais pas la raison.

– Oui.

– Alors, tu as fait la connaissance de Jack Mitchell ?

– C'est son nom de famille ? On n'en est pas encore là…

– J'ai au contraire eu l'impression que vous aviez déjà parcouru un sacré bout de chemin, tous les deux, dit-il, le regard noir.

– Johnny, soupire Meg. Laisse-la donc tranquille.

– Je sais me défendre toute seule !

Les mots m'échappent comme ça et Meg me regarde, désarçonnée.

– Hé, du calme, jeune fille, personne n'agresse personne, s'interpose Johnny, et je note une réelle appréhension dans ses yeux.

– Désolée, l'habitude, je réponds, les joues en feu.

L'air un peu fâché, Meg colle son nez à la vitre. Je remarque que Johnny pose une main protectrice sur son genou.

Soudain, la colère s'empare de moi. Quelque chose de toxique, comme une amertume en fait, qui ne fait qu'enfler au cours du trajet.

Comment ose-t-il ? Parler comme s'il craignait que je fasse des bêtises ? Qu'est-ce que je fous ici ? Pour moi, il n'est pas un père. Il est personne.

Non, pardon, erreur, je pense, cynique. Il est Johnny Jefferson. La méga star. Une personnalité.

N'empêche, pour moi, il est *nobody*.

Quand on arrive, je suis hors de moi. Hors de moi à claquer la portière. Dommage, c'est Davey, fidèle au poste, qui la referme derrière moi. Et merde, mais la porte d'entrée, j'en fais ce que je veux.

BANG !

– Que se passe-t-il ?, s'exclame Johnny en sursautant.

J'ai peut-être réveillé Barney et Phoenix avec mes conneries, mais je fais comme si je m'en fichais.

– Toutes mes excuses, je ne voulais pas perturber le sommeil de tes enfants chéris, dis-je, sarcastique.

Meg me considère, sous le choc. Puis elle échange un regard lourd de sens avec Johnny, avant de monter. Elle va bien sûr embrasser les garçons et libérer la babysitter. Je me réjouis qu'elle nous laisse seuls, Johnny et moi. Maintenant, il va bien être obligé de me faire face.

– Tu as trop bu, décrète-t-il alors avec calme, ce qui a le don de m'énerver un peu plus.

– *Fuck* !

– Tu n'es là que depuis quelques jours et tu parles déjà comme une vraie Américaine.

Là, je me déchaîne.

– Tu préfères que je te dise *va te faire mettre* ? Parfait. Va te faire mettre !

– Hé !

Il élève la voix et je comprends qu'il s'énerve, lui aussi.

– Allez discuter dehors !, intervient Meg, depuis le palier, et on entend une porte s'ouvrir à l'étage, puis la baby-sitter apparaît, l'air inquiet.

Pendant que je fusille Meg du regard, Johnny va ouvrir la porte qui conduit sur la terrasse. Mâchoires serrées, il me regarde et me fait signe de sortir. Je traverse le salon au pas de charge et passe sur la terrasse. Il referme derrière nous.

– Mais qu'est-ce qui te prend à la fin ? Je pensais que tu t'étais amusée, ce soir. Pourquoi te comportes-tu comme une sale gosse ?

– Qu'est-ce que ça peut te faire ?

– Il va falloir que tu m'aides, là, dit-il, et je sens qu'il fait un effort pour garder son calme. J'ai rarement eu affaire à des ados, dans ma vie, et…

– Ma mère était pourtant une ado quand tu as couché avec elle et que tu l'as mise enceinte. As-tu seulement repensé à ça ?

Il a un mouvement de recul et, même dans la pénombre, je le vois qui vacille et je comprends que j'ai fait mouche. Mon cœur est sur le point d'exploser.

Comment ai-je pu dire ça ? En même temps, le moment est venu pour nous de parler de ma mère.

Il inspire, expire et je manque m'étouffer quand il dit :

– Je pense souvent à elle.

– Quoi ?

– Écoute… (Il semble las d'un coup et va s'asseoir dans un fauteuil, tout recroquevillé, coudes sur les genoux.) Viens t'asseoir.

Je m'exécute, m'affale dans le fauteuil en face de lui.

– Alors, tu te souviens d'elle, vraiment ?, je demande, les mots sortant de ma gorge avec difficulté.

– Oui, je me souviens de Candy.

L'entendre prononcer son nom est un choc. Stu a l'air de dire que Maman était juste une nana parmi d'autres, pour lui. Mais l'histoire est peut-être plus compliquée que ça.

– Que… Que s'est-il passé, entre vous ?

– Elle suivait le groupe, mais ça, tu le sais, dit-il en soupirant et à la faveur de la lumière dans le salon, je remarque ses yeux, brillant comme deux pépites. Elle assistait à tous nos concerts. Nous n'étions pas célèbres, à l'époque. Je la voyais, toujours au premier rang. Candy ne passait pas inaperçue.

– Pourquoi ?

– Elle était belle, me répond-il en me regardant droit dans les yeux. C'était une évidence pour tout le monde. Mais il y avait autre chose, chez elle. Elle était… Libre. J'imagine… (Il se tait, regarde derrière moi, dans le salon.) J'imagine que c'est d'abord ça qui m'a attiré, chez elle, ajoute-t-il.

Et à nouveau, il me regarde dans les yeux.

Je me retourne, mais derrière la baie vitrée, je ne vois personne. Je me demande si Meg est allée se coucher. Je doute que Johnny me parlerait aussi ouvertement, si elle était dans les parages.

– Qu'est-il arrivé ?, je demande, mais il semble hésiter. J'ai besoin de savoir... (Je refuse de le supplier. Je secoue la tête, mes yeux s'emplissent de larmes.) Elle n'est plus là pour me raconter...

La boule dans ma gorge atteint une grosseur record, mais pas question de craquer et d'esquiver cette conversation. C'est maintenant ou jamais. C'est trop important pour moi, d'autant que mon temps ici est compté.

– Bon sang, marmonne-t-il en se levant.

Je le suis des yeux quand il se dirige vers le minibar, au bout de la terrasse. Il regarde dans un placard sous le comptoir, puis revient avec un paquet de cigarettes. En chemin, il en prend une, la glisse entre ses lèvres. L'air morose, il l'allume devant moi et la lueur de la flamme fait ressortir la gravité de son expression. Il se rassied.

– Meg va m'écharper, dit-il à voix basse, avec ce ton nasillard typiquement américain que je lui ai remarqué quelques fois.

– Pourquoi ?

– Le tabac, je craque...

Il aspire une longue bouffée et bizarrement, soudain, il me paraît plus familier. C'est cette image que j'avais de lui dans ma tête, avant notre rencontre. Plus rock star et moins mari et papa attentionné.

– Tant qu'on y est, je peux en avoir une ?

– C'est une sale manie, grommelle-t-il derrière un nuage de fumée.

– Je sais...

Je tends la main, paume ouverte, et il la regarde un moment. Puis il écrase sa cigarette.

– Non, pas de clopes, ni pour toi, ni pour moi. Comme je l'ai dit, c'est une sale habitude.

Qu'est-ce qui lui prend ? Il veut se la jouer père responsable soudain ? En temps normal, je me serais énervée, mais en fait, bizarrement, son refus me touche.

– Parle-moi de ma mère.

– En fait, je l'ai remarquée dès le premier concert… (Il détourne les yeux et se souvient.) Elle était juste devant la scène. Il faisait sombre, mais je la voyais distinctement. Tellement immergée dans la musique. J'aimais la façon qu'elle avait de bouger, la façon qu'elle avait de s'abandonner… (Il sourit, petit sourire en coin.) Quand nous avons cessé de jouer, elle est restée là à me regarder… (Il hausse les épaules.) J'ai beaucoup pensé à elle, après ce soir-là…

Subjuguée, je ne le quitte pas des yeux.

– Et puis, au concert suivant, elle est revenue…

J'imagine la scène. La rock star qui en réalité ne chante que pour cette fille, dans le public… J'en ai des frissons. Pas étonnant qu'elle soit tombée amoureuse de lui.

– Zut, j'aurais bien besoin d'un verre, dit-il.

– Non, hors de question.

Il esquisse un sourire en me regardant.

– Ne crains rien, petite fille, je n'ai pas l'intention de craquer.

– J'ignorais que tu ne touchais pas à l'alcool. Je veux dire, je sais… J'ai lu des trucs sur ton addiction à la drogue, sur Internet.

– Oui. Et je ne risque pas de retomber dans cet enfer… (Il regarde la cigarette, à ses pieds.) Ce milieu me donnait envie de picoler. Picoler me donnait envie de me droguer, le cercle vicieux. Maintenant, je dis non à tout et je m'en porte bien mieux.

Il s'interrompt et regarde à l'autre bout de la terrasse.

– Suis-moi, dit-il.

Il se lève, s'éloigne. Je n'ai pas le choix, je lui emboîte le pas. On contourne la piscine pour rejoindre une table en béton ciré. Il s'assied sur l'un des bancs, tapote la place à côté de lui. La ville s'étale à nos pieds sous un ciel clair parsemé d'étoiles, une lune presque pleine dont la lueur, jointe aux lumières de la cité des anges, illumine le visage de Johnny d'une aura ambre.

– Que s'est-il passé au concert suivant ?

– C'était notre troisième concert, répond-il, les yeux rivés au loin, avant de se taire. (J'attends patiemment qu'il continue.) Elle est revenue, juste au pied de la scène. On jouait dans un club, un petit concert. D'habitude, on quittait les lieux juste après, pour aller en boîte, ce genre d'endroits. Mais cette fois-là, j'ai persuadé les autres de rester un peu. Quand je l'ai vue aller prendre un verre au bar, je n'ai pas hésité.

Encore une fois, je retiens mon souffle.

– Je veux tout savoir, dans les moindres détails, dis-je avec fermeté.

– Je ne l'ai pas regardée quand je suis allé commander un whisky, mais je l'ai sentie se crisper à côté de moi. Puis je me suis tourné vers elle et lui ai dit bonjour… (Il sourit, me regarde du coin de l'œil pendant un moment, avant de se replonger dans ses souvenirs.) C'est elle la première qui a détourné les yeux… (Il rit doucement.) C'était toujours elle qui détournait les yeux la première.

C'est drôle qu'il se souvienne d'un détail comme ça.

– Quand avez-vous échangé votre premier baiser ?

C'est ce genre de détails que je tiens à connaître. Ça fait bizarre, parce qu'après tout il s'agit de ma mère, mais pour une raison qui m'échappe, j'ai besoin de connaître très précisément les faits et leur chronologie. Peut-être en fait que j'ai juste besoin de savoir ce qu'elle représentait pour lui.

– Aah… (Il change de position, mal à l'aise, se passe la main dans les cheveux.) J'ai essayé de l'embrasser, ce soir-là.

– Et elle a refusé ?

Il rit.

– Elle a posé une main, juste là… (Et il me montre, main sur le torse.) Puis elle m'a dit : « Je ne crois pas que… »

– Tu me racontes des histoires ! Elle ne t'a pas laissé l'embrasser ?

– Elle m'a expliqué, plus tard, qu'elle savait que je perdrais tout intérêt pour elle, une fois qu'elle serait passée à la casserole… (Il sourit, penaud.) Ce sont ses propres termes, pas les miens.

– Elle avait raison ?

– Je ne sais pas. Je ne sais pas.

– Mais tu as fini par l'embrasser bien sûr.

– À vrai dire, j'étais hyper vexé qu'elle m'ait repoussé… (Il plonge ses yeux dans les miens.) Mais elle a continué à venir aux concerts, toujours à la première place, à me regarder avec ses grands yeux tristes et… Impossible pour moi de résister. On avait… (Il se tait, puis apparemment trouve le mot qu'il cherche.)… pas mal de fans à l'époque.

– Tu veux dire, des groupies, je chuchote, détestant ce terme et tout ce qu'il implique, mais en même temps, ne supportant pas l'idée qu'il me mente.

Il semble embarrassé, mais ne me corrige pas.

– Il y avait beaucoup de filles. On parlait de plus en plus de nous. Les maisons de disques commençaient à nous faire les yeux doux, à proposer des contrats. On était assailli de… de propositions.

– De groupies, je répète.

– Bref. Évidemment, tout ça n'échappait pas à Candy. Je savais qu'elle était jalouse, pourtant elle continuait à venir et au bout d'un moment, j'ai pensé que c'était juste à la musique qu'elle s'intéressait. Jusqu'à un certain soir, quand j'ai demandé à l'un de nos techniciens de lui donner un pass pour les coulisses. Je ne savais pas si elle viendrait, mais alors que j'étais en train de discuter avec deux blondes, elle est arrivée. Et je me souviens de son regard, à ce moment. J'ai cru qu'elle allait tourner les talons et repartir. Je me suis précipité pour l'en empêcher.

– Comment était-elle ? Enfin, si tu te souviens…

– Oh, je me souviens. Elle était super sexy, ce soir-là… Désolé.

– C'est bon. Je veux savoir.

– Oui, eh bien, elle portait un top noir classique et un jean, cheveux détachés. Les yeux plus grands que jamais. J'avais tellement envie d'elle… (À nouveau, il me regarde, craignant de me choquer.) Tu es sûre que tu veux entendre tout ça ?

– Certaine.

– Je lui ai dit qu'elle me rendait dingue…

Soudain, il semble agité, s'essuie la bouche d'un revers de main et se passe encore une fois la main dans les cheveux.

– Je n'aurais pas dû. Je ne voulais pas. Je n'aurais pas dû…

– Mais quoi à la fin ?

– J'ai merdé, d'accord ? Je n'aurais jamais dû l'entraîner avec moi dans les coulisses.

– Tu regrettes d'avoir couché avec elle ?

Pourquoi cette idée me fait-elle autant de mal, je l'ignore.

– Non, non, répond-il et il secoue la tête, baisse les yeux. Ce n'est pas ça que je regrette. Elle était belle. Je l'aimais bien. Beaucoup, même, répète-t-il et je sens qu'il est sincère. C'est ce qui s'est passé après, qui est nul…

Il se gratte le crâne et regarde derrière nous, en direction du bar.

– Bon sang, il me faut un verre.

– Non, hors de question.

Est-ce que je vais trop loin ? Est-ce que je lui en demande trop ?

– Non, tu as raison, je ne boirai pas… (Et il regarde ailleurs, secoue la tête à nouveau.) Je ne craquerai pas, dit-il entre ses dents.

Je comprends que c'est à lui plus qu'à moi, qu'il s'adresse.

– Que s'est-il passé, après ?, j'insiste avec douceur.

Il reste silencieux un long moment. Je m'efforce d'être patiente, mais ça me tue. Je le regarde ravaler sa salive, il a l'air de souffrir, mais je n'en suis pas sûre et ça me fait comprendre que finalement, je ne le connais pas du tout. Enfin, il parle :

– Meg… (Il regarde brusquement vers la maison.) Avant Meg, j'étais différent. Pas question pour moi de m'engager dans une relation. Au contraire, quand j'aimais bien une personne, je me dépêchais de la rejeter. C'est ce que j'ai fait... Avec ta mère. (Il soupire.) Après ce soir-là, on s'est vu pendant un moment encore, mais elle a commencé à poser des questions, à attendre un peu plus de moi. Alors, je lui ai dit que ce n'était pas sérieux entre nous, qu'elle ne devait surtout pas se faire des idées. Elle s'est mise en colère. Ça ne m'a pas étonné. Je ne faisais que lui démontrer qu'elle avait vu juste. C'était bien finalement la raison pour laquelle elle m'avait repoussé, au début. (Il soupire à nouveau.) Elle est partie et à ce moment-là, j'ai bien cru que je ne la reverrais jamais. Ça fait mal, tu sais. Je ne m'attendais pas à ce que ça fasse aussi mal. Mais le même jour, une maison de disques nous a offert un contrat en or, et un peu plus tard, un label plus important un autre contrat, encore plus intéressant. À la fin de la semaine, pas moins de quatre labels avaient approché notre manager, des boîtes prestigieuses prêtes à parier gros sur nous. Je n'ai plus eu le temps de penser à Candy. Je devais me concentrer sur Fence, sur le groupe. Pour prendre la bonne décision.

Je remarque sa jambe agitée de spasmes, sous la table. Il se ronge les ongles, regarde la lune.

– Il nous restait encore deux concerts à assurer, avant de passer à l'enregistrement de notre premier album. Le label avec lequel nous avions signé prévoyait pour le groupe une tournée européenne. Tout allait si vite...

– Est-ce que tu as revu Maman ?

– Elle est venue au concert d'après. Comme ça, sans me prévenir. Ça a été un choc, car je pensais vraiment qu'elle avait tiré un trait sur moi.

– Que s'est-il passé ? Que lui as-tu dit ?

Sa jambe tressaute deux fois plus. Il secoue la tête avec frénésie. J'ai alors un mauvais pressentiment. Je me souviens des paroles de Stuart.

– Tu es sorti avec une autre fille devant elle, c'est ça ?

Il ne dément pas. Hoche deux, trois fois la tête à toute vitesse.

– Et au concert suivant ?, j'ose à peine demander.

– Elle n'est pas venue. C'est la dernière fois que je l'ai vue.

La boule dans ma gorge est de retour, bien ancrée. Je porte une main à mon cou, mais elle refuse de partir de là. J'ai une telle envie de pleurer. Non, en fait j'en ai besoin. Besoin de pleurer toutes les larmes de mon corps, en pensant à ce que Maman a dû ressentir. Comme elle a dû souffrir.

Johnny me fait face sur le banc. Je n'ai pas envie de le regarder, mais je m'y résous et lorsque je vois ses yeux, à ma grande surprise, ils sont pleins de larmes.

– Pourquoi ne m'a-t-elle rien dit à ton sujet ?, dit-il, l'air abattu. Je ne comprends pas. Je sais, j'ai tout gâché. Elle était furieuse contre moi…

– Désespérée, je rectifie, le cœur brisé.

Il hoche la tête, en convient, visiblement ébranlé.

– Elle aurait quand même dû me le dire…

À présent, je note une certaine irritation dans sa voix. Il me regarde.

– J'avais le droit de savoir.

– Et si tu avais su… Qu'aurais-tu fait ?

– Je ne sais pas, murmure-t-il en détournant les yeux, avant de me regarder à nouveau. Mais toi et moi, on aurait pu se connaître bien plus tôt. Tu te rends compte, ça fait quinze ans, Jessie.

– Sans blague, je réplique, agacée.

– Et merde, grommelle-t-il. D'abord Barney et maintenant, toi.

– Barney ?, je répète, l'esprit confus.

– En fait, au début, Meg ne savait pas s'il était de moi.

– Tu rigoles ! Mais comment est-ce possible ?

– Elle est sortie avec quelqu'un d'autre quand nous… Tu sais…

Encore une fois, il se tait. Merde, il était vraiment ce qu'en disaient les tabloïds. La presse à scandale n'exagérait pas quand elle le dépeignait comme un séducteur invétéré. Soudain, je repense à ses paroles.

– Elle t'a caché qu'elle était enceinte ?, je demande, surprise. Je n'imaginais pas Meg si…

Merde, j'ai failli dire « tordue », alors que Maman non plus ne lui avait rien dit me concernant.

– Ce n'était pas sa faute, dit Johnny qui s'empresse de la défendre. Elle ne savait pas si le bébé était le mien. Christian était mon meilleur pote. Elle et moi, on sortait ensemble, mais je… Bref, je l'ai trompée et… Bah, tu as vraiment envie d'entendre tout ça ?

Oh que oui.

– Raconte-moi…

Je me souviens qu'il a parlé d'un Christian qui devait venir à L.A. S'agit-il du même ? Sans doute pas. Je pose quand même la question.

– Oui. De l'eau a coulé sous les ponts, depuis. Bref. Meg ne savait pas si Barney était de moi. Jusqu'à ce qu'il grandisse et commence à me ressembler.

– On dirait toi en plus petit.

– Elle a fait ce qu'il fallait, en fin de compte.

J'ai le sentiment qu'il simplifie un peu trop le scénario. Peut-être devrais-je prendre Meg au mot et entendre sa version de l'histoire, un jour. Mais ce soir, c'est de Maman dont il s'agit.

– Maman ne t'a rien dit parce qu'elle avait peur de me perdre. Elle pensait que je la quitterais. Que je préférerais avoir… (Je regarde autour de moi.) Que je préférerais cette vie à la nôtre. (Je plonge mes yeux dans ceux de Johnny.) Mais elle se trompait.

Il soutient mon regard de longues secondes, puis acquiesce d'un signe de tête.

– Je comprends.

– C'était ma mère, dis-je, au bord des larmes. Pour rien au monde, je ne t'aurais choisi, toi, au lieu d'elle.

Il pose une main sur mon épaule.

– Tu aurais aussi pu nous avoir tous les deux, sans devoir choisir entre nous.

J'essuie avec rage la larme qui roule sur ma joue. Aussitôt remplacée par une autre.

– J'aurais pu t'aider. J'aurais pu l'aider…

– Elle n'aurait pas voulu de ton aide. Pas après ce que tu avais fait.

– Je lui aurais demandé pardon. Oh, je ne suis pas en train de prétendre que j'aurais changé. Ça m'a pris des années, des tonnes de temps foutues en l'air, pour y arriver, ajoute-t-il avec amertume. Mais on aurait pu être en contact. Toi et moi, on aurait eu une relation.

Je renifle bruyamment et éclate de rire, un rire plein de larmes.

– Bon, aujourd'hui, nous en avons une, dit-il en me serrant l'épaule, avant de retirer sa main.

Je hoche la tête avec fébrilité, les yeux dans le vague.

– Il est tard. Tu devrais être couchée. Quant à moi, je ferais mieux d'y aller, ça risque de chauffer...

– Elle ne va quand même pas te faire une scène pour une malheureuse cigarette, si ?

– Elle m'a tellement fait la guerre pour que j'arrête ceci et cela... (Il secoue la tête.) Mais non, elle ne dira rien. Elle prendra les choses avec calme, comme toujours. C'est l'une des raisons pour lesquelles je l'aime autant, ajoute-t-il avec tendresse, alors que nous longeons la piscine pour rejoindre la maison.

Ses paroles me font sourire, mais l'émotion en moi est vite remplacée par une pointe de jalousie. J'espère que Meg est consciente de la chance qu'elle a. Si Johnny avait nourri ce genre de sentiments pour ma mère, ma vie aurait pu être si différente.

– Au fait, comment ça s'est passé avec Jack Mitchell ?, me demande-t-il soudain, en retrouvant son regard noir.

– Tu le connais ?

– Je connais son père.

Aah. OK.

– Eh bien, Jack a dit qu'il avait envie de me revoir.

– Non ? Vraiment ?, s'exclame Johnny, sur un ton agacé.

– Je dois l'appeler, demain matin, j'explique, un peu mal à l'aise.

Après avoir attendu si longtemps de rencontrer mon père, je vais le laisser tomber pour passer une partie de ma dernière journée ici avec un mec que je connais à peine ? Oui. C'est ça le problème, quand le courant passe. Et puis, ça y est, on l'a eue en fin de compte, notre conversation en tête-à-tête, en cœur à cœur. Je suis sûre que je reverrai Johnny, après cette première rencontre.

Peut-être sent-il ma détermination, car il n'insiste pas.

– Fais juste attention à lui, se contente-t-il de me dire. Son père Billy autrefois était pire que moi...

– À ce point ?

– Un sacré fêtard.

– Ce n'est pas pour ça que Jack est comme lui, je réplique, un peu provocante.

– Les chiens font rarement des chats.

– Tu as l'air de savoir de quoi tu parles, je marmonne.

Il me fait un clin d'œil et je comprends qu'il me fait marcher.

– Je vais tout fermer et éteindre les lumières, dit-il une fois à l'intérieur. Va dormir, il est tard.

– OK...

Je bâille à m'en décrocher la mâchoire, submergée soudain par une immense fatigue. À l'étage, tout semble calme. Meg a dû aller se coucher. Je m'apprête à monter, gravis les premières marches avant de stopper net, en me rappelant quelque chose.

– Johnny ?

– Oui ?

Il éteint la lumière et se dirige vers moi.

– J'ai oublié... Merci pour la robe... En Roberto Cavalli, je me suis sentie vraiment spéciale, ce soir.

– Avec plaisir, répond-il avec un large sourire. Tu es magnifique dedans.

Je lui souris à mon tour, puis je monte, quand je l'entends murmurer.

– Tout le portrait de ta mère...

17.

Le lendemain matin, quand je sors de ma chambre, j'entends Meg qui s'affaire dans la cuisine pour le petit-déjeuner des garçons. J'ai la migraine, ne me sens pas très en forme à cause de l'alcool ingurgité la veille.

Eddie ne travaille pas le week-end, et apparemment, Johnny n'est pas en bas. Il doit faire la grasse matinée, après notre discussion d'hier soir. J'aurais dû faire comme lui. Car malgré la fatigue, j'ai mal dormi. Sans parler du décalage horaire qui continue de me faire des misères. J'en suis encore à me réveiller à l'aube. J'en suis sûre, j'aurais pu me rendormir, si je n'avais pas eu tant de choses dans la tête à cause des événements d'hier soir. Ma conversation avec Johnny, ma rencontre avec Jack. Je pense à lui, et je me sens presque fiévreuse. Je me demande s'il était sérieux quand il a parlé de venir me chercher aujourd'hui. Je suis encore mal à l'aise, avec ça. J'en suis consciente, je devrais probablement l'oublier et passer cette dernière journée avec ma famille. Mais je suis trop attirée par lui, c'est un truc qui échappe à mon contrôle.

J'inspire, expire et m'avance vers la cuisine.

– Hello !, je lance, un peu penaude, à Meg.

– Hello, me répond-elle, avec moins de chaleur que d'habitude.

Elle donne à manger à Phœnix, sur sa chaise haute. Barney fredonne dans son coin, tout en dévorant son bol de Rice Krispies.

– Je suis désolée, pour hier soir… (J'ai du mal à m'excuser en général, mais là, je le sens, ça s'impose.) Je ne voulais pas crier. Je crois que j'avais un peu trop bu.

– C'est bon, répond-elle, pas plus aimable pour autant. Johnny m'a expliqué que vous aviez eu une conversation franche et honnête.

– Oui. Et ça va mieux, depuis que je lui ai parlé.

– Bien…

Elle me sourit.

Je m'approche de la table, prends une chaise. Elle glisse une nouvelle cuillerée de céréales dans la bouche grande ouverte de Phœnix. On dirait un petit oiseau pendant la becquée.

– Tu n'aurais pas un cachet contre le mal de tête ?

– Dans le placard, à côté du réfrigérateur.

Je me lève, attrape le tube et me sers un verre d'eau à la fontaine du frigo. Un truc qui crache aussi des glaçons. Quand je l'ai découvert, j'ai trouvé ça super cool.

– Mange quelque chose, des toasts ou des céréales. Dommage, Eddie est absent aujourd'hui.

Je lui ai dit au revoir, hier.

– Je me demande s'il n'a pas laissé des pancakes au réfrigérateur.

– Tu crois ?

– Il m'a dit qu'il le ferait, j'explique, étant donné qu'il ne serait pas là pour me préparer mes deux derniers petits-déjeuners.

– Ah, c'est très gentil de sa part, répond Meg.

– Super gentil, oui…

Je vais voir et là, je trouve une assiette dans le frigo avec une dizaine de pancakes dodus, version américaine.

– Génial !, je m'exclame, aux anges, en sortant l'assiette pour la montrer à Meg.

– Wow !

– Des pancakes !, se met à hurler Barney, les yeux ronds de gourmandise.

– Vous en voulez ?, je demande à la ronde.

– Bien sûr, on va n'en faire qu'une bouchée !, lance Meg avec un grand sourire.

On les a presque terminés quand Johnny apparaît.

– Hello, dit-il en se penchant sur Meg pour déposer un baiser sur ses lèvres.

– Beurk…

Elle grimace et l'esquive, avec un regard mauvais.

– OK, je vais me laver les dents et je reviens, dit-il avec un sourire en coin et il ressort de la cuisine, en me tapotant gentiment l'épaule au passage.

– Je déteste quand il fume, marmonne Meg qui repousse son assiette.

– Oui, je sais, désolée, dis-je, mal à l'aise. Je crois que c'est ma faute.

– Johnny est un grand garçon, répond-elle avec une certaine irritation, puis son regard se radoucit. Bon, je ne me plains pas. Il a beaucoup changé, pour moi.

Je me rappelle des paroles de Johnny, hier soir. À propos de Christian.

– Tu ne m'as toujours pas raconté comment d'employée de Johnny, tu t'es retrouvée mariée avec lui.

– Hmm, oui, c'est vrai, j'ai promis de t'expliquer, répond-elle en regardant Barney. Mais je ne crois pas que le moment soit bien choisi...

Elle caresse les cheveux de Barney et se lève pour débarrasser. *C'est toujours comme ça. Jamais le bon moment !*

Après le petit-déjeuner, je remonte dans ma chambre et attrape la carte de visite de Jack sur le chevet. J'ai failli faire une attaque ce matin, je ne la retrouvais plus. Il faut dire que je n'avais pas pris mon sac, hier soir. Puis je me suis souvenue de l'avoir glissée dans mon soutien-gorge. Elle y était encore, un peu tirebouchonnée, la pauvre.

Dès le lendemain de mon arrivée, Annie m'a branché un téléphone dans la chambre, je ne suis donc pas obligée de descendre au bureau. Je suis un peu nerveuse, quand je m'empare du combiné. À peine neuf heures trente. Est-ce qu'il n'est pas un peu trop tôt ? Ne vais-je pas lui sembler trop impatiente ? Probablement. Mais qu'est-ce que j'ai à perdre ? Pas grand-chose, je pars demain.

J'examine la carte de Jack. Lettres style graffiti de couleur jaune sur fond noir. Sous son nom, on peut lire « All Hype », le nom de son groupe, je suppose. Il y a un numéro de portable, une adresse mail et celle d'un site web.

Hmm. Je dois absolument me trouver quelque chose à faire pour laisser passer un peu de temps et ne pas paraître trop pressée.

Je descends et prends le couloir, direction le bureau. Désert, Annie, comme Eddie, ne travaille pas le week-end.

Je m'assieds, allume l'un des ordis.

Une rapide recherche sur Internet m'affiche plusieurs entrées pour Jack Mitchell, essentiellement des photos de lui avec son groupe, prises par des fans. J'ai le cœur qui s'emballe quand je clique sur l'une d'elles montrant un Jack en transe, mais toujours aussi sexy, en train de chanter dans un micro, guitare autour du cou. Il est beau. Cheveux noirs trempés de sueur, T-shirt idem, mais il émane de lui quelque chose d'éminemment sexuel. Je reconnais son tatouage sur le bras qui tient le micro, avec ses bracelets de cuir au poignet. Je me demande quand cette photo a été prise. Récemment, j'imagine. J'aimerais vraiment le voir jouer en chair et en os. Je me rappelle avec un pincement au cœur Charlotte parlant d'un concert, début août.

Charlotte ! Je n'ai pas repensé à elle depuis la nuit dernière. J'arrive pas à croire que j'ai rencontré la Macy de *Little Miss Mulholland* ! Libby en sauterait au plafond. La seconde d'après, je me sens submergée par la tristesse. La tristesse et la lassitude. Comment ai-je pu la laisser s'éloigner ainsi ? Elle était mon amie. Une fois rentrée, j'essaierai de me réconcilier avec elle. Mais j'ai le sentiment que quelque chose s'est cassé entre nous, que nous ne serons plus jamais aussi proches.

Je clique en soupirant sur un autre lien. Et à la vue de Jack beau à mourir sur une autre photo prise lors d'un concert, certaines de mes idées noires se dissipent.

Quand je l'appelle, il est dix heures trente. Il répond, avec la voix de quelqu'un qui sort à peine du lit. Mon cœur bat au rythme d'un marteau-piqueur.

– Jack ? Salut, c'est Jessie.

– Jessie...

Merde ! Il ne se souvient pas de moi ! Aurais-je composé un mauvais numéro ? Est-ce un sept sur sa carte, et pas un un ?

– Oh, Jessie !, s'exclame-t-il soudain. Jessie d'hier soir, c'est ça ?

– J'ai dit que je t'appellerais, je réponds, sur le ton de la nana à l'aise.

– Donc, tu appelles.

J'ai les nerfs tendus à en claquer. Avait-il vraiment envie que je le fasse ? Je persévère, en dépit des doutes.

– Je te réveille ? Tu as l'air endormi.

– C'est qu'en fait, je le suis.

– Tu veux que je te rappelle plus tard ?

– Non, ça me va... C'est cool comme réveil.

J'ai l'impression qu'il sourit, du coup, je me détends un peu.

– Tant mieux, dis-je. (Un silence.) Tu es rentré tard, hier soir ?

– Deux heures après toi.

Je me demande ce qu'il a pu faire pour s'occuper deux heures entières. Pas avec une fille, j'espère.

– Mon frère m'a mis aux platines, m'explique-t-il.

– C'est vrai ? Ooouufff ! Et tu as passé quoi, One Direction ?

Il rit, un rire à la fois doux et profond, qui me fait frissonner de haut en bas.

– Si tu étais restée, je l'aurais fait. Rien que pour toi.

– N'importe quoi, je réponds, narquoise.

– Oui, c'est vrai, j'avoue.

Je sens une vague de chaleur m'envahir.

– Tu fais quoi, aujourd'hui ?, me demande-t-il.

– Je n'ai rien de prévu cet après-midi.

– Je peux pas, cet après-midi. J'ai répète avec le groupe. J'avais oublié, mais ma sœur a supplié mes potes de venir jouer à sa fête d'anniversaire, ce soir.

– Elle leur a demandé… sans t'en parler d'abord ?

– Elle savait que je dirais non, dit-il d'un ton affectueux.

– Pourquoi ?

– Tu comprendras quand tu la rencontreras.

Que veut-il dire par là ?

– Euh, je suis censée rencontrer ta sœur ?

– Pour sa fête, oui, ce soir, répond-il comme si ça allait de soi.

J'éclate de rire.

– Je ne t'ai même pas dit si j'étais libre.

– Tu es libre ?

– Eh bien, je… (Ne devrais-je pas passer ce dernier dîner en compagnie de Johnny et Meg ?) Il faut d'abord que j'en parle avec Meg et Johnny. Pour voir s'ils n'ont pas besoin de moi.

– D'accord, répond-il, un peu refroidi apparemment.

– Mais il ne devrait pas y avoir de souci, je m'empresse d'ajouter.

J'ai tellement, tellement envie de le revoir. Et puis, je passerai la journée avec Johnny, Meg et les garçons. Barney et Phœnix se couchent tôt le soir, de toute façon.

– Super.

– Tu me donnes ton adresse ?

– Je peux venir te chercher…

– Génial. Quelle heure ?

– Dix-neuf heures trente ? Ça me donnera une raison de sortir d'ici.

– Ah, voilà tout ce que je représente pour toi... Un prétexte ?

– Oh, tu représentes bien plus que ça.

Quel dragueur !

– À plus, dit-il.

– Attends. Tu ne veux pas l'adresse ?

– Je sais où habite Johnny Jefferson. Tout le monde le sait.

– OK, à plus alors.

– Bye.

Je raccroche avec un énorme sourire aux lèvres. Je me laisse tomber sur le lit et contemple le plafond, sur un petit nuage. Quelques images furtives de Tom me traversent la tête, écornant un peu mon sourire. A-t-il pensé une seule fois à moi, depuis mon départ ? Il doit être en route pour Ibiza, où il ne sera certainement pas à court d'admiratrices. J'essaie de le chasser de mon esprit – et ma culpabilité avec. Je devrais plutôt m'appliquer à vivre à fond ici et maintenant, tant que j'en ai la possibilité. Il y a bien longtemps que je ne me suis sentie aussi heureuse, aussi fébrile.

Je regarde par la fenêtre les arbres et le ciel bleu. Bon. Qu'est-ce qui m'attend, pour cette dernière journée avec Johnny ? La piscine. *Why not* ? Faut que je pense à m'enduire de crème. Pas question de me choper un coup de soleil.

Je me lève et me plante devant les placards, j'ouvre celui de gauche. Mon bikini est dans le troisième tiroir, fraîchement lavé et repassé hier après-midi par Carly, l'une des deux femmes de ménage, super sympa. L'autre, Sharon, est gentille elle aussi. Elle a rangé ma chambre et fait mon lit pendant que je prenais mon petit-déjeuner. Ça va me faire drôle de retrouver ma petite chambre, à la maison. Je fais demi-tour sur le tapis à poils longs en regardant autour de moi. Oui, ça va être dur.

Johnny est devant la télé quand je descends, mon sarong blanc autour de la taille. Un détail, mais qui prouve combien je me sens plus à l'aise avec lui maintenant.

– Je vais nager un peu. Ça te dit ?, je demande.

– Hmm...

Il a l'air absolument captivé par ce qu'il regarde. Une sorte de course de bagnoles.

– Je t'accompagne !, lance Meg qui sort à cet instant de la cuisine. Viens Johnny. C'est le dernier jour de Jessie avec nous.

– Oui, d'accord, répond-il et il s'empare de la télécommande pour éteindre la télé. Je vous rejoins dans une seconde.

Je sors et m'arrête un bref instant sur la terrasse en regardant le ciel. La chaleur est encore supportable, parfait. Je m'éloigne de la maison et vais m'asseoir sur la première marche, au bord de la piscine. La ville tentaculaire s'étend devant moi. Aucun nuage dans le ciel et, une fois n'est pas coutume, la chape de pollution est raisonnable. Je regarde le banc où on a discuté, Johnny et moi, la veille. Tout ça semble si irréel. La soirée, puis notre retour ici. Je me sens encore comme si j'évoluais en plein rêve et, si je m'écoutais, j'avalerais bien deux, trois somnifères pour surtout ne pas me réveiller.

Je me relève, retire mon sarong que j'abandonne sur un transat. Puis je vais me placer tout au bout de la piscine, inspire et plonge.

Au bout d'un moment, Meg arrive avec les garçons en maillot de bain, les badigeonne de crème solaire. Johnny suit et s'engouffre dans la cabine. Je le regarde faire en riant, quand il ressort avec les bouées.

– Tu veux essayer de dompter le requin, aujourd'hui, Jess ?

– Seulement si tu arrives à monter sur le croco.

Barney piétine d'impatience, alors Meg le laisse passer la clôture pour rejoindre la piscine.

– Tu peux t'en occuper, Jessie ?, me crie-t-elle.

– Bien sûr… (Et je nage pour rejoindre Barney au plus vite.) Tu veux sauter ?

– Oui !

– Un, deux trois, allez !, je hurle et il saute, éclabousse partout. Je ris et attrape son petit corps tout glissant entre mes mains. Il rit aux éclats quand je le tire dans l'eau à toute vitesse.

Je me retourne, vois Meg qui sourit. Elle se lève et entre dans la piscine avec Phœnix, le fait glisser vers moi, tandis que Barney patauge dans sa direction. Je bondis et chahute avec Phœnix qui pousse des cris de joie.

Johnny arrive avec le crocodile, le coince entre ses jambes et s'approche du bord. Puis il saute et se retrouve aussitôt la tête sous l'eau. Barney n'en peut plus de rire. Moi aussi d'ailleurs, et quand je le rejoins avec Phœnix dans mon sillage, un sentiment de profonde mélancolie m'envahit. J'ai pris conscience en début de semaine que je faisais partie de cette famille. Mais c'est uniquement maintenant que je le ressens dans mon cœur, vraiment. Tout ça va me manquer. Ils vont me manquer. Je n'ai aucune envie de rentrer.

18.

– Fais attention à toi, dit Johnny.

On est assis dans le salon et je tripote l'iPhone qu'il m'a prêté pour ce soir. Je le regarde. Il ne plaisante pas.

– Tu as le numéro de Davey dans le répertoire, poursuit-il. Il viendra te chercher dès que tu l'appelleras.

– Jack peut me raccompagner, je réponds, un peu agacée.

– Si c'est l'anniversaire de sa sœur, Jack va boire. Je préfère te savoir avec Davey.

– OK, je marmonne, évasive, avant de reporter mon attention sur le téléphone entre mes mains.

Un iPhone, rien que ça !

– Jessie.

Je relève la tête.

– Promets-moi d'appeler Davey.

– OK, OK, j'appellerai Davey !

Merde à la fin.

Il fronce les sourcils, mais avec un air amusé.

– Tu es très jolie. Super T-shirt.

– Merci de me l'avoir acheté, je réponds en souriant.

– Avec plaisir…

Il se passe une main dans les cheveux, pose le bras sur le dossier du canapé. On est assis l'un à côté de l'autre, en attendant Jack. Je me sens un peu nerveuse, mais l'iPhone – et l'inquiétude de Johnny – me permettent de penser à autre chose.

Un peu plus tôt, je suis allée faire la lecture aux garçons dans leur lit – mon dernier conte de fées avec eux – et maintenant, Meg finit de les border.

On est allé grignoter un morceau cet après-midi dans un petit café sympa, Melrose Avenue, puis on a fait du shopping. J'avais l'impression d'être une princesse. Je pense qu'en me couvrant de cadeaux, Johnny tente de rattraper le temps perdu. À moins qu'il ne culpabilise, parce que je pars demain. Il a eu l'air vraiment déçu que je choisisse de passer cette dernière soirée avec Jack, et pas avec eux. J'ai failli changer d'avis, mais Meg m'a encouragée à sortir et à m'amuser avec des gens de mon âge pour ma dernière nuit à L.A. Je frémis, de plus en plus nerveuse. Jack est en retard…

Je porte un jean noir skinny et un T-shirt crème, gris et noir, avec un design graphique rouge à paillettes sur le devant. Un look style rockeuse. J'espère avoir fait le bon choix. Si en arrivant là-bas, toutes les filles sont en robe de soirée, je vais passer pour une débile. Je me suis coiffée dans le ton, cheveux en pétard. Les yeux au mascara extra noir brillant. Sans oublier mes chaussures compensées kaki. Sur le chemin du retour, cet aprèm, Meg m'a emmenée pour une miniséance pédicure, pendant que les garçons, dans la limousine, patientaient devant un dvd. J'ai les ongles d'orteil vernis rouge sang.

Un bruit de sonnette. Je sursaute.

– Voilà ton cavalier, dit Johnny en se levant, sans grand enthousiasme.

– Tu ne vas quand même pas m'accompagner jusqu'à la porte ? je m'exclame, paniquée, tout en glissant l'iPhone dans le sac que j'ai acheté un peu plus tôt.

– C'est ce que je m'apprêtais à faire, en effet.

– Oui, eh bien pas question. Je te rappelle que je suis censée être la nounou et ça ferait plutôt bizarre que tu joues les chaperons avec moi, non ?

– Et merde, marmonne-t-il en secouant la tête.

– Quoi ? Il faut dire les choses comme elles sont !

– Oui, il faut dire les choses comme elles sont et j'en ai assez de tout ça, je voudrais que les gens sachent que tu es ma fille.

Un espoir insensé m'envahit.

– C'est vrai ?

Il semble se raviser.

– Nous en reparlerons, dit-il, et en une fraction de seconde, je suis dégoûtée. Pour ce soir, reste la nounou.

Je le regarde méchamment.

– Allons, Jessie, c'est pour ton bien. À la seconde où la vérité éclatera, ta vie ne sera plus jamais la même.

Hmm. Et alors, ce serait une mauvaise chose ? Je n'en suis pas vraiment persuadée.

– Fais-moi confiance. Allez, zou ! Un autre coup de sonnette réveillerait les garçons.

– OK.

– Minute !

Il m'attrape la main quand je passe devant lui. Je stoppe net, le dévisage, sans comprendre quand, à ma grande surprise, il glisse son bras autour de mon cou et m'attire contre lui pour m'embrasser sur le front.

– Amuse-toi bien, murmure-t-il, avant de me laisser filer.

Je lui souris, perplexe, et me précipite dans le couloir. Au bord des larmes en fait, après cet assaut inattendu de tendresse. Je tente de me ressaisir, inspire un bon coup et ouvre la porte. À la vue de Jack appuyé avec nonchalance contre une voiture de luxe noir métallisé, je manque m'étouffer.

Il est encore plus beau que dans mes souvenirs. Grand, mince et bronzé, jean destroy gris et boots de marque éraflées. Il porte un T-shirt noir, des personnages jaunes style *stickman* dessus, les cheveux en pétard.

– Salut, dit-il, tout sourire.

– Salut…

Pour un peu, avec l'essaim de papillons qui s'élève dans mon ventre, je pourrais facilement voler jusqu'à lui. Mais bon, je ne vais pas m'y risquer. Mieux vaut me servir de mes pieds. Je referme la porte derrière moi et le rejoins à la voiture. Il m'ouvre la portière, la referme une fois que je suis installée. L'habitacle est gris foncé et sent bon le cuir neuf. Au logo sur le volant, je comprends qu'il s'agit d'une Audi, mais j'ignore quel modèle. Sa famille doit avoir du fric. Bien sûr qu'ils en ont, pour être invités chez Michael Tremway, comme hier soir. Il n'a sûrement pas l'habitude de fréquenter les gens normaux. Des gens comme moi. Tellement décalée par rapport à son monde.

– Magnifique T-shirt.

– Merci. Le tien n'est pas mal non plus.

– Une création de ma sœur… (Il démarre et roule doucement.) Je me suis dit que je pouvais faire un effort pour son anniversaire.

– Elle est styliste ?

– Non, mais elle rêve de le devenir.

– Quel âge a-t-elle ?

– Seize ans, depuis la semaine dernière.

– J'espère être suffisamment bien habillée ?

– Tu es super sexy, dit-il en me souriant, puis il hoche brièvement la tête à l'attention de Samuel, le gardien, dans sa guérite.

Le portail s'ouvre et quand nous passons, je salue Samuel.

– C'est Samuel. Il m'a raconté une blague hyper drôle, dis-je sur un ton que j'espère cool.

En fait, je suis en train de me liquéfier. Jack ne vient-il pas de me dire que j'étais sexy ?

– Ah oui ?

– Tu veux l'entendre ?

– Bien sûr…

Il prend à droite pour monter un peu plus haut dans la colline.

– Une femme monte dans un bus avec son bébé. Le chauffeur dit : « Beurk, c'est le bébé le plus laid que j'ai jamais vu. » Furieuse, elle va s'asseoir tout au fond et se plaint, outrée, à un type à côté d'elle. « Vous avez entendu, le chauffeur ? C'est un scandale ! » Et le type répond : « Ne vous laissez pas faire. Allez lui montrer de quel bois vous vous chauffez. Si vous voulez, je vous garde votre macaque pendant ce temps. »

Jack éclate de rire.

– Très drôle. J'en ai une, moi aussi. Qu'est-ce qu'une blonde qui se fait teindre en brune ? De l'intelligence artificielle.

Je ris et enchaîne :

– Une autre sur les blondes. Comment une blonde tue-t-elle un poisson ? Elle le noie.

On continue sur notre lancée et peu à peu, je me sens beaucoup moins nerveuse. Après une série de virages qui nous transportent de colline en colline, la route devient plus droite.

– Où a lieu la fête ?

– Chez moi. C'est juste là.

J'entends effectivement de la musique, avant même d'apercevoir la maison. À ce moment-là, il tourne pour s'enfoncer dans la nature, puis je vois un long mur blanc et, derrière, un toit de tuiles rouges qui dépasse.

– On est arrivé.

Des bagnoles sont garées sur la route, des Porsche et des New Beetle cabriolets, et il y en a deux autres encore qui s'arrêtent derrière nous. Quelqu'un klaxonne et aussitôt, Jack regarde dans son rétro. Il agite la main pour dire bonjour, puis sort du vide-poches une sorte de télécommande. Il presse sur un bouton et une partie du mur blanc coulisse. Je regarde sur la colline la villa de style hacienda, couleur sable. Elle semble immense. Sa famille doit être hyper riche. Que fait son père, au juste ? Johnny a dit qu'il le connaissait, qu'il était autrefois plus rebelle que lui. J'aurais dû demander plus de détails. Mais tant pis. Une chose est sûre, Jack et moi, nous venons de deux mondes très différents.

Quoique, en fait, pas vraiment. Après tout, je suis la fille de Johnny Jefferson, je devrais me sentir dans mon élément. Mais toute cette extravagance, cette opulence, ce n'est pas moi. Je suis intimidée.

Mais minute. Jack me prend pour la nounou. Une nounou, c'est on ne peut plus commun, non ? Pourtant, il m'a invitée. Donc il ne doit pas accorder tellement d'importance à tout ce qui est matériel.

Toutes ces pensées se bousculent dans ma tête et je suis si préoccupée que je ne remarque pas tout de suite la fille en minirobe rose, au milieu de l'allée, devant un garage conçu pour six bagnoles au moins.

– Aïe, problème, murmure Jack.

– Quoi ? Qui est-ce ?

Elle a une coupe de cheveux branchée, un carré déstructuré, les yeux soulignés d'un trait de noir épais, rouge à lèvres rose vif. Et elle n'a pas l'air contente.

Pitié, faites que ça ne soit pas son ex-petite amie, voire pire, sa petite amie du moment.

– C'est Agnès.

– Agnès ? Ce n'est pas de cette fille dont Charlotte a parlé, hier ?

– Ma sœur.

Mon soulagement est de courte durée. À peine il se gare devant elle qu'elle se précipite pour ouvrir sa portière.

– Mais où t'étais, merde ?

– Du calme, petite sœur, répond Jack avec douceur. Je suis juste allé chercher Jessie.

– Jessie ? (Elle se penche pour regarder et pousse un cri quand elle me voit.) Oh ! Je ne t'avais pas vue, avec les reflets du soleil.

– Agnès, je te présente Jessie. Jessie, Agnès, soupire Jack.

– Salut, dis-je. Bon anniversaire.

– Pfff...

Elle se redresse et Jack en profite pour me lancer un regard penaud.

– Je ne voudrais pas m'incruster, je chuchote, hyper nerveuse à nouveau, alors qu'il détache sa ceinture de sécurité.

– Pas du tout !, lâche-t-il et il descend de voiture.

Je l'imite, pas vraiment pressée.

– Miles, Eve et Brandon sont déjà là, dit Agnès à Jack, toujours aussi énervée.

– On dirait qu'ils contrôlent la situation, répond-il avec calme, tandis que je fais le tour de la voiture pour les rejoindre, de l'autre côté, juste au pied de la maison.

– Pourquoi tu ne m'as pas dit ce que tu faisais ?, demande-t-elle, agressive, et j'attends un peu à l'écart.

– Tu étais trop occupée à tout préparer... (Il la prend par les épaules – il est plus grand qu'elle de dix bons centimètres.) Relax...

Alors, la colère dans ses yeux se dissipe et l'espace d'une fraction de seconde, on a l'impression qu'elle va pleurer. Mais elle retrouve tout de suite son regard noir.

– Il a fallu que tu viennes avec ça sur le dos, dit-elle sur un ton de reproche, en désignant le T-shirt de Jack.

– Oui. C'est mon préféré.

– Peu importe, rétorque-t-elle, et elle se retourne, un peu moins stressée visiblement.

Puis elle me regarde en vitesse de haut en bas et je suis dans mes petits souliers. J'ai le sentiment de ne pas être habillée comme il le faudrait, mais ce qui est fait est fait maintenant.

– Tu devrais aller voir si c'est OK, avec le groupe, lance-t-elle, avant de s'éloigner en direction de la maison.

– À vos ordres, m'dam !, répond Jack, et il me regarde en levant les yeux au ciel. Je t'avais prévenue.

Oui, bon, il m'avait prévenue, c'est sûr, mais pas à ce point.

– Tu es sûr de vouloir rester ?

– C'est aussi ma maison. Allez, viens.

Il pointe sa clé sur la voiture et d'un bip, la verrouille. Il n'emprunte pas le parvis tapissé de dalles gravées de motifs alambiqués qui mène à la porte d'entrée. Au lieu de ça, il m'entraîne sur la droite, derrière la villa, du côté d'un parc ombragé de palmiers au moins centenaires, décoré de parterres de fleurs roses, orange et rouges. D'ici, on a une vue imprenable sur la ville, comme chez Johnny.

Le jardin amorce une pente, vaste étendue d'un gazon vert tendre, puis descend en douceur d'un niveau, suivi de deux autres plants de gazon et de deux paliers intermédiaires. La première partie plane est occupée par une immense piscine rectangulaire entourée d'une terrasse de briquettes couleur pêche et d'énormes palmiers en pot. Des lanternes rose vif et jaune en forme de corolles clapotent sur l'eau turquoise. Des ados vont et viennent entre terrasse et jardin, rient, discutent et sirotent des cocktails multicolores. Près du bassin, j'aperçois un bar tenu par deux types en T-shirt noir. Sur notre droite, une petite structure genre pavillon, même style hispanisant. C'est de là que vient la musique. À travers les doubles portes grandes ouvertes, des gens. Plein de gens.

– La salle de jeux, m'explique Jack. Je vais juste voir si les garçons sont prêts.

Dans les enceintes placées devant, Labrinth chante *Earthquake* à fond. Le corps traversé par la musique, j'emboîte le pas à Jack.

– Qui est aux platines, ce soir ?

– On fait un roulement. Moi aussi, je dois participer.

– Et ton frère ?

– Il n'est pas là, ce soir.

Quoi ? Il n'est pas venu à l'anniversaire de sa sœur ? Ça me semble suspect. Mais on entre dans le pavillon et tout de suite, les copains de Jack l'interpellent, impossible de l'interroger un peu plus sur le sujet. Un garçon se précipite et se jette presque dans ses bras. D'autres l'entourent, lui claquent l'épaule et échangent avec lui des checks d'une complexité à donner le vertige.

Jack rit et chahute avec le mec qui lui a sauté dessus, un garçon fringué tendance *bad boy*, T-shirt blanc et jean skinny, avec une ceinture cloutée, cheveux blonds coiffés effet banane. Je ne serais pas surprise qu'il fasse partie du groupe. À ce moment, je reconnais un autre garçon entrevu hier, à la soirée. Il s'éloigne pour aller se poser devant une batterie, installée sur une estrade. Oui. Il a bien la tête d'un batteur.

Et c'est là que je remarque sur la scène une fille hyper belle, toute menue, peau mate, cheveux noirs lustrés coupe garçonne, en train de régler le micro. Elle lance un regard furtif à Jack, mais ne bouge pas de sa place. Je me tourne vers Jack et vois le mec blond lui souffler quelque chose à l'oreille. Tous deux observent alors la fille qui à présent les ignore ostensiblement.

Aïe-aïe-aïe. J'ai un mauvais pressentiment.

Puis Jack paraît se souvenir de moi. Il me fait face et à ce moment précis, le blond lui passe un bras autour de la gorge, comme pour lui tordre le cou. Jack rit et le bouscule gentiment et, une fois de plus, son copain finit par s'écarter, mais sans pour autant lâcher Jack d'une semelle.

À l'intérieur, la musique est moins forte, à cause des enceintes dehors, orientées vers le jardin.

– Jessie, Jessie, Jessie, chantonne le blond avec un clin d'œil.

Il est d'une beauté saisissante, les yeux bleu marine. Il s'approche, me serre la main. Grand, presque autant que Jack, il porte sur l'épaule droite un goéland tatoué.

– Voici Brandon, dit Jack avec un sourire espiègle, et l'intéressé se met aussitôt au garde-à-vous.

– Tu fais partie du groupe, dis-je en me souvenant des paroles d'Agnès.

Brandon, Miles et… Eve. Oh. À nouveau, je regarde la fille sur scène. C'est sûrement elle. *Earthquake* se termine, suivi par un silence anormal.

– Merde !, s'exclame Brandon qui s'éloigne en courant vers une table de mixage.

– Quel idiot !, marmonne Jack, hilare, tandis que Brandon met en route un autre disque.

– De quel instrument joue-t-il ?, je demande tout en observant Eve qui, juste à ce moment, croise mon regard. Avant de détourner vite fait les yeux.

– Basse. Et il chante un peu aussi.

– Et toi, tu fais quoi dans le groupe ?

– Je suis le chanteur.

– Oh, tu chantes, toi aussi ? (Et je me rappelle avoir vu une photo de lui, lèvres contre le micro.) Wow !

– Un peu. C'est surtout le job d'Eve…

Et il se tourne dans sa direction, puis reporte son attention sur moi, avec un petit air… coupable ?

– Si on prenait un verre ?, je suggère.

J'ai l'impression que je vais en avoir besoin, au cours de cette soirée.

Les cocktails au bord de la piscine sont fadasses. Mais Jack me confie avoir planqué une bouteille de whisky dans sa chambre. La maison est immense, presque autant que chez Johnny. Il y a un grand salon décoré dans l'esprit hacienda de la villa. Les pièces sont encombrées de meubles de bois foncé et il y a des tapis partout, des rideaux, des coussins, rien à voir avec la déco minimaliste de Johnny. Des tableaux anciens dans des cadres ouvragés pendent aux murs. Encore une fois, je me demande ce que peut bien faire Billy Mitchell. Je n'ai pas vraiment l'impression de me trouver dans le repaire d'un rebelle.

– Tes parents sont sortis ?, je demande à Jack quand il m'emmène à l'étage.

– Ma mère et mon père sont divorcés. Maman et Tim doivent être quelque part par là…

– Tim, c'est ton beau-père ?

– Mon beau-père numéro deux, répond-il sur un ton sec, avant de prendre à gauche une fois en haut.

On longe un couloir – il y a au moins six chambres ici –, il ouvre la deuxième porte à gauche.

J'entre à sa suite. Voilà qui est mieux. Sa chambre ne ressemble pas du tout au reste de la maison. Des affiches de groupes rock indé tapissent les murs et ses vêtements gisent en vrac un peu partout, sur le lit, les chaises. Des bouquins s'entassent sur ses étagères et les placards sont à moitié ouverts, leur contenu débordant jusque par terre.

– Tu n'as pas de femme de ménage, je parie.

– Mais si... (Il sourit en me faisant face.) Elle est malade depuis jeudi, en fait.

– Pas de chance.

– Tu parles...

Je le trouve décidément super. Mais bon, encore une fois, je le connais à peine.

Il ouvre un de ses tiroirs, fouille dedans un moment, avant d'en sortir une bouteille de whisky. Je m'approche de la fenêtre, regarde dehors. Il a vue sur le parc et la ville. Des gens dansent autour de la piscine. Oh, non... On dirait Lissa, là-bas.

– Pitié, dis-moi que ce n'est pas Lissa.

Il vient à côté de moi et quand son bras frôle le mien, j'en ai la chair de poule.

– Si, c'est elle. Elle m'a interrogé sur toi, hier soir, après ton départ.

– Vraiment ? Pourquoi ?

– Quand elle t'a vue partir avec Johnny Jefferson.

Mon cœur fait une embardée.

– Que lui as-tu répondu ?

– Rien.

Il ouvre la bouteille et avale une gorgée en faisant la grimace. Puis il me la tend. Je la prends, hésitante.

– Tu n'as pas de Coke ?

– Whisky et coke ?, Mauvaise fille, dit-il d'une voix grave qui me fait frissonner des pieds à la tête.

– Je ne parlais pas de cette coke-là, mais de Coca-Cola, espèce d'idiot.

– Je sais, répond-il dans un éclat de rire. Je vais te servir quelque chose de doux pour accompagner, manière de faire passer…

Il retourne fouiller son tiroir et revient avec une petite bouteille, genre flasque, la remplit à ras bord de whisky.

– Allez, donne, je vais en boire une gorgée, je décide soudain en lui arrachant la bouteille des mains. (Beurk, c'est vraiment dégueu !) Comment peux-tu avaler ça ?, je demande, après une quinte de toux.

Il rit, rebouche la bouteille.

– Je suis un dur, moi, madame…

Il glisse la flasque dans sa poche et à la faveur de ce geste, j'entrevois son ventre plat et bronzé. Grrr !

– Allez, on y va.

Je préférerais rester ici en tête-à-tête avec lui, mais bon, c'est la fête d'anniversaire de sa sœur, alors…

On ressort de sa chambre et se dirige vers l'escalier, pour tomber nez à nez avec une femme qui arrive juste à ce moment-là.

– Hello, vous deux !, lance-t-elle sur un ton enjoué.

Elle a la quarantaine et porte une robe mi-longue multicolore.

– Salut, Maman…

N'est-ce pas un soupçon de lassitude que je décèle dans la voix de Jack ?

– Qui est-ce ?, demande-t-elle en me regardant, plantée derrière son fils.

– Maman, je te présente Jessie. Jessie, ma mère.

Je m'avance pour dire bonjour. Elle est grande et mince, un large sourire vissé aux lèvres, avec des cheveux noirs ondulés qui lui tombent presque à la taille.

– Hello, Jessie, dit-elle avec chaleur, avant de s'adresser à Jack. Dépêche-toi de descendre. Agnès te cherchait, tout à l'heure.

– OK, Maman…

Oui, c'est bien de la lassitude.

Nous nous écartons pour la laisser passer, puis Jack me regarde en levant les yeux au ciel et nous descendons. Quel est le problème entre eux ? Moi, je la trouve sympa, sa mère.

Une fois en bas, on va se chercher deux verres de soda au bar, puis Jack va se planquer derrière un palmier pour y ajouter du whisky. J'essaie de garder mon sérieux. En regardant autour de moi, j'aperçois Agnès qui discute avec Lissa, au bord de la piscine, et avec elles, cette autre fille de la nuit dernière, Bryony.

Jack réapparaît et c'est précisément ce moment que choisit Agnès pour le repérer. Elle l'appelle et lui fait signe d'approcher. Tout en se dirigeant vers elle, il engloutit une longue gorgée de sa mixture, et je l'imite aussitôt. Wow. En deux secondes, j'ai la tête qui tourne. Effet immédiat.

À notre approche, Lissa se penche vers Agnès pour lui chuchoter quelque chose. Tout en me regardant de haut en bas. Bryony se retourne pour m'observer elle aussi et je peste intérieurement. Je me demande si ça vaut la peine de supporter ces sournoiseries de nanas, tout ça pour un mec qui, semble-t-il, est chasse gardée.

À ma grande surprise, le visage de Lissa s'illumine lorsque nous les rejoignons et son sourire semble directement s'adresser à moi.

– Tu es la nounou de Johnny Jefferson, c'est ça ?

Oh, merde.

– Il a fallu que tu lui dises !, lance Jack à sa sœur, sur un ton de reproche.

Agnès prend un air coupable, alors que Lissa s'exclame :

– Ben, quoi, c'est un secret ?, me demande-t-elle.

– Hmm, non, pas vraiment.

– Mais alors, qui garde les gosses, ce soir ?, enchaîne-t-elle.

– Meg et Johnny, je réponds, sur la défensive.

– Tu te crois de la police ou quoi ?, la rembarre Jack. T'as donc jamais entendu parler de clause de confidentialité ?

Lissa me regarde et je hausse les épaules. Oui, je parie que tout le personnel de Johnny a dû en signer une. Et maintenant que j'y pense, je suis étonnée qu'il ne m'ait pas demandé de le faire moi aussi. Même si je l'aurais très mal pris… Je fais partie de la famille, pas du personnel.

Jack me prend la main et m'attire loin de l'essaim de filles.

J'ai à peine le temps d'apprécier la chaleur de sa main, que déjà il me lâche.

– Je vais bientôt devoir aller retrouver Brandon. Il veut que je me mette aux platines après lui, mais pas tout de suite…

On arrive au bord du premier palier du jardin étagé. Jack s'élance sur la pente et atterrit un niveau plus bas, son verre à la main, puis il se retourne et me regarde.

– Je vais y laisser mes godasses !

Et je lui montre mes chaussures à semelle compensée.

– Allez, je te rattrape !

– Oh, un vrai gentleman !, je réplique, narquoise, mais en réalité, je suis troublée.

Je m'approche de la pente et je cours, emportée par mon élan, en faisant attention à ne pas renverser le contenu de mon verre. Raté, j'en perds la moitié. Comme promis, il me récupère entre ses bras et mon rire soudain meurt lorsque ses yeux bleu gris plongent dans les miens. J'ai la main poisseuse de l'alcool passé par-dessus bord. À mon grand désarroi, je sens mes joues s'embraser.

Je le repousse, agite la main pour la faire sécher, puis je m'avance sur l'herbe tendre. Il n'y a personne, à ce niveau. Ils sont tous agglutinés autour de la piscine ou dans la salle de jeux. On marche jusqu'à la pente suivante et là, on s'assied, pieds dans le vide, face à la ville.

– Donc, Agnès a seize ans. Et ton frère aîné ?, je demande en aspirant une larme de mon whisky-coca.

– Vingt ans.

– Il s'appelle comment ?

– Drew.

Drew. Pourquoi cela me dit-il quelque chose ?

– Oh, je me souviens ! Charlotte a parlé de lui, à la soirée de Michael.

– C'est ça.

– D'autres frères ou sœurs ?

– Non… (Il se tourne vers moi, esquisse un sourire.) Tu parles beaucoup pour quelqu'un qui s'en va demain…

– Tu as mieux à me proposer ?

Là, il sourit franchement.

– Tsst, désolée, mec, ce n'est pas mon genre.

À cet instant pourtant, j'aurais bien voulu justement être ce genre-là. J'avale une autre gorgée de mon cocktail et fais la grimace. Même avec du Coca, ça a un goût de merde. Il rit, regarde l'horizon devant nous. Il est aussi sexy de face que de profil.

– On est juste tous les trois, me dit-il. Avec deux ans de différence, entre chacun de nous. Mes parents étaient très méticuleux, question grossesse… (Il avale une bonne gorgée de son verre, sans faire de grimace, lui.) Et toi ?

– Je suis fille unique. Mon beau-père ne peut pas avoir d'enfant.

– Et ton vrai père ? Tu le vois ?

Aïe !

– Oui, de temps en temps… (Soudain, je pense à Barney et Phœnix.) Non, en fait, il a deux enfants de son côté, ce qui fait que j'ai deux demi-frères…

– Tu les avais oubliés ?, demande-t-il en riant.

Ooops.

– Il s'est remarié il y a peu de temps, je réponds, avant de changer de sujet. Et tes parents ? Ils se sont séparés quand ?

– Ils ont divorcé il y a huit ans environ.

– Et ta mère s'est remariée deux fois entre-temps ?!

– Les choses allaient mal entre eux, depuis un bon bout de temps. Bon, cette conversation devient pénible…

Je me tais, un peu vexée d'être ainsi envoyée sur les roses. Je bois une gorgée de whisky-coca. Plus vite j'aurais vidé mon verre, plus vite je pourrais le remplir à nouveau.

– Désolé, dit-il alors, conscient de mon malaise. Mais je n'aime pas parler de ça. (Il soupire, s'étend de tout son long sur les coudes, pieds dans le vide.) C'est juste que mon père était un vrai salaud, à l'époque. Maman a supporté pas mal de ses conneries. Mais je ne crois pas qu'il s'attendait à ce qu'elle le plaque, ni à ce qu'elle se trouve quelqu'un d'autre et demande le divorce.

Visiblement, il a décidé de tout me raconter.

– C'était ton beau-père numéro un ?

– Oui. Mais Rob et elle ne sont restés ensemble qu'une année. Papa est alors revenu, en continuant à coucher à droite à gauche, puis Maman a rencontré Tim. Il s'occupe bien d'elle. C'est ce qu'il lui fallait, quelqu'un de fiable. Et de riche, ajoute-t-il, l'air lugubre. Ça fait quatre ans qu'ils sont mariés. (Il fouille dans sa poche, en sort un paquet de clopes tout froissé.) Merde, grommelle-t-il, voyant qu'il ne lui en reste qu'une.

– Que fait ton père exactement ?

– Il est chanteur, répond-il en prenant une bouffée. Il appartenait à un groupe, avant.

– Lequel ?

Je le regarde recracher la fumée, lutte contre l'envie de lui demander une taffe. Après le discours de Johnny hier soir, à propos du tabac, je commence à penser que ce serait cool d'arrêter. La leçon de morale sur le sujet prend un tout autre poids, quand elle est donnée par l'un des *bad boys* les plus réputés de la planète.

– Casino Girl, tu connais ?

– Oui. Ma mère les adorait.

– Ça fait longtemps qu'ils ne font plus rien.

– Johnny m'a dit qu'il connaissait ton père.

– Oui, ils se connaissent en effet. Papa sortait beaucoup avec lui et son groupe, à l'époque où Johnny était célibataire.

– Et ta mère supportait ses frasques ?

– Hmmm… (Il hésite.) Agnès lui en a beaucoup voulu. Elle ne lui adresse plus la parole, depuis ce temps-là.

– Oh… C'est dur.

– Ouais… (Il se tait, contemple la ville à nos pieds.) Et puis Drew a choisi de vivre avec Papa. Alors Agnès ne lui a plus parlé, à lui non plus.

Raison pour laquelle, il n'est pas là, ce soir.

– Ça doit être pénible pour toi.

– Grave, dit-il, sinistre. Je déteste être pris entre deux feux.

– J'imagine…

Cela explique l'angoisse de sa sœur qu'il ne vienne pas à sa fête. Il est comme son unique frère. Elle compte sur lui. Je ressens une certaine pitié pour elle.

– Je ne sais pas pourquoi je te confie tout ça. D'habitude, je n'en parle jamais.

– Peut-être parce que je rentre chez moi demain. Tu ne me reverras pas, du coup, ça rend les confidences plus faciles.

– Hmm. Peut-être…

Il me regarde et face à la gravité de son expression, je sens mon cœur se serrer. Puis ses yeux descendent sur mes lèvres et là, mon cœur commence à s'affoler.

– Jack ? Tu es là !

On tourne la tête dans un même élan. Brandon est là, juste derrière nous.

– Tu as raté ton tour aux platines, mec. Ryan a pris ta place, du coup, tu passeras plus tard.

– Oh, d'accord, c'est OK.

– Agnès veut commencer. Tu es prêt ?

– Oui.

Il se lève et j'en fais autant, enlève les brins d'herbe sur mon jean. J'aurais aimé rester ici, avec lui, rien que nous deux. Brandon me lance un sourire plein de malice.

– Désolé de te l'enlever, mais il est très demandé, ce soir.

Jack lui jette un regard perplexe, mais Brandon ne le voit pas. Ça veut dire quoi, « très demandé », au juste ? Fait-il allusion à des filles ? À cette idée, ma gorge se noue. Mais demain, je serai loin, alors après tout, ça ne me regarde pas.

19.

Appuyée contre le mur pour ne pas gêner, je regarde Jack et son groupe brancher leur matos sur la petite scène. Il y a foule, maintenant. D'autres personnes sont arrivées et se partagent entre la salle de jeux et la terrasse, au bord de la piscine. J'observe tout particulièrement Eve, la façon qu'elle et Jack ont d'éviter tout contact visuel. Ils n'ont pas échangé plus de deux mots, depuis tout à l'heure. J'en mettrais ma main au feu, il y a quelque chose entre eux.

– Si tu es la nounou, comment tu as pu venir à la soirée d'hier avec Meg et Johnny ? Qui s'est occupé des enfants ?

Hé merde, Lissa revient à la charge. Elle se plante à côté de moi. Je la regarde en cherchant à toute vitesse dans ma tête quelque chose de cohérent à dire. Elle ne me lâchera pas, c'est sûr.

– Ils ont pris quelqu'un d'autre, ils se disaient que ça me ferait plaisir de les accompagner, pour mon dernier soir.

– Mais c'est ce soir, ton dernier soir.

– Ils sont super sympas, dis-je avec un sourire attendri.

Soudain, le son presque assourdissant d'une guitare électrique emplit l'espace. Je me retourne et vois Jack, Brandon et Miles se déchaîner sur la scène, Eve balançant la tête en rythme, face au micro. La foule se déchaîne. Dans sa robe rose bonbon, Agnès, juste devant la scène, les bras levés, bondit sur place en mesure. Eve commence à chanter, à marteler plutôt les paroles dans le micro, se servant de sa tête comme d'un métronome. À ce moment, je croise le regard de Jack. Il me fait un clin d'œil, je lui souris.

– Tu es consciente que s'il est avec toi, c'est uniquement parce que tu pars ?

Elle est encore là ? Je me tourne face à Lissa, bien décidée à l'envoyer promener, elle et ses airs de madame je-sais-tout.

– Oh... Parce que Jack n'est pas du genre à s'engager ? Ça tombe bien, moi non plus !

Ce qui n'est pas l'exacte vérité... D'accord, je n'ai encore jamais eu de petit copain attitré. Non que je n'en veuille pas. Une fois encore, l'image de Tom émerge dans mon esprit, mais même son souvenir n'atténue pas la douleur du venin craché par Lissa. Mais pas question de lui montrer que je suis touchée. Je la regarde droit dans les yeux. Visiblement, ma réponse lui a coupé le sifflet.

– Dans ce cas, vous êtes faits l'un pour l'autre, dit-elle, rabattant d'un coup sec ses cheveux blond platine en arrière.

Mission accomplie. Sans rien ajouter, je m'éloigne pour me fondre dans la foule des danseurs et bientôt, je m'abandonne aux décibels.

Le groupe enchaîne cinq morceaux qui méritent tous de devenir des tubes, selon moi. Le public proteste quand ils arrêtent de jouer, mais déjà le DJ envoie la musique. Jack enlève la sangle de sa guitare et pose son instrument contre le mur, avant de descendre de scène d'un bond, les yeux rivés sur moi. Mais Agnès l'intercepte en se jetant à son cou.

J'aperçois à ce moment Charlotte Tremway. Elle est là, elle aussi ; elle se colle à Brandon, une main sur son torse, un sourire aguicheur aux lèvres. Ce dont il a l'air de se foutre. Elle s'écarte et se rabat sur Jack. Elle prend son visage entre ses mains et l'embrasse sur la bouche. La jalousie me vrille les entrailles et je détourne les yeux. Je remarque alors Eve dans la foule. Elle les a vus, elle aussi. Elle se retourne, se fraie un passage parmi les danseurs et disparaît dans la salle de jeux.

Avant même de pouvoir prendre conscience du manège auquel je viens d'assister, je sens des mains se poser sur mes hanches. Je fais demi-tour, c'est Jack.

– Hello, dit-il.

Je le dévisage, mes émotions en plein chaos. Lui me sourit, manifestement indifférent à toutes les attentions dont il fait l'objet. Je ne sais que penser. Je n'aime pas la réputation qu'il se traîne, ce qui ne m'empêche pas d'être terriblement attirée par lui. Il commence à danser avec moi et il est si près, si sexy, que soudain ma décision est prise. Je veux profiter à fond de cette soirée. Parce que demain, tout ça appartiendra au passé.

– Il faut que j'aille prendre mon tour aux platines !, me crie Jack à l'oreille après un moment, mains autour de ma taille. (Il me montre l'estrade, de l'autre côté.) Tu viens m'aider ?

– Tu rigoles ?

Il me sourit, prend ma main et pendant que nous traversons la foule, mon stress ne fait que croître. Deux ou trois fois, il est abordé par des filles un peu trop tactiles à mon goût et qui se comportent ostensiblement comme si je n'existais pas. Jack se montre amical, mais ne drague pas. Et ne me lâche pas la main. Enfin, on arrive à l'estrade et il va parler à son copain, un grand type blond-roux, casque sur la tête. Je le reconnais d'hier soir. Jack lui envoie une claque sur l'épaule et se tourne vers moi.

– Tu te rappelles Jessie ?

– Salut, Jessie. Moi, c'est Morgan.

Ah oui, c'est ça. Il enlève son casque et le passe à Jack. Puis il s'éloigne et Jack m'attire devant les platines. Il fouille dans le paquet de disques et très vite en sort un de sa pochette, en faisant bien attention à ne pas poser les doigts sur les sillons. Il le place d'une main experte sur la platine de droite et quand le disque précédent approche de la fin sur celle de gauche, il lance le sien, si bien que les deux rythmes ne font plus qu'un. Puis il appuie sur un bouton et son propre morceau – *I'm not Going to Teach Your Boyfriend How to Dance with You* de Black Kids – enchaîne sans le moindre à-coup.

OK. Maintenant, j'ai vraiment envie qu'il m'embrasse.

D'un coup de menton, il me fait signe de regarder dans le stock de disques, alors tout en me déhanchant, je fouille dedans. Je n'ai pas la moindre idée de la façon dont on opère, même si en le regardant faire, j'ai vraiment envie d'apprendre. Mais dans l'immédiat, je m'en tiens juste à l'aider dans la sélection des chansons. Soudain, je tombe sur un disque de Wombats que je tends aussitôt à Jack ; il me sourit. C'est tout juste si je ne fonds pas devant ce sourire.

Ça dure à peine une heure, mais jamais je ne me suis autant amusée. Dommage, le temps passe trop vite. Déjà Miles vient prendre le relais.

En dépit de l'atmosphère super cool, je me sens ridiculement tendue. Jack me trouble tellement. Je le sais, je vais être à cran comme ça jusqu'à ce que ses lèvres touchent les miennes. Il faut que je me calme, si je ne veux pas l'effaroucher. Il m'entraîne dans la foule et là, j'oublie toutes mes inhibitions. Je noue mes bras à son cou et danse avec lui. Du coin de l'œil, je vois Charlotte et Lissa qui nous observent, mais je m'en moque. Tout ce qui m'importe, ici et maintenant, c'est Jack. Jack et moi.

Je plonge mes yeux dans les siens, si bleus et à la fois si gris, leur éclat tellement plus intense sous cette lumière. Il soutient mon regard et j'ai l'impression que chacun de mes nerfs est à vif. C'est comme un courant électrique entre nous. Son torse puissant contre mes seins, je sens chacun de ses muscles vibrer sous son T-shirt. Puis il enfouit les doigts dans mes cheveux, sa main s'arrête sur ma joue et il approche son visage du mien pour m'embrasser. J'entrouvre les lèvres, transportée, sa langue se noue à la mienne dans un baiser passionné. Il embrasse comme un dieu et je suis à moitié groggy quand il s'écarte, son visage à quelques centimètres à peine du mien.

– Si on allait dans ma chambre ?

Sa question est tellement sans équivoque que j'en suis un peu choquée. Je ne suis pas ce genre de fille – je n'ai encore jamais été avec un garçon comme ça et je ne suis pas prête à perdre ma virginité avec quelqu'un que je viens juste de rencontrer –, mais j'ai tellement envie de me retrouver seule avec lui, loin de toutes ces filles et de leur curiosité malsaine.

– Bien sûr.

Sa main se referme autour de la mienne avec une sorte d'urgence, tandis que nous sortons de la salle de jeux. Je suis vaguement consciente des regards sur nous et je tente de me convaincre que ça n'a aucune espèce d'importance, vu que demain, je serai partie et que je ne les reverrai jamais. N'empêche, je me sens un peu angoissée.

C'est plus calme, dans la maison. Jack me lâche la main et nous prenons l'escalier. Quand nous arrivons devant la porte de sa chambre, l'appréhension fait battre mon cœur à cent à l'heure. Je le suis à l'intérieur et attends, hésitante, près de la porte alors qu'il ferme les rideaux. Il se déplace avec calme et détermination, allume la lampe de chevet et sort un iPhone de sa poche. Un son envahit la pièce, comme une pulsation cardiaque, les premières notes lancinantes et moroses de *Running up That Hill* de Placebo résonnent dans les enceintes sur le bureau.

Jack s'approche sans hâte, referme la porte derrière moi. Je fais un pas de côté, en proie à une excitation fébrile, à une nervosité extrême quand il tourne la clé dans la serrure. Puis ses mains sont sur moi et son regard est grave quand il m'entraîne vers le lit.

– Je ne suis... Je ne peux pas..., je bredouille, ne sachant soudain plus très bien ce que je veux ni dans quoi je me suis lancée.

– Je veux juste t'embrasser encore une fois, murmure-t-il, et sa bouche atterrit sur la mienne, ses mains agrippent mes cheveux et je bascule sur le lit avec lui, n'aspirant qu'à lui rendre son baiser.

Non, je veux plus que ça... Je mentirais si je prétendais le contraire. Mais je ne peux pas. Je le connais à peine. Il vient sur moi, le poids de son corps pèse sur le mien d'une façon délicieuse. Puis il glisse une jambe entre les miennes et je sens le désir qui me submerge quand je comprends qu'il a envie de moi, lui aussi. Je le sens. *Oh !* On ferait mieux d'arrêter tout de suite.

Un téléphone commence à sonner et Jack marmonne avant de s'arracher à moi.

– C'est le tien, dit-il en regardant mon sac.

Quoi ? Qui m'appelle à cette heure ? Il roule sur le côté et je me lève, attrape mon sac et en sors l'iPhone toujours en train de sonner. C'est Davey.

– Je croyais que tu n'avais pas de portable, dit Jack derrière moi.

– Je l'ai emprunté pour la soirée. Allô ?, dis-je à bout de souffle, les lèvres gonflées de nos baisers.

– Mademoiselle Pickerill ?, lance Davey, tout joyeux. Je suis devant le portail. Je vous attends.

– Mais je croyais que c'était moi qui devais vous appeler... ?

Je m'empare de la main de Jack et regarde l'heure à sa montre. Mince. Il est une heure du mat.

– Monsieur Jefferson m'a demandé de vous ramener.

C'est une plaisanterie ! Johnny est pire que Stu. Au moins à la maison, je peux faire le mur et rentrer discrètement quand ça me chante.

– Dois-je venir vous chercher ?, insiste Davey et je perçois dans sa voix une certaine sévérité qui m'avait échappé jusqu'à présent.

– Non, j'arrive, je réponds, partagée entre déception et résignation.

– Dans cinq minutes, ajoute-t-il, façon ultimatum.

– OK. (J'interromps la communication et me tourne vers Jack.) Mon taxi est là, dis-je avec regret.

– J'aurais pu te raccompagner, dit-il, morose, en se hissant sur les coudes.

– Tu as picolé.

Il soupire, à l'évidence contrarié, tandis que je range mon téléphone et glisse mon sac à l'épaule.

– Tu m'accompagnes ?

– Oui, bien sûr !

Il se lève d'un bond et je me dirige vers la porte. Je sens sa main brûlante dans mon dos, puis il se penche devant moi pour tourner la clé dans la serrure. Je tourne alors la tête et sa bouche prend aussitôt la mienne. Nous échangeons un baiser de feu. Je n'ai jamais ressenti ça de toute ma vie. J'ai la tête qui tourne. Quand il détache ses lèvres des miennes et me regarde, je suis à deux doigts d'éclater en sanglots. Je serre les dents et me détourne. Lorsque nous descendons, il ne me touche pas.

– Par ici, dit-il à voix basse, en m'entraînant vers la porte d'entrée.

Il l'ouvre, appuie sur un bouton sur l'interphone à côté. J'entends le bruit du portail automatique qui s'ouvre.

– Je peux y aller toute seule, dis-je, ne voulant pas que Davey s'imagine des choses en voyant Jack, aussi vraies soient-elles.

– D'accord, répond-il, l'air peiné. Je n'ai pas envie que tu partes, ajoute-t-il en m'enlaçant.

Ce baiser, notre dernier, est d'une douceur inouïe.

Quand je m'éloigne, mes yeux sont pleins de larmes, alors j'essaie de ne pas me retourner.

– Salut, Jessie !, lance-t-il derrière moi.

À ce moment, je fais demi-tour et parcours les derniers mètres à reculons.

– Salut, Jack. À un de ces jours…

Mais je le sais, il n'y aura pas d'*un de ces jours*.

Je fais de mon mieux pour imprimer cette image de lui devant cette porte dans mon esprit et lui adresse un ultime sourire. Puis je passe le portail, la limousine est là qui m'attend. La gorge serrée, je regarde Davey descendre de voiture.

– Mademoiselle Pickerill, dit-il en m'ouvrant la portière.

Non, non et non, je ne pleurerai pas avant d'être dans la voiture, à l'abri des regards.

20.

Ce soir-là, je m'endors en pleurs et quand vient le matin, je me sens triste à mourir, les yeux rougis, gonflés. Pour la première fois depuis une éternité, mes larmes n'ont pas coulé à cause de ma mère. Et j'en éprouve une sorte de soulagement, même si la douleur est vive.

Je traîne dans mon lit un moment à regarder le plafond. Il est tôt, mais je le sais, je ne me rendormirai pas. En fait, je n'ai aucune envie de rentrer à la maison. Pas déjà. Je viens juste de rencontrer ma nouvelle famille. J'ai un père ! Et des demi-frères que je connais à peine. Je refuse de jouer un rôle mineur dans leur vie. Je veux qu'ils me connaissent. Qu'ils sachent que je suis leur grande sœur. Un sentiment de tendresse m'envahit quand je pense à eux, une tendresse qui, j'en suis sûre, évoluera en un amour fraternel plus fort que tout. J'ai envie de les voir grandir. Et de ne pas me sentir comme une étrangère, chaque fois que je viens.

Et puis, il y a Jack… Je viens tout juste de faire sa connaissance, mais je suis déjà folle de lui. Et j'enrage que tout entre nous soit déjà terminé, avant même d'avoir vraiment commencé.

Je suis encore au bord des larmes quand je me décide à descendre, pour mon dernier petit-déjeuner. Mon vol est à quatorze heures. Je ne supporte pas l'idée de commencer mes bagages. De toute façon, tout ne va pas rentrer, après toutes ces sorties shopping. Il me semble que ça fait des siècles que nous avons été sur Melrose Avenue, Meg et moi. Tant de choses se sont passées en quarante-huit heures, et surtout la nuit dernière.

Un frisson me parcourt au souvenir des lèvres de Jack sur les miennes, de son corps lourd sur le mien. J'en ai des picotements partout tant j'ai envie de l'embrasser, de sentir ses mains sur moi. Je me mordille la lèvre, entre nervosité et euphorie, en pensant à ce qui aurait pu arriver si Davey n'avait pas appelé. Jusqu'où serions-nous allés ? Et aurais-je trouvé la force de lui dire non ?

Lorsque je débarque dans la cuisine avec mes idées noires, Meg et les garçons sont en train de prendre leur petit-déjeuner. Johnny est là, lui aussi, devant un café.

– Hello, ma grande !, dit-il.

– Salut !, s'exclame Meg. Tu as passé une bonne soirée ?

– Trop courte à mon goût…

Et j'adresse à Johnny un regard plein de reproches, auquel il répond par un haussement d'épaules, l'air innocent.

J'attrape une chaise, m'y effondre dessus.

– Tu veux que je te prépare quelque chose ?, demande Johnny, mine de rien.

C'est la première fois qu'il le propose, depuis que je suis ici.

– Non, je n'ai pas faim.

– Tu as encore trop bu ?

– Ce n'est pas pour ça que je n'ai pas faim.

Je regarde Phœnix qui ouvre sa petite bouche d'oisillon, tandis que Meg lui donne la becquée. Barney se sert de sa cuillère comme d'un avion et la fait se crasher dans ses céréales.

– Barney, n'en mets pas partout !, le gronde Meg et soudain, l'envie de pleurer me submerge.

Je me lève et quitte la pièce en courant. La baie vitrée est grande ouverte, la chaleur du matin s'invite dans le salon. Je me précipite dehors et craque – impossible de lutter contre mes larmes. Je traverse la terrasse, secouée de sanglots irrépressibles.

– Hé, hé, dit Johnny avec douceur derrière moi. Jessie, qu'est-ce qui ne va pas ?

Je me retourne et me blottis contre lui, en pleurs. Après une hésitation, ses bras se referment autour de moi. C'est la première fois que nous nous étreignons.

– Chhhuut. Chhuut, tout va bien. Que se passe-t-il ?

– Je n'ai pas envie de rentrer chez moi, je bredouille, entre deux sanglots. Pas déjà. Je viens juste d'arriver…

Impossible d'ajouter autre chose, je pleure trop.

– Chut, là, chut, répète-t-il en me berçant doucement.

À ce moment, je me sens plus proche de lui que je ne l'ai jamais été.

– Tu n'es pas obligée de rentrer chez toi, dit-il d'une voix grave.

– Quoi ?

Je m'arrache à ses bras et le regarde, les larmes continuent de rebondir sur mes joues.

– Tu n'es pas obligée de rentrer chez toi, si tu n'en as pas envie, dit-il à nouveau en essuyant mes larmes.

– Mais je... Mais mon avion est à quatorze heures.

– On peut toujours annuler, dit-il avec calme, en plongeant ses yeux verts dans les miens.

– Quoi ? Tu es sérieux ? Je peux rester ?

Il rit doucement.

– Moi aussi, je viens juste de faire ta connaissance, dit-il et il écarte une mèche sur mon front. Tu me rappelles tellement Candy, tu sais.

J'en reste d'abord bouche bée, puis je secoue la tête.

– On ne se ressemble pas du tout.

– Mais si. Plus que tu ne l'imagines. Tu as son sourire... Son nez... (Il me tapote le nez du bout du doigt.) La forme des yeux... Bon, leur couleur, c'est moi, concède-t-il. Moi non plus, je n'ai pas envie que tu partes.

Ses paroles me font tourner la tête. Je veux tellement le croire.

– Mais... Et tes vacances ? Vous partez demain, non ?

– Tu n'as qu'à venir avec nous.

Un espoir fou déferle dans mon cœur et c'est à peine si je peux parler.

– Tu es sérieux ?

– Il ne me viendrait pas à l'idée de plaisanter avec ça.

– Mais, Meg ? Est-ce qu'elle sera d'accord pour que je reste ?

– Je n'ai pas besoin de sa permission.

Mon optimisme fait le grand plongeon. Meg commence juste à m'accepter, je ne voudrais pas qu'elle se remette à me détester.

– Elle ne dira rien, ajoute-t-il pour me rassurer – peut-être pour s'en convaincre lui-même.

– Je l'aiderai plus, à la maison. Je pourrai surveiller Barney et Phœnix. Je... Je peux aussi aider Eddie à la cuisine...

– Stop !, s'exclame-t-il en riant. Tu n'es pas obligée de faire tout ça. Sauf si tu en as envie. Bon, et si on appelait ton beau-père, d'accord ?

Merde. J'avais oublié Stu. Comment réagira-t-il quand il va savoir que je ne veux pas rentrer tout de suite ? Un sentiment de culpabilité me titille, mais je me dépêche de zapper. Je dois rester. Il faut que je reste.

– Tu veux qu'on l'appelle ensemble ?

– Il ne vaudrait pas mieux en parler à Meg, d'abord ?

– Hmm, oui, répond-il avec une grimace. Oui, c'est une bonne idée... (Il me frictionne gentiment les bras, puis s'éloigne.) Je reviens tout de suite.

Je me mets à faire les cent pas sur la terrasse, le cœur au bord de l'implosion, trop nerveuse pour m'asseoir. Quelques minutes plus tard, il réapparaît à la porte et quand il me sourit, je suis tellement heureuse que je pourrais m'envoler.

– Viens ! On a un coup de fil à passer.

21.

Stu a l'air si heureux quand il comprend que c'est moi, à l'autre bout du fil. Et moi, je me sens tellement coupable à l'idée de ce que je m'apprête à lui annoncer.

– Tes bagages sont prêts ?, demande-t-il sur un ton enjoué.

– Je crois que je vais rester !

Un silence.

– Pardon ?

– J'aimerais rester un peu plus. Johnny est d'accord.

– Oh. Bien.

Il semble déconcerté.

Johnny tend la main pour me prendre le téléphone.

– Johnny veut te parler…

– Oh ? Bien…

Exactement les mêmes mots, sauf que maintenant, il a l'air à cran. Je passe l'appareil à Johnny.

– Bonjour. Ravi de vous entendre…

Et me revoilà, témoin d'une conversation à sens unique, encore une fois.

– Oui, c'est exact. Et j'aimerais aussi qu'elle reste… (Un silence.) Si vous êtes d'accord.

Il a intérêt à l'être, je pense, tout en me rongeant les ongles, les yeux rivés sur les tatouages qui tapissent le bras de Johnny.

Soudain, je me souviens de Jack et ces idiots de papillons dans mon ventre s'envolent tous en même temps.

Stu donne son accord, à la condition expresse que je sois à la maison pour la rentrée scolaire ou avant, si je change d'avis et souhaite revenir plus tôt.

Johnny me tapote le dos et je dis au revoir à Stu. Puis il sort du bureau, me laisse à mes pensées. J'ai promis à Stu de l'appeler régulièrement et il m'a dit qu'il téléchargerait Skype, comme ça, il pourrait me voir.

Peu après, je remonte dans ma chambre et m'assieds sur le lit, histoire de faire le point. Je ne rentre pas à la maison. Je ne rentre pas à la maison. J'arrive pas à y croire. Je reste. Je reste ! Je vais passer l'été à L.A. ! Apprendre à mieux connaître mon nouveau père ! Ma nouvelle famille ! Et Jack…

Mais au fait, Tom ? C'est comme si je l'avais oublié. Je le sais, quand je vais le revoir, j'aurai encore des sentiments pour lui. Mais il est tellement loin. Peut-être qu'il va rencontrer une fille à Ibiza, avoir une histoire avec elle, le temps d'un été. Cette pensée a un goût acide, dans ma bouche. Mais la douleur se calme quand je pense à Jack, à tout ce qui est susceptible d'arriver. Comment va-t-il réagir lorsque je lui apprendrai que je reste ?

« Tu es consciente que s'il est avec toi, c'est uniquement parce que tu pars ? » Les paroles de Lissa reviennent me hanter. Jack n'est pas du genre à s'engager dans une relation…

Je devrais lui envoyer un texto. Demain, on s'envole à bord du jet de Johnny, direction les îles Vierges, mais je veux qu'il sache que je serai bientôt de retour à L.A. Bien sûr, je pourrais le laisser mijoter, mais à quoi bon jouer à ce petit jeu ? Et si entre-temps, il sortait avec une autre fille ? Non, il faut vraiment que je le contacte. Mais aujourd'hui, j'ai juste envie de laisser les choses se poser. Deux coups à ma porte m'arrachent à mes pensées.

– Je peux entrer ?, demande Meg.

– Bien sûr !

Je l'observe quand elle entre. Elle ne semble pas énervée. Mais je n'ai pas oublié, elle a quand même dit à un moment donné qu'il fallait que je dégage avant leurs vacances.

– Salut, dit-elle.

– J'espère que tu es d'accord pour que je reste un peu plus, dis-je, hésitante. Je ne veux pas que ça crée un problème entre Johnny et toi.

Elle secoue la tête avec un petit sourire blasé.

– Johnny et moi avons traversé des épreuves plus graves que ça, je peux te l'assurer. (Elle vient s'asseoir à côté de moi.) Je comprends que tu veuilles rester, dit-elle avec douceur, le regard plein de compassion. Et tu as raison, c'est trop tôt pour que tu rentres. Johnny et toi, vous avez tant de temps à rattraper.

– Il ne s'agit pas que de Johnny. C'est aussi à cause de Barney et de Phœnix. Jusqu'ici, j'étais fille unique. À la maison, c'était juste Maman et moi. Et Stu.

– Les garçons t'adorent, eux aussi.

Meg soupire et je retiens mon souffle en me demandant ce qu'elle va dire.

– Écoute, je veux être honnête avec toi. Lorsque Johnny m'a parlé de toi, j'étais terrifiée. Je sais qu'il t'a expliqué, pour Barney, que je ne lui ai pas dit s'il était son fils, pendant plus d'un an après sa naissance.

J'acquiesce d'un signe de tête. Johnny a dû lui raconter notre conversation de vendredi soir.

Elle soupire à nouveau, contemple ses mains.

– Je sais que ça semble horrible. Tu dois me prendre pour une garce sans cœur. Pourtant, je peux te le jurer, à cette époque, je ne voyais pas d'autre issue.

J'ouvre la bouche pour lui dire que je ne la trouve pas sans cœur, même si au début elle s'est moquée de moi en me traitant de caricature de rock star, mais elle enchaîne. Impossible d'en placer une.

– Je suis sûre que tu as entendu parler des problèmes de Johnny par rapport à la drogue et à l'alcool ?

– Oui…

Va-t-elle enfin me raconter comment Johnny et elle se sont rapprochés ?

– Bien sûr, à moins d'avoir vécu sur Pluton ces dix dernières années, dit-elle, sarcastique. Eh bien, quand je travaillais pour lui comme assistante, nous avons eu une liaison. Je suis tombée amoureuse de lui. Je ne voulais pas – je savais que ce n'était pas une bonne chose, pour moi –, mais c'était plus fort que moi. À cette époque, il n'avait aucune envie de s'engager dans une relation…

Ses paroles me ramènent à Jack, mais j'essaie de me concentrer.

– Christian, le plus vieil ami de Johnny, venait souvent nous voir ici, à L.A. Il était en train d'écrire la biographie de Johnny… (Elle se tait, regrette peut-être déjà d'avoir pris la décision de me raconter tout ça.) Bref, je ne vais pas entrer dans les détails…

– Je t'en prie. J'ai besoin de savoir.

– OK, répond-elle, après une hésitation. Donc, quand les choses ont mal tourné avec Johnny, j'ai quitté L.A. pour rentrer chez moi. Christian, qui avait toujours été très gentil avec moi, est venu me retrouver et nous sommes devenus amis. Et plus que ça, par la suite.

Je ne dis rien, attendant qu'elle poursuive.

– Quand il l'a appris, Johnny est devenu fou… (Elle me regarde et, à ces souvenirs, ses yeux étincellent.) Il m'a dit qu'il m'aimait, qu'il voulait que je revienne à L.A. avec lui et… J'ai refusé. Je ne pouvais pas faire ça à Christian. Mais je… Bref. (Elle tourne la tête, gênée.) Les choses ont dérapé. Nous… (Elle se tord les mains, peine à sortir les mots.) Je suis tombée enceinte.

Quelque part, en me racontant ça, elle semble tellement vulnérable.

– Et le jour où je suis allée passer ma première échographie, j'ai compris que Johnny ne changerait jamais pour moi… (Elle inspire un grand coup.) Je ne m'attendais pas à ce que ce soit si difficile d'évoquer tout ça.

– Je suis touchée que tu le fasses, vraiment.

Et je le pense. En me faisant ces confidences, elle montre qu'elle me respecte. Je ne suis pas n'importe qui. Je suis la fille de Johnny et elle me traite comme quelqu'un faisant partie de sa famille. De leur famille. En prenant conscience de ce fait, je ressens une profonde affection pour elle.

– Je sais, j'aurais dû parler à Christian… À Johnny… Mais la vérité, je pensais que Johnny prendrait ses jambes à son cou s'il apprenait que j'étais enceinte. Et puis, Barney pouvait être l'enfant de Christian. Je voulais tellement alors qu'il le soit… (À nouveau, elle s'interrompt.) Lorsqu'il est né, avec ses cheveux noirs et ses yeux bleus, j'étais si soulagée d'avoir pris la bonne décision… (Elle sourit face à ma perplexité.) Je sais, aujourd'hui Barney est blond aux yeux verts, mais ces caractéristiques ne lui sont venues qu'au bout de plusieurs mois. Et alors là, je me suis retrouvée dans de beaux draps, dit-elle, pour être polie devant moi. J'ai revu Johnny pour la première fois au décès de la maman de Christian…

Elle se tait, craignant, je suppose, de raviver en moi le souvenir de la mort de ma propre mère.

– C'est bon, je chuchote pour la rassurer.

– Après avoir vu une photo de Barney, Johnny a eu vite fait de faire le rapprochement. Oh, quelle année ! Christian et moi avons rompu, comme tu peux l'imaginer ; quant à Johnny, il était avec cette espèce de… Grrr ! (Elle fait une grimace.) Cette nana… Beurk ! Une fille vraiment détestable…

Wow, la fille devait être vraiment terrible pour susciter une telle réaction de sa part.

– Bref, Johnny et moi, nous sommes redevenus amis, même s'il était encore sérieusement perturbé… Et puis, il s'en est sorti, a rompu avec cette salope. Pardon… (Elle m'adresse un regard penaud, mais je lui souris.) Finalement, on s'est remis ensemble… (Son visage s'éclaire.) Voilà, tu sais tout. Un vrai conte de fées, non ?

– Quelle histoire !

– Bref, tout ce que je veux dire, c'est que je comprends pourquoi ta mère a estimé qu'il valait mieux te taire la vérité sur toi et Johnny. Dans le seul but de te protéger.

Instantanément, je me rétracte. Je ne m'attendais pas à ce genre de conclusion et je ne me sens pas prête à parler de ça avec Meg. Elle a beau avoir traversé des tas de trucs avec Johnny, elle ne sait rien sur ma mère.

– Elle pensait évidemment agir pour le mieux...

– Eh bien, elle s'est trompée, je l'interromps. Barney a été absent une année de la vie de son père, mais au moins n'en garde-t-il aucun souvenir. Phœnix, lui, a pu profiter de son papa dès le départ. Moi, j'en ai quinze... Je n'aurais jamais dû être privée de père tout ce temps.

Et merde, voilà que j'ai envie de chialer encore une fois. Meg semble mortifiée.

– Pardon, dis-je à voix basse. Je sais, ce n'est pas de ta faute. Tu n'es pas ma mère. Mais je donnerais tout pour qu'elle soit ici, maintenant, comme ça je pourrais m'expliquer avec elle..., je chuchote, la voix chevrotante, avant de me taire, à cause des larmes qui débordent et que j'essuie d'un geste rageur.

– Je suis désolée, me dit Meg avec douceur tout en me frottant le dos. Je ne peux même pas imaginer ce que tu dois ressentir. Mais si tu as besoin de moi, je suis là. Nous sommes tous là pour toi.

Je hoche la tête, la gorge trop serrée pour dire merci.

22.

– Tiens, je te rends ton iPhone, dis-je un peu plus tard, ce soir-là, à Johnny.

Il est affalé sur le canapé, plongé dans la lecture du *Sunday Times*. Il a dû l'acheter spécialement.

– Merci de me l'avoir prêté, même si Davey l'a fait sonner un peu trop tôt, j'ajoute, ironique.

– Garde-le.

– Quoi ? Sérieux ? Un iPhone ?

C'est limite si je ne m'évanouis pas de bonheur.

– Annie t'aidera à transférer tes contacts, si tu veux. Elle est douée avec ce genre de trucs.

Je contemple le téléphone dans ma main, en lévite presque de joie.

– Et à propos de Davey…

Je le regarde. Il est en train de m'observer, l'air grave, le journal à la main.

– Tu as quinze ans. Je ne sais pas comment ça se passe, chez toi, mais ici tu es tenue au couvre-feu. Obligation de rentrer à une heure du matin. C'est clair ?

J'acquiesce d'un signe de tête, docile, et ce n'est que plus tard que je prends conscience d'avoir beaucoup moins de difficultés à obéir à Johnny que je n'en ai eu avec Stu. Comment interpréter ça ?

Le lendemain matin, à l'heure de faire les bagages, c'est l'effervescence. Pour Meg, pas question que Carly ou Sharon s'en mêle, ce que je comprends très bien. Je veux être sûre d'emporter mes affaires préférées – pour la plupart, des nouvelles fringues achetées ici. Quand Annie vient me retrouver dans ma chambre, je suis en train de boucler mon sac.

– Johnny m'a dit qu'il t'avait donné l'iPhone de dépannage ?

En short et T-shirt, elle est habillée plus décontractée que d'habitude, mais garde cet air de petit lutin espiègle, avec ses cheveux noirs hyper courts et ses yeux verts pleins de malice.

– Exact…

J'attrape l'appareil sur la table de chevet et lui souris. J'ai décidé de ne pas appeler Jack, hier soir. Je n'ai pas envie d'avoir l'air aux abois. Mais ça n'a pas été sans mal.

– Tu veux que je transfère tes contacts, pendant que tu seras partie ?

– Oh… Pourquoi quand je serai partie ? On pourrait pas le faire maintenant, pour que je puisse l'emporter ?

– Les portables ne passent pas, là-bas. L'île est une zone blanche.

– C'est pas vrai ? Comment vais-je pouvoir envoyer des textos à Jack ?

– Si, c'est vrai, dit-elle avec gentillesse.

– Et les mails ?, je demande, car sur sa carte de visite, je me souviens d'une adresse mail.

– Désolée. Quand Johnny et Meg décident de déconnecter, ils ne font pas les choses à moitié.

– Mais... Et en cas d'urgence ? Et si je dois appeler mon beau-père ?

– Il y a un téléphone par satellite sur l'île, si besoin, me rassure-t-elle. Tu pourras appeler ton beau-père avec...

Pfff. Et Jack ?

– Alors ? Je vais transférer ton répertoire sur ton nouvel iPhone, tu l'auras prêt à ton retour. Tu n'as qu'à me laisser l'ancien et celui-là...

Elle tend la main, mais j'hésite. Je n'imagine pas partir deux semaines sans dire à Jack que je ne suis finalement pas rentrée chez moi.

– Je peux te les descendre dans une minute ?

– Bien sûr. Mais dépêche-toi. Je vais envoyer Davey chercher ton sac, ajoute-t-elle, et elle tourne les talons.

– OK, je réponds, l'esprit ailleurs.

Mais où est-ce que j'ai pu mettre la carte de Jack ? J'ouvre mon sac et fouille, en panique totale, froisse tous mes vêtements bien pliés. Mais qu'est-ce que j'en ai fait, merde ? Et re-re-merde ! Où est-elle ? Oh, quelle idiote ! Je l'ai glissée dans mon sac à main. Espèce de nouille !

Davey frappe à ma porte et je lui demande trois secondes, le temps de refermer mon sac de voyage. Il entre et l'embarque, tandis que je cherche la carte dans mon sac. J'ai le cœur complètement affolé et je dois m'y reprendre à quatre fois pour composer le bon numéro. Puis j'entends Johnny qui m'appelle d'en bas et je lui réponds en hurlant que j'arrive. J'aurais aimé avoir plus de temps pour penser à ce que je veux écrire, mais bon, je n'ai pas le choix.

« C'est Jessie. Voici mon nouveau numéro. Je suis encore ici ! Je ne suis pas rentrée chez moi. Je pars en vacances et serai injoignable pendant deux semaines. Espère te voir à mon retour ??? »

J'appuie sur Envoi et sors en courant de ma chambre, portable à la main. Combien de temps encore, avant de partir pour l'aéroport ? Grrr ! Et Annie qui veut récupérer les deux appareils tout de suite ! Je ne peux pas ! Je descends l'escalier à toute vitesse et tombe justement sur elle.

– Alors, tu me les confies ?, demande-t-elle en désignant l'iPhone dans ma main.

– Je ne peux vraiment pas emporter celui-là ?

– Les portables là-bas ne passent…

– Je sais ! Mais si quelqu'un cherche à me joindre, entre ici et l'aéroport ?

Elle me regarde, l'air amusé.

– Écoute, je peux aussi transférer tes contacts quand tu seras rentrée, si tu préfères ?

– Ce serait génial !

Pour un peu, je lui sauterais au cou.

Barney dévale les marches derrière moi, un camion de pompier Playmobil dans les bras.

– Mais mon grand, s'esclaffe Johnny. Tu ne peux pas prendre ça, voyons ! Qui va le porter ?

– Moi, je propose.

Barney me fait à ce moment un sourire très mignon ; je craque et en oublie le texto que je viens d'envoyer. Cinq secondes, pas plus. Après j'y repense. Je ne pense même qu'à ça. Tout le long du trajet jusqu'à l'aéroport.

– Tu attends un coup de fil, peut-être ?, me demande Johnny, sur un ton vaguement moqueur.

Je hoche la tête, les yeux rivés sur le téléphone. *Allez, Jack. Réponds-moi.* Je suis tellement anxieuse que c'est à peine si je prête attention à ce qui m'entoure lorsque nous empruntons la petite passerelle pour embarquer à bord du jet métallisé en attente sur l'une des pistes privées de l'aéroport, à une demi-heure de la ville.

– Tu vas devoir l'éteindre maintenant, dit Meg avec douceur quand je prends place dans un fauteuil ergonomique en cuir crème.

Ping ! Mon cœur s'arrête pile à l'annonce de l'arrivée d'un message et je m'empresse de le lire.

« Wow. Cool. Appelle-moi dès ton retour. Jack. »

Et c'est tout ? J'attendais autre chose, je ne sais pas trop quoi, mais… Un bisou au moins. Un smiley, quelque chose. Mais où ai-je la tête ? Il n'est pas ce genre de garçon. Je le sais. Je renvoie un message, bref. « OK »

Puis j'éteins mon téléphone et je suis sûre d'une chose. Je vais passer les deux prochaines semaines à m'inquiéter, parce que je lui ai répondu trop vite.

Les bungalows sur la plage sont plutôt petits, mais super bien équipés. J'en ai un pour moi toute seule, avec un immense jacuzzi derrière le lit. Je peux ainsi faire trempette et admirer derrière la fenêtre l'immensité de l'océan. On a du personnel à notre disposition – Meg m'a dit qu'ils étaient toute une armée sur le site – et chaque matin, on a droit à des fruits frais et à un massage sur la plage, puis on va explorer les eaux avec masque et tuba. J'ai même appris la plongée et découvert les merveilles d'un monde sous-marin que je ne soupçonnais pas.

On passe nos après-midi à se balader au cœur d'une végétation luxuriante, à buller sur le sable ou encore à visiter en bateau les îles voisines ; parfois, je bouquine. Le soir, on dîne sur la plage pour voir le soleil sombrer dans l'océan. On mange du poisson frais, des trucs genre langouste, auxquels je n'avais jamais goûté jusqu'ici, mais que je trouve vraiment bons.

Je culpabilise en pensant à Stu, chez nous, dans notre petite maison, tout seul pour ces vacances d'été, et je me doute que Maman doit lui manquer. Et probablement que je lui manque, moi aussi.

Je l'appelle à deux reprises – vite fait, juste pour lui donner des nouvelles. Le téléphone satellitaire est un appareil monstrueux qui ne facilite pas vraiment les conversations, mais au moins ça marche. Il me dit que Natalie a appelé et il lui a expliqué que je restais un peu plus longtemps chez mon père biologique. Elle était sous le choc, m'a-t-il confié, mais à aucun moment ils n'ont évoqué Johnny Jefferson. J'en suis sûre, elle doit encore penser que je la fais marcher avec ça. Mais bon, elle me manque et je suis heureuse qu'elle ait cherché à me joindre.

Quant à Jack… Eh bien, je pense à lui aussi, beaucoup. Pour être franche, les premiers jours, ça virait même à l'obsession. Mais je commence à me calmer. Je passerai encore deux semaines à L.A., avant de rentrer chez moi, pour la reprise des cours, alors, on verra bien. J'ai bien assez souffert comme ça avec ma mère pour supporter d'avoir le cœur brisé par un garçon. Non, c'est hors de question.

On arrive à la fin des vacances. Allongée sur le sable, je contemple les étoiles. Elles sont si brillantes. En fait, jamais je ne les ai vues aussi brillantes. J'attends une étoile filante. J'en ai déjà vu trois, depuis que je suis ici, et je le sais, si je regarde bien et suffisamment longtemps, j'en verrai une autre.

J'entends des bruits de pas qui approchent. C'est Johnny.

– Hello, ma grande, dit-il en s'asseyant à côté de moi. Tout va bien ?

– Super, je réponds en le regardant, livide sous le clair de lune. Il s'allonge avec moi et scrute lui aussi le ciel.

– J'essaie de voir une étoile filante.

Il ne dit rien un long moment et quand il parle, je suis surprise par l'émotion dans sa voix.

– Tu as déjà pensé que ta mère était là-haut, en train de te regarder ?

À ses paroles, j'éclate en sanglots, avec en prime cet étau autour de ma gorge.

– J'aimerais le croire, je réponds, la voix tremblante. Mais je ne sais pas…

– Ma mère me manque souvent, encore aujourd'hui, dit-il et je comprends que lui aussi est au bord des larmes. Mais avec le temps, la douleur s'atténue un peu…

– Tu étais plus jeune que moi, lorsqu'elle est morte, n'est-ce pas ?

– J'avais treize ans. Elle souffrait d'un cancer depuis deux ans déjà.

– C'est vraiment triste.

– J'avais eu le temps de m'habituer… (Il s'interrompt, avant d'ajouter, sur un ton sec.) Non, de son vivant, c'était impossible de s'habituer… (Il poursuit, avec plus de douceur.) Et ça a été un choc quand elle est décédée. Je n'imagine même pas ce que tu as dû ressentir en perdant ta mère comme ça, si soudainement.

Voilà. Maintenant, j'ai vraiment envie de pleurer, mais l'envie de parler est plus forte, alors je ravale mes larmes.

– Tu étais là, quand elle est morte ?, je demande en me tournant face à lui.

Il continue d'observer le ciel, mais acquiesce d'un hochement de tête.

– Oui, j'étais là. Elle était endormie. Ou peut-être assommée par les médicaments. L'infirmière avait voulu m'éloigner en m'emmenant chez Christian – on était amis, déjà à l'époque. Je restais souvent chez lui, avec sa famille, quand elle était au plus mal.

– Ton père n'était pas là ?

– Non. Il est venu me chercher après les obsèques. J'ai dû le suivre pour aller vivre à Londres avec lui, alors que je le connaissais à peine… (Il me regarde.) Voilà pourquoi je comprends un peu ce que tu traverses.

Je hoche frénétiquement la tête puis détourne les yeux.

– J'aurais tant voulu être auprès de Maman quand elle est morte.

– Hé…

Il me prend la main, mais trop tard. Impossible de retenir mes larmes. Je m'assieds sur le sable, porte ma main sur ma gorge envahie de sanglots et tente de parler malgré tout.

– Stu a dû aller identifier son corps… Moi, je ne l'ai pas revue. Le cercueil était fermé. Je voulais l'embrasser pour lui dire adieu, mais Stu s'y est opposé. Elle était trop...

Je ne peux pas. Je ne peux pas dire ça à voix haute. Elle était déchiquetée. Son beau visage complètement tailladé, à cause de cette baie vitrée qui lui est tombée dessus.

– Je suis désolé. Je suis désolé, dit Johnny et je pleure de plus belle.

Il glisse son bras autour de mes épaules, m'attire contre lui et mes larmes imprègnent son T-shirt.

– Elle me manque tellement. Elle me manque. Je voudrais qu'elle soit là. Je suis tellement triste qu'elle soit partie. Tellement triste de savoir que je ne la reverrai jamais. Je me suis comportée comme une vraie garce avec elle !

– Mais non, dit Johnny avec fermeté.

– Si, une sale garce ! À toujours lui dire des choses horribles, à toujours la repousser.

– Tu es une ado ! Et les ados font tous comme ça ! Elle savait que tu l'aimais.

– Peut-être que non...

– Bien sûr qu'elle le savait, marmonne-t-il, la voix cassée par l'émotion, tout en me serrant contre lui. Elle savait que tu l'aimais. Nous avons tous des regrets, tu sais. Moi aussi, j'aurais pu être plus gentil avec ma mère. Je lui criais toujours dessus pour avoir quitté mon père, pour n'avoir pas su le retenir. Un jour, elle a voulu m'apprendre à cuisiner, alors qu'elle était déjà très malade, et tout ce que j'ai trouvé à faire, c'est de râler en disant que je préférerais jouer aux jeux vidéo...

En tremblant, il laisse échapper un soupir, comme quelqu'un qui a le cœur écrasé par un poids trop lourd. Je n'ai pas besoin de le regarder. Je le sais, il pleure.

– Elle savait que tu l'aimais, je chuchote, entre ses bras.

– Oui, elle savait, dit-il en hochant la tête à toute vitesse. Et Candy savait, elle aussi, que tu l'aimais. Je comprends, tu n'as pas eu le temps de te préparer à sa mort, mais elle non plus. Et crois-moi, c'est mieux. J'imagine combien ma mère a dû souffrir de se savoir en train de mourir. De savoir qu'elle me laissait à mon abruti de père. Je ne le connaissais pas. Il était un inconnu pour moi.

Il inspire, expire et me regarde, avant de reprendre :

– Je refuse d'être un inconnu pour toi. Je suis désolé de ne pas avoir été à tes côtés. Mais sans doute me détesterais-tu si nous nous étions rencontrés des années auparavant. J'étais un vrai salaud alors, comme mon père. C'est Meg qui m'a sauvé. Meg, Barney et Phœnix. Si je suis ce que je suis aujourd'hui, c'est grâce à eux. Oui, c'est grâce à eux si je suis là, avec toi. Et dorénavant, je veux être toujours là pour toi, ajoute-t-il avec ferveur, puis il hésite et sa voix se fait plus tendre. Je veux que tout le monde sache que tu es ma fille.

Mon cœur dérape.

– Annie est en train de rédiger un communiqué de presse, me dit-il calmement.

Je retiens mon souffle.

– Nous attendrons d'être rentrés à L.A. pour le publier. Tu es d'accord ?

– Oui…, dis-je dans un soupir.

Enfin ! J'aimerais être une petite souris quand Natalie, Em et Libby apprendront la nouvelle. Et Tom ? Que va-t-il penser ?

Johnny essuie mes joues baignées de larmes. Comme toujours, ses doigts sont rêches.

– Je sais que cela va changer beaucoup de choses, pour toi. Je le sais, ça va être dur.

Il se méprend, ce n'est pas à ça que je pense. Je veux que le monde entier sache qu'il est mon père. J'en ai plus que marre de tout ce cinéma. Je suis fière d'être sa fille, je pourrais le hurler dans un mégaphone.

– Mais c'est ridicule de laisser les gens penser que tu es ma nounou, continue-t-il, d'une voix sombre.

Je lui souris.

– Je suis prête. Vraiment. Je veux que les gens sachent. Je déteste faire semblant.

Il me sourit, me serre entre ses bras.

– Bien.

23.

C'est le début du mois d'août quand je rentre à L.A., détendue et tellement proche de ma nouvelle famille. On a passé deux semaines de rêve, à vivre des moments super ensemble. Et c'est exactement ce dont j'avais besoin. Je me sens déterminée, prête au combat. Comme si j'étais redevenue moi. Si Jack n'est pas intéressé, qu'il aille se faire voir. S'il s'est rapproché de moi uniquement parce que je partais, comme l'a dit Lissa, je le saurai vite. Mais pas question de le laisser me faire du mal. Le jour de mon retour, je lui envoie un texto, rédigé dans le registre copain copine.

« Suis rentrée à L.A., on peut se voir si tu veux. »

Inutile de le préciser, mais après, je consulte mon téléphone toutes les trois minutes, manquant rendre Annie complètement folle, alors qu'elle transfère mes contacts de mon vieux mobile sur l'iPhone. Quand il répond, je suis sur le point d'aller me coucher, mais pas question de craquer à cause de lui. « Reste cool ! », c'est mon nouveau mantra.

« J'ai un concert, mercredi. Tu viens ? »

J'essaie de ne pas répondre tout de suite, mais j'en ai marre de ce petit jeu, alors je tape :

« Super. Où et à quelle heure ? »

À mon grand soulagement, il me répond tout aussi vite, me donnant toutes les infos nécessaires. Il laissera un billet à l'entrée pour moi. En revanche, il ne propose pas de venir me chercher. Je suppose qu'il sera trop occupé par les préparatifs du concert. Ou alors, les sentiments de Jack Mitchell à mon égard se sont singulièrement refroidis. N'empêche, il m'a quand même invitée à venir l'écouter sur scène et puis, je n'ai rien de mieux à faire ces deux prochaines semaines. Et en cas de besoin, s'il me cherche, il me trouvera.

Lorsque j'en parle à Meg et Johnny, ils demandent à Annie de garder encore sous le coude le communiqué de presse jusqu'à la fin de la semaine, m'offrant ainsi deux jours de plus d'anonymat, de manière à ce que je puisse me rendre au concert sans être harcelée. Je suis déçue de voir la nouvelle reportée, d'autant plus que j'ai l'impression d'attendre depuis une éternité, mais j'imagine que c'est mieux ainsi.

Le mercredi, alors que j'essaie de m'occuper et d'attendre une heure décente pour me préparer, je passe par hasard devant le studio et entends parler à l'intérieur. J'entrouvre doucement la porte et vois Christian au pupitre de contrôle, Johnny derrière la paroi en verre, guitare autour du cou. Il parle dans un micro qui pend du plafond, juste sous son nez.

– Peux-tu..., commence-t-il, quand il m'aperçoit, derrière Christian. Jessie, tu veux venir ? J'étais sur le point de montrer à Christian un truc sur lequel je travaille.

– Oh oui, je réponds, enthousiaste, avec un grand sourire à l'attention de Christian.

Il est arrivé hier soir – grand, baraqué, cheveux noirs hirsutes et yeux marron, plutôt pas mal. J'ai tout de suite éprouvé de la sympathie pour lui. Lui moins, il a semblé un peu sur la réserve, face à moi.

– Merde alors, qu'est-ce qu'elle te ressemble !, s'est-il exclamé en se tournant vers Johnny.

Meg lui a aussitôt mis une claque sur les fesses en lui reprochant son langage fleuri.

– Je te ferai remarquer que je n'ai pas prononcé le mot *putain*.

– Mais tais-toi donc !, l'a-t-elle réprimandé.

Pourtant c'est clair, il y a entre eux une formidable complicité. C'était incroyable de les voir là, tous les trois, quand on pense à ce qu'ils ont traversé. Je n'arrive pas à croire qu'ils soient encore amis, avec ces vieilles histoires de ménage à trois et de secret sur la paternité de Barney, pourtant c'est comme ça.

Christian tapote le siège près de lui et je vais vite m'asseoir. Surexcitée, je regarde Johnny faire des gammes. Il demande à Christian de régler deux, trois trucs, puis il baisse la tête et ramasse un câble quelque part, le branche sur sa guitare. Il joue ensuite une série d'accords, quelque chose de lent, de doux, une berceuse. Je suis captivée. J'aimerais tellement savoir jouer de la guitare comme ça. Puis il s'avance jusqu'au micro et se met à chanter. Sous mes yeux médusés, sa voix grave, vibrante d'émotion envahit la pièce. Je le regarde, fascinée.

Et de nouveau, ça me prend de plein fouet. Là, devant moi, c'est mon père. Ce Johnny Jefferson, là, juste derrière cette vitre, c'est mon papa. MON papa. Comment mon existence a-t-elle pu prendre un tel virage ?

Je ne sais pas pour Christian, mais moi j'en ai la chair de poule. Cette chanson est bouleversante, vraiment belle. Une chanson d'amour. Ça parle d'une fille au sourire radieux qui devient prof et de sa passion pour son boulot. Soudain, je comprends. Ce n'est pas une chanson sur n'importe quelle prof, c'est une chanson sur la mère de Johnny. Peut-être même sur ma mère. Et Meg ne m'a-t-elle pas dit que Christian lui aussi avait perdu sa mère très jeune ? Je regarde Christian à la dérobée, il a les yeux brillants. Instantanément, les miens se remplissent de larmes et je dois batailler pour ne pas pleurer tout en regardant Johnny, derrière la vitre.

Il chante les yeux baissés et dans les parties instrumentales, il s'écarte du micro et regarde sa guitare, complètement dans sa musique. Puis c'est le silence. Christian et moi essuyons furtivement nos larmes. Puis Christian lève les pouces à l'attention de Johnny. Et je comprends pourquoi. Moi aussi, je suis trop émue pour parler.

– Ça t'a plu, vraiment ?, l'interroge Johnny, l'air un peu penaud, presque enfantin.

– Oui, répond Christian sur un ton bourru. Oui, ça m'a plu.

Johnny esquisse un sourire plein de tristesse et s'apprête à passer la sangle de sa guitare par-dessus la tête, avant de se raviser. Il nous regarde et demande dans le micro :

– Quelque chose de plus gai, maintenant ?

À nouveau, Christian lève les pouces.

– Oui !, je réponds, fébrile.

Et il se met à jouer une mélodie super tonique, version acoustique de l'un de ses plus récents tubes. C'est plus fort que moi, je commence à chanter.

Johnny me regarde et sourit tout en chantant, avec un drôle d'air. Puis subitement, il s'arrête de chanter et de jouer et me fait un signe de la tête.

– Viens ici, dit-il.

– Quoi ?

Je ne comprends pas ce qu'il me veut.

– Viens ici chanter avec moi.

– Allez !, renchérit Christian en poussant ma chaise qui, sur ses roulettes, s'approche de la porte du studio.

– Je… Mais je ne peux pas !, je m'exclame en stoppant net la course de mon siège avec mes pieds.

Les épaules de Johnny s'affaissent, mais il ne cède pas.

– Viens ici, répète-t-il avec fermeté.

– Non !

– Jessie.

Hmm, il ne plaisante pas.

– Pas question, je réponds en secouant la tête, déterminée. Je ne chante jamais en public.

– Ah ? Et la chanson de *Thomas*, c'était quoi ?, demande Johnny, espiègle.

– Quel Thomas ?, demande Christian.

Ça y est, on l'a perdu.

– Viens auprès de moi, insiste Johnny.

– Tu le regretteras si tu ne le fais pas, me prévient Christian.

Quelque chose se passe à ce moment en moi et je comprends qu'il a raison. Je le regretterai si je ne le fais pas. Et je ne veux plus avoir de regrets d'aucune sorte. Johnny attend patiemment, en me regardant avec ses grands yeux verts. Merde. Alors, je me lève, entre sur la pointe des pieds dans le studio, avec un sourire crispé quand Christian hurle de joie et applaudit comme un fou furieux.

Johnny me sourit et tire un autre micro au-dessus de nos têtes. Il dit ensuite quelques mots à Christian, dans le premier micro.

– Tu n'as qu'à sélectionner le… et blablabla…

J'ignore de quoi il parle, mais Christian a l'air de savoir ce qu'il faut faire. Il appuie sur des boutons, abaisse des manettes sur le pupitre de contrôle devant lui. Johnny se penche sur le micro numéro deux et répète « Essai, essai, essai », comme dans un haut-parleur, puis il dit qu'on peut y aller.

Il me fait face et commence à jouer la même chanson. Je regarde en souriant ses doigts aller et venir sur sa guitare, j'ai vraiment envie de savoir jouer comme ça, puis il se met à chanter. Cette chanson, je la connais par cœur, c'est l'un de ses plus gros succès. Je bouge la tête en rythme, puis je m'avance et commence à chanter, plutôt à accompagner de la voix les passages instrumentaux. Johnny se tourne alors vers Christian et quand je le regarde, il a l'air impressionné derrière la vitre. Puis c'est le refrain, et je le chante de bout en bout, avec quelques vocalises, et au final, on chante comme un vrai duo.

Johnny pince le dernier accord, puis il m'attrape par le cou, m'embrasse sur le front et je me sens rougir. Christian applaudit et crie, mais cette fois, c'est sincère.

Il est vraiment soufflé et moi, j'en frétille, tellement je suis fière.

– Elle est étonnante, non ?, s'exclame Johnny en regardant derrière la vitre.

– Carrément incroyable, putain !, répond Christian en secouant la tête et je rougis encore plus. Jessie Jefferson, c'est un super nom, ça, pour la scène, enchaîne-t-il et je ris, parce qu'il plaisante, forcément. Sérieux, ajoute-t-il.

Je me tourne face à Johnny qui hausse les épaules.

– Oui, ça sonne bien.

– Non !, je m'exclame, et je n'ai plus envie de sourire brusquement. Mon nom est Jessie Pickerill.

– Le nom de la mère de Johnny était Sneeden, lâche alors Christian, depuis son fauteuil. Mais il en a changé pour prendre celui de Jefferson.

– Laisse tomber, Christian !, lance Johnny. (Il secoue la tête avec frénésie, enlève sa guitare.) C'est trop tôt.

– Et ça sera toujours trop tôt, je réplique avec fermeté, en essayant de ne pas me mettre en colère.

Ma mère s'appelait Pickerill... Je ne l'abandonnerai pas pour choisir Johnny, comme elle le redoutait.

– Tu pourrais avoir un nom composé, continue Christian, sans réaliser mon émotion.

– Christian !, gueule Johnny. Laisse tomber !

Christian semble tout piteux et j'ai de la peine pour lui, mais Johnny lui au moins a compris.

– Pardon, dit alors Christian, sur la défensive.

– C'est bon, je réponds, et je me dépêche de changer de sujet. Au fait, quelle heure est-il ?

Il regarde sa montre.

– Bientôt dix-sept heures.

Est-ce trop tôt encore ? Non.

– Je crois que je vais aller me préparer.

– Te préparer pour quoi ?, demande Christian quand nous sortons du studio.

– Elle va à un concert, ce soir. Tu les connais peut-être… All Hype ? Le groupe du gamin de Billy Mitchell ?

Christian réfléchit trois secondes.

– Ça me dit quelque chose…

Je me souviens maintenant, Johnny m'a expliqué que Christian avait été critique rock.

– Où se produisent-ils ?

– Dans un endroit appelé *The Rider*, près de Melrose Avenue.

– Une bonne salle, répond-il avec un hochement de tête, avant de se tourner vers Johnny. On devrait y aller…

Quoi ? Je n'ai aucune envie que mon père s'invite à mon rendez-vous. Euh, mais est-ce que c'en est un, de rendez-vous ?

Johnny me regarde tout en se grattant la mâchoire.

– Pourquoi pas ?, insiste Christian.

– Et risquer de gâcher la soirée de Jessie ?, remarque Johnny, avec un petit sourire.

Une chose est sûre, si Johnny se pointait au concert de Jack, ça ferait une sacrée pub à son groupe…

– Oui, pourquoi pas ?, je marmonne avec un haussement d'épaules.

– Super !, s'exclame Christian. J'adore aller écouter de nouveaux groupes.

– Tu n'es pas trop fatigué, à cause du décalage horaire ?, fait alors mine de s'inquiéter Johnny. D'habitude, tu es crevé.

– On n'est pas obligé de rentrer tard. (Un silence.) On va rentrer tard ?, ajoute-t-il, manifestement tracassé maintenant.

– Moi, c'est terminé les soirées qui s'éternisent jusqu'au petit matin, dit Johnny, narquois. Mais si tu veux, on y va. Voyons ce qu'en pense Meg…

– Dois-je demander à Jack de mettre de côté deux billets supplémentaires ?

– Non, ne le dérange pas. Annie s'occupera de ça.

– Génial !

Il va m'adorer, pour ça !

24.

Plus tôt dans l'après-midi, Annie m'a conseillé d'envoyer un message à tous mes contacts de façon à les informer de mon changement de numéro. Les heures défilent sans que personne ne réagisse et je commence à croire que personne ne s'intéresse à moi quand je me souviens : le décalage horaire. En Angleterre, c'est le milieu de la nuit. Lorsque arrive mon premier texto, je suis dans la limousine, en route pour le concert de Jack. Je sors mon téléphone de ma poche, fébrile. C'est Natalie. Je souris.

« Et alors ? Tu es chez ton père ? Mais kicé, bordel ? Toujours Johnny Jefferson ahahah ;-) »

Je glousse et réponds en suivant. Johnny et Christian ne font pas attention à moi. Le premier sirote une bière, le deuxième une limonade, comme moi. J'ai décliné la coupe de champagne. D'après Christian, pour une bouteille de Perrier Jouet, il faut claquer plus de cent dollars !

J'ai failli en avoir une attaque. Stu serait fier de me voir aussi sobre. Meg a décidé de ne pas nous accompagner – elle est plus branchée pop, m'a-t-elle avoué, face à Johnny, qui a pris alors un air écœuré à mourir de rire.

« Génial d'avoir de tes nouvelles ! Désolée d'avoir disparu comme ça dans la nature. Je t'appelle demain pour discuter ? »

Surgi de je ne sais où, soudain la nostalgie me submerge en pensant à elle. Elle me manque. Je voudrais qu'elle soit là. À ma grande joie, elle répond tout de suite. « T'as plutôt intérêt !!! »

On en reste là. Mais demain, je lui dirai la vérité, avant la sortie du communiqué de presse. Et si elle continue à ne pas me croire, alors elle verra bien.

Je profite d'avoir mon téléphone entre les mains pour envoyer un texto à Jack.

« Johnny et son pote, un critique rock, viennent au concert avec moi ce soir. Bonne chance ! »

Une poignée de secondes plus tard, un autre message arrive. Et c'est comme si mon téléphone m'envoyait des décharges électriques sur les cuisses, tellement je me dépêche de le sortir de mon sac. Mais ce n'est pas Jack. C'est Tom. J'ai aussitôt le cœur qui s'emballe.

« Salut ! Suis à Ibiza. Avec la gueule de bois. J'ai pas mal pensé à toi. De retour la semaine prochaine. On pourrait se voir ? »

Je suis un peu sonnée. Depuis que j'ai rencontré Jack, j'essaie d'effacer Tom de ma tête, mais soudain, je le revois, accroupi devant moi à la soirée de Natalie. Je venais de m'enfuir en courant de la séance karaoké et il était venu me retrouver.

Je lis et relis le texto. Tom pense à moi. J'en suis tout émue, ça pétille à l'intérieur. Je range mon téléphone dans mon sac, l'esprit un peu confus.

Quand on arrive, il y a foule devant l'entrée du club. Johnny demande à Davey d'aller se garer derrière.

– Mais je dois récupérer mon billet à l'entrée, dis-je, inquiète, à Johnny. Je pourrais aller faire la queue…

– Non, répond-il en me lançant un drôle de regard. Non, c'est inutile…

Hmm. Bien sûr. Je suis avec Johnny Jefferson.

Derrière, il n'y a pas un chat, mais soudain la porte métallique noire s'ouvre et une blonde avec un casque sur les oreilles passe la tête, voit la limousine et sourit. Puis Davey ouvre la portière et derrière lui, c'est Samuel et Lewis. Mais comment c'est possible ? Ils ont dû arriver en avance. Oui, forcément.

– Après toi, me dit Johnny.

Je sors de la voiture, me retrouve sur le trottoir, entre les deux gardes du corps de Johnny. Christian suit et m'entraîne en douceur vers la porte. Je m'attends à ce que la fille avec le casque demande à voir nos billets, mais elle n'en fait rien. Je me retourne et vois Johnny descendre de la limousine.

– Merci, mec !, lance-t-il à Davey.

Et soudain, ce sont des hurlements. Je ne sais pas d'où ils proviennent ni qui sont ces filles et comment elles ont pu nous voir de ce côté-ci du club – peut-être ont-elles vu la limousine passer –, mais Christian me fait accélérer le pas et, un moment après, Johnny et Samuel nous retrouvent à l'intérieur. Je suppose que Lewis montera la garde dehors, jusqu'à notre départ.

– C'est toujours comme ça ?, je demande à Christian, un peu déboussolée.

Il me regarde comme s'il avait affaire à une cinglée.

– Mais c'était rien, ça.

La fille nous conduit le long d'un couloir, puis je sens la main de Johnny sur mon dos et, instantanément, son geste m'apaise.

– Vous voulez attendre en coulisse ?, demande la fille sans s'arrêter.

– Non, on va aller prendre un verre, répond Christian en se tournant vers Johnny pour avoir son avis.

– Pas de souci, acquiesce Johnny.

À peine si on entend la musique en provenance de la salle, dans le couloir, sauf le son mat des basses, mais au moment où la blonde ouvre une porte devant nous, le bruit est assourdissant. La salle est comble, le bar plein à craquer, la scène déserte et plongée dans le noir. Samuel passe le premier, presque comique avec sa stature de géant et son attitude martiale – mais malgré son caractère jovial, il vaut mieux ne pas lui chercher des histoires.

On se fraie un passage à travers la foule sur le *dance floor* et on n'est plus qu'à quelques mètres du bar, quand Johnny est repéré. Dans un premier temps, ce sont juste des regards ébahis, des échanges de coups de coude fébriles, les gens s'écartent devant nous. Puis, comme une vague, la nouvelle se répand et la foule se presse autour de nous. Personne ne crie – trop vulgaire, sans doute –, mais tous les regards sont braqués sur lui. On finit par atteindre le comptoir – Samuel toujours en éclaireur nous fait de la place –, puis le serveur apparaît comme par miracle.

– Que veux-tu boire ?, me demande Johnny à l'oreille.

– Euh… Whisky coca ?, je demande, pleine d'espoir.

J'ai beau avoir été sage dans la limousine, maintenant que je suis là, je me sens trop nerveuse à la perspective de revoir Jack, un verre serait le bienvenu.

– Pas question.

Je fais la gueule.

– Et si on prenait une bière ?, suggère alors Christian avec entrain. Un truc léger ?

Johnny m'interroge du regard.

– Je préférerais du cidre, je réponds avec mon sourire le plus angélique.

– Ils n'ont pas de cidre, ici, remarque Christian. Allez, commande-nous deux bières, mec.

Johnny lui envoie un regard noir, puis il demande au serveur deux bières et un Coca. Je soupire, frustrée, quand Christian me sourit, pouce levé. Puis, je me retrouve une bouteille de bière à la main et là, je vois Johnny en train de boire le Coca. Génial ! J'arrive pas à y croire. Décidément, être avec Johnny donne droit à certains avantages.

– À la vôtre !, lance Christian et on trinque.

C'est là que je remarque des dizaines d'yeux qui m'observent. Je suis comme pétrifiée soudain. Wow, ça fait une drôle d'impression. Tous ces gens doivent se demander qui je suis, ce que je fais là avec Johnny Jefferson. J'avale une gorgée de bière. Elle n'est pas mauvaise. Johnny interroge à ce moment Christian au sujet d'une certaine Sara – peut-être sa petite amie –, mais je déconnecte.

Je suis en train de me demander si Jack a eu mon message quand je sens une main sur ma taille. Je fais demi-tour et me retrouve face à lui, en chair et en os. En un instant, les papillons dans mon ventre s'envolent tous en même temps et une chaleur intense se propage dans tout mon corps, à partir de sa main.

– Salut...

Il regarde avec méfiance Johnny derrière moi, mais Christian à ce moment-là dit quelque chose à l'oreille de Johnny qui reporte son attention sur moi.

– Tu vas bien ?, je demande, et quand ses yeux plongent dans les miens, mon cœur est sur le point d'imploser – j'avais presque oublié combien il était beau.

– Oui, répond-il, perplexe. Je viens juste d'avoir ton texto.

– J'ai pensé qu'il valait mieux te prévenir.

– Merci, répond-il avec un tout petit sourire. On se voit après ?, ajoute-t-il en regardant derrière moi à nouveau.

– Bien sûr.

Il presse un peu plus sa main sur ma taille, puis tourne les talons et se fraie un chemin à travers la foule. Je le suis des yeux jusqu'à ce qu'il disparaisse et quand je me retourne, Johnny et Christian me regardent avec curiosité.

– Qui c'est, ce type ?, m'interroge Christian.

– Ce type, répond Johnny avec un regard noir, c'est Jack Mitchell, voyons !

– Aah, je vois, je vois..., répond Christian, avec un air entendu.

Je sens mes joues qui s'embrasent, avale vite une autre gorgée de bière. Johnny et Christian échangent un sourire. Un homme soudain apparaît sur scène et s'affaire. Johnny attire l'attention de Christian et nous fait signe de nous rapprocher de la scène. On commence juste à fendre la foule, quand un type arrête Johnny. Tous les deux échangent claques sur le dos et poignées de main viriles. Puis Johnny pousse l'inconnu devant nous.

– Christian, tu connais Billy ?

Le Billy en question et Christian se lancent à leur tour dans des serrages de mains tellement complexes que j'en perds le fil. Le père de Jack ?

– Et voici ma fille, Jessie.

Billy écarquille les yeux et semble sous le choc un quart de seconde, avant de recouvrer ses esprits. Il s'avance, me serre la main avec enthousiasme.

– Bien, bien, bien. J'ignorais que tu avais une fille...

– Moi aussi. Alors, comment ça va ?

Je n'entends pas la réponse de Billy, mais c'est à peine si j'y prête attention. Johnny vient juste de dire au père de Jack que j'étais sa fille. Pour la première fois, je prends conscience que la vérité est sur le point d'éclater. Et que ma vie va vraiment changer.

Billy reste avec nous pour le concert. La foule tout autour commence à scander le nom du groupe et à s'amasser devant la scène. L'atmosphère devient électrique.

Je m'approche de Johnny et lui crie à l'oreille.

– Tu viens de lui dire que j'étais ta fille !

– Tout le monde sera au courant après-demain, de toute façon.

– Mais je ne l'ai pas encore dit à Jack !

– Tu n'as qu'à le lui dire ce soir.

Il n'a pas la moindre idée de ce que cela signifie, pour moi...

Les filles devant nous se mettent à hurler et leur réaction est contagieuse. D'autres se joignent à leurs cris quand le groupe se présente sur la scène et puis, c'est parti ! Jack et Brandon commencent à gratter leur guitare à l'unisson, tandis que Miles se déchaîne à la batterie, derrière eux. Ensuite, Eve apparaît sur scène en bondissant, décroche le micro de son pied et se met à chanter à pleins poumons. C'est génial – ils sont géniaux –, encore mieux qu'à la fête d'Agnès. Ce concert, cette foule, c'est incroyable. Je sautille en rythme, mains en l'air, tandis que Johnny, Christian et Billy à côté de moi se contentent de hocher la tête. Et ça me fait rire. Johnny me lance un regard noir, mais je m'en fiche et je continue de danser.

Jack est super sexy. Il me fait vraiment craquer, à un point que je n'aurais jamais cru possible.

Il chante dans le micro, accompagne Eve, ensuite c'est la partie instrumentale et Eve lui fait face, bondissant sur la scène face à lui, tandis qu'il exécute un solo de dingue à la guitare. Puis il lui sourit et à ce moment, une sensation horrible s'empare de moi.

C'est différent de la dernière fois. La dernière fois, ils s'étaient à peine regardés. Mais là, quelque chose passe entre eux. Quelque chose d'alchimique. Un courant majeur. Que s'est-il donc passé au cours de mes deux semaines d'absence ? Voilà ce que c'est de s'attacher à un garçon. S'il ne me trouve plus d'intérêt, je le sais sans l'ombre d'un doute, je vais être anéantie.

Non. Non. Je suis plus forte que ça.

Je me force à continuer à danser, histoire de cacher mon émotion quand Eve se retourne et se remet à chanter. Mais les deux morceaux suivants, je les observe avec attention. Et j'en suis sûre, il y a quelque chose entre eux. Puis ils en viennent à un truc plus lent et elle chante alors face à Jack, comme si les paroles, des paroles tristes, désespérées, s'adressaient à lui – lui la regarde en retour pendant de longues secondes –, avant de refaire face au public. J'en suis malade.

Je le regarde. Je n'ai plus du tout envie de danser. Heureusement, plus personne ne danse de toute façon, sur cette chanson. Il balaie la foule du regard, à droite, à gauche, s'arrête juste à côté de moi. Il a dû voir son père, puisqu'il hoche deux, trois fois la tête. Et moi, m'a-t-il vue ? Non, probablement regarde-t-il Johnny. Puis ses yeux tombent sur les miens et le temps s'arrête.

Eve se remet à chanter, juste devant lui, mais cette fois, il ne lui sourit pas. Il semble presque… agacé, oui. Quant à moi, eh bien, je n'ai plus envie d'être ici. Mais je ne veux pas passer pour une idiote en partant.

Quelqu'un m'attrape par le bras, je me retourne. C'est Agnès.

– Salut ! Je te croyais repartie en Angleterre ?

– Changement de programme !, je crie, surprise qu'elle daigne venir me parler.

Bizarrement, elle semble contente de me voir, en fait. Avec ses cheveux noirs ébouriffés, son top rouge foncé et son eye-liner – noir, bien sûr –, elle est super cool.

– Il en était malade !

– Quoi ?

– Jack ! Il n'était pas bien quand tu es partie !

Je regarde du côté de la scène, complètement perturbée à nouveau par ce que je vois. Eve a passé son bras autour du cou de Jack qui continue de gratter sa guitare.

– Fais-moi confiance !, me crie Agnès dans l'oreille, quand elle me voit me décomposer.

Puis elle se fige, regarde derrière moi. Elle doit avoir vu Johnny. Je tourne la tête. Mais ce n'est pas Johnny qu'elle a vu, c'est son père. Son père qui la dévisage, avec une infinie tristesse. Quand je me retourne, Agnès a tourné les talons et disparaît dans la foule.

Mon cœur se serre et par réflexe, je regarde Jack. Je comprends à son air inquiet qu'il a assisté à cet échange. Il est bouleversé, mais n'arrête pas de jouer pour autant. Il ramène ses yeux sur moi, mais je ne soutiens son regard que quelques secondes, puis je me force à tourner la tête.

Jack m'a raconté qu'Agnès ne parlait plus à son père. Aujourd'hui, j'en ai la preuve. Apparemment, sa famille est aussi détraquée que la mienne.

Le concert est génial et en dépit de mon angoisse concernant Jack et Eve, je me réjouis pour lui.

– Ils sont excellents, commente Christian, un peu plus tard.

Le groupe a enfin pu quitter la scène, après avoir été rappelé deux fois par le public en délire. Christian semble vraiment impressionné. Billy acquiesce d'un hochement de tête, avec une certaine fierté. La musique du club repart de plus belle, mais moins fort que celle du groupe.

– Oui, répond Johnny.

– On va boire un verre ?, suggère Billy avec une claque amicale dans le dos de Johnny.

– Pour moi, pas d'alcool.

– Hé, qu'est-ce qui t'arrive ? Voilà ce qui arrive, quand on se range…, commente Billy avec un air de dégoût.

– Tu devrais essayer, réplique Johnny du tac au tac.

– Bah, non, répond Billy avec le même grand sourire que celui de Jack. Ce genre de vie, ce n'est pas pour moi…

Déjà, il se dirige vers le bar quand Jack l'intercepte.

– Hello, mon grand !, s'exclame Billy en l'attirant dans ses bras. (Jack, mal à l'aise, tente de se dégager tout en nous souriant à Johnny, Christian et moi, tandis que son père lui ébouriffe les cheveux.) Johnny, tu connais mon fils, Jack ?

– Salut, Jack, dit Johnny avec un calme olympien.

Il échange une poignée de main avec Jack qui veut la jouer cool, sans vraiment y parvenir. Puis Johnny lui présente Christian et re-poignée de main.

– Vous étiez super, dit alors Christian avec un enthousiasme réel.

– Merci, répond Jack, manifestement touché.

– Et tu connais Jessie, bien sûr, enchaîne Johnny, avec un petit sourire.

– Oui…

Les yeux bleu gris de Jack restent rivés aux miens durant ce qui me semble une éternité, et je sens en moi ces abrutis de papillons qui se remettent à danser.

– Tu as vu Agnès ?, demande soudain Jack avec appréhension à son père.

– Non, marmonne Billy, gêné. Elle est partie. Mais elle va revenir, j'en suis sûr.

– Oh, Papa. Je te l'avais dit, c'était pas une bonne idée de venir…

– Je suis désolé, d'accord ?

Johnny et Christian échangent un regard, puis Johnny nous invite à le suivre au bar, pour laisser père et fils s'expliquer.

– Minute !, lance Billy, en retenant Johnny par le bras. (Il se tourne vers Jack.) Allez, viens boire un coup d'abord. Après, on ira chercher ta sœur.

Jack hésite, puis il me regarde et semble changer d'avis. Il hoche la tête.

– Même chose ?, me demande Johnny en approchant du comptoir.

– Oui, merci.

Je sursaute, surprise, quand Jack me prend la main et m'attire un peu à l'écart des autres. Je plonge mes yeux dans les siens, et son expression me bouleverse.

– Est-ce que ça va ?, je demande, hésitante.

Il ne répond pas tout de suite.

– Je n'en sais rien...

Telle est sa réponse et j'en suis encore plus déconcertée.

—... C'est super de te revoir.

Il a beau dire que c'est super, il n'a pas vraiment l'air enchanté.

Et puis, je vois comme au ralenti deux mains fines couleur ébène se glisser autour de sa taille. Menton sur l'épaule de Jack, Eve me dévisage.

– Je t'attends, lui dit-elle, mais ses yeux restent rivés aux miens.

Il lui dénoue les mains autour de sa taille.

– J'arrive dans une minute, dit-il avec fermeté.

– Ne me fais pas attendre trop longtemps, mon chou.

Puis elle l'embrasse sur la joue et me décoche un regard lourd de sens, avant de s'éclipser.

Même si sur scène, tout à l'heure, ils ont montré qu'ils étaient liés par beaucoup plus qu'une simple complicité musicale, je reste pétrifiée. Jack me regarde, impuissant, puis, comme surgi de nulle part, Johnny apparaît à côté de moi, glisse son bras autour de mon cou et dépose un petit baiser sur ma joue.

– On rentre, dit-il avec détermination.

Il doit avoir surpris le manège et souhaite m'emmener loin d'ici, pour me préserver. Je me tourne vers lui pour vérifier. Oui. Johnny regarde Jack fixement, les yeux brillant de colère.

– Deux minutes, je l'implore.

Je ne me sens pas prête à partir, pas encore. Il acquiesce d'un hochement de tête, regarde encore une fois Jack avec insistance, avant de retourner avec Christian.

Jack secoue la tête en me regardant, manifestement mal à l'aise.

– Depuis quand Eve et toi vous êtes ensemble ?, je demande alors de façon abrupte.

– On n'est pas ensemble. Enfin, pas vraiment. Des fois oui, des fois non, ajoute-t-il, cherchant à s'expliquer, mais je ne crois pas avoir envie de savoir.

– Dans ce cas, amuse-toi bien, je réplique avec amertume, avant de m'éloigner.

– Jessie !

Il m'attrape par la main et m'attire contre lui. Je me retrouve plaquée contre son torse. Puis il plisse les yeux.

– Tu n'as pas été très honnête, toi non plus…

Je ne dis rien, aussi il me serre un peu plus contre lui.

– Tu n'es pas sa nounou, hein ?, me dit-il à l'oreille.

Il s'écarte pour me regarder et, à mon expression, semble en déduire qu'il a vu juste. Puis il se penche et ajoute :

– Et je parie aussi que tu as plus de quinze ans.

Je le repousse, recule, déboussolée. De quoi parle-t-il ? Puis il lance un regard mauvais à Johnny et là, je comprends tout. Il croit que je sors avec Johnny. Avec Johnny !

– Espèce d'abruti ! C'est mon père !

Oh, le regard. Quel choc ! Mais je m'en moque. Comment ose-t-il penser des choses pareilles sur moi ?

– Tu n'es qu'un connard !, j'ajoute, histoire qu'il comprenne bien le message.

Puis je me tourne vers Johnny qui, curieusement, semble impressionné. Pour finir, je décide de quitter la salle, avec dans le cœur la douce sensation d'être en sécurité, avec mon nouveau papa hyper protecteur juste derrière.

25.

Je passe la nuit à gamberger et le lendemain matin, je ne peux rien avaler. Je m'en veux tellement d'avoir craqué pour Jack – et si vite ! Mais plus que tout, je suis effondrée. Je l'aimais bien, vraiment. Et j'ai été complètement stupide de penser que l'inverse était vrai.

– Le communiqué de presse paraîtra demain, m'informe Annie, vers midi. Juste à temps pour les journaux du week-end. Alors, si tu souhaites annoncer la vérité à des amis ou de la famille, mieux vaut le faire aujourd'hui.

Voilà, ça y est ! Je n'arrive pas à le croire. Sauf que je n'ai pas de famille à qui apprendre la nouvelle, seulement des amis. Je n'ai jamais été particulièrement proche des parents de Stu, quant aux parents de Maman, ils ont toujours brillé par leur absence, en tant que grands-parents s'entend. Stu est ma seule famille et il est déjà au courant.

Je me demande si Johnny l'a dit à son père. Je sors pour aller le retrouver. Assis sur un transat, il gribouille des trucs sur un carnet. Il porte des lunettes de soleil noires et un short de bain, son torse bronzé recouvert de tatouages dont j'ignore encore la signification. C'est plutôt cool d'avoir un père sexy adulé par tant de femmes. Même si l'idée d'une fille de mon âge fantasmant sur lui, comme Natalie ou Em, eh bien… Beurk.

– D'après Annie, le communiqué de presse sort demain. Tu en as parlé à ton père ?

– En fait, je l'ai appelé pas plus tard que ce matin.

– C'est vrai ? Qu'est-ce qu'il a dit ?

Il lève la tête et me regarde, je distingue ses yeux derrière le verre teinté.

– Il n'a pas eu l'air très surpris.

Oh.

– Et il… Il va…

– Tu feras bientôt sa connaissance, me promet-il. Il doit venir en septembre, du coup vous vous raterez, mais la prochaine fois…

– La prochaine fois ?, je répète, pleine d'espoir.

Nous n'avons pas encore discuté de quand ce pourrait être ni de ce qui va se passer, une fois que je serai rentrée à la maison.

Il pose son carnet.

– Tu le sais, Stuart tient à ce que tu passes ton brevet. Et il a raison. Tu vas suivre ton année scolaire en Angleterre et après, on avisera, d'accord ? D'ici là, tu pourras venir aux vacances si tu veux.

– Ça serait super !, je m'exclame, folle de joie, au point que mon chagrin à propos de Jack s'estompe un peu.

Il me sourit, puis retire ses lunettes et braque ses yeux verts sur moi, l'air inquiet.

– Comment te sens-tu aujourd'hui. Après hier soir, je veux dire ?

Je hausse les épaules, complètement effondrée à nouveau.

– Oh, ça ira.

– Ne prends pas ça trop à cœur, dit-il avec gravité, tout en baissant les yeux sur son carnet.

– Tu composes une chanson ?

– Oui. Et toi, tu écris ?

Sa question me prend de court. En réalité, oui. Depuis toujours. Mais je n'en ai jamais rien dit à personne, à part Maman.

– Un peu, je me surprends à avouer. Mais de la poésie, ce genre de truc, pas des chansons.

– Les chansons, c'est de la poésie mise en musique. Si un jour, tu as envie de me montrer ce que tu écris, fais-moi signe.

– OK, merci, je réponds, certaine que je n'en ferai jamais rien.

Je m'apprête à le laisser, quand il me rappelle.

– Jess ! Nous devons parler de certaines choses, avant ton départ. D'après Stuart, tu n'as pas envie de changer de lycée, c'est vrai ?

– Euh, oui… ?

Bien sûr que je ne veux pas changer de bahut. Où veut-il en venir au juste ?

– Dans ce cas, je vais devoir régler certaines questions de sécurité. Ça risque au début de te faire un peu bizarre, mais c'est indispensable.

Voilà donc où il voulait en venir.

– En quoi ça va consister ?

– Eh bien... (Il hésite.) Tu vas avoir besoin d'un garde du corps.

J'éclate de rire. C'est une plaisanterie. Un garde du corps, pour m'accompagner au bahut ? Qui me collera toute la journée, à la boutique, pendant mes virées shopping ou quand je sors avec mes amis ? C'est ridicule ! Que vont dire les autres ? Je le dévisage. Merde, il n'a pas l'air de plaisanter.

– Je ne veux pas de garde du corps, dis-je, prise de panique.

– Enfin, Jessie. Tu n'as pas le choix. Dès que la nouvelle sortira, les paparazzis vont te traquer. Quelqu'un pourrait même vouloir te kidnapper. Et je veux aussi que tu déménages dans une maison plus sécurisée. J'en ai parlé à Stuart, même s'il a émis quelques réserves à ce que je participe financièrement.

– Quoi ? Tu as dit à Stuart que nous devions déménager ?

– Oui. J'ai besoin de te savoir en sécurité.

– Pas question, je réplique avec véhémence en lui faisant face. N'y pense même pas. Je ne déménagerai pas.

Johnny se lève, visiblement perturbé.

– Tu ne peux pas rester où tu es, dit-il avec douceur en venant vers moi. C'est trop risqué. Wendel s'est rendu sur place, tu ne serais pas en sécurité...

– Je ne déménagerai pas !, je répète, hors de moi, au bord des larmes. C'est la maison de ma mère ! C'est là que j'ai grandi ! Elle est encore tellement présente, partout, dans chaque pièce de cette maison, je ne veux pas la laisser !

Je hurle presque, maintenant. Et Johnny blêmit quand je m'enfuis, me précipite dans la maison et monte dans ma chambre, claquant violemment la porte derrière moi.

C'est quoi, ce bordel ? Je ne peux pas déménager ! Je ne veux pas ! Dans la minuscule chambre d'amis, il y a encore toutes ses affaires. Ses vêtements, son maquillage, ses bijoux. Ni Stu ni moi n'avons trouvé le courage de faire le tri. On s'est contenté de tout rassembler dans cette pièce et de fermer la porte. Parfois, je vais y passer un moment. Quand je ressens le besoin d'être près d'elle. Je retrouve son odeur. Cette pièce, ses fringues, et même la maison tout entière ont gardé son odeur… Je ne la laisserai pas ! Hors de question. Certainement pas. J'enfouis mon visage dans l'oreiller, en pleurs.

Dix minutes plus tard, on frappe à ma porte. C'est Johnny.

– Hé, mon poussin, dit-il sur un ton las. Je peux entrer ?

Je ne réponds pas, mais je sais qu'il est là, tout près. Je sens le matelas s'affaisser quand il s'assied sur le lit. Puis il laisse échapper un long soupir, alors je le regarde. Les yeux rivés droit devant lui, il semble écrasé par une sorte de poids sur ses épaules.

– Il faut que je te parle, dit-il, la voix chargée d'émotion.

En guise de réponse, je renifle, et quand il me fait face, je m'arrache à mon oreiller baigné de larmes pour m'asseoir. Il a l'air inquiet. Fatigué.

– Est-ce que tu te sens prête ?

– Prête pour quoi ?

– Prête pour être ma fille ?

Mon cœur se serre. Il veut quoi, que je l'oublie ? Il en a assez de moi ? Est-ce qu'il veut m'effacer de sa vie ? Je lui cause trop de soucis ? Toutes ces questions se bousculent dans ma tête.

– Tu veux dire quoi ? Tu préfères que je m'en aille ?

Il écarquille les yeux.

– Mais bien sûr que non, voyons ! C'est… (Il se rapproche de moi.) Toi et moi, c'est super, non ? Rien ne pourra changer ça. Non, je parle d'eux… (Il désigne la fenêtre.) De tous ces gens, là, dehors. Te sens-tu prête à ce que les autres, le monde entier sachent que tu es ma fille ?

Je me mordille la lèvre, au bord des larmes à nouveau.

– Je ne sais pas. Je pensais l'être, mais en fait, je n'avais pas vraiment pris conscience de l'impact que tout ça aurait sur ma vie, et celle de Stu.

– Parce que, tu sais, nous ne sommes pas obligés. Nous ne sommes pas obligés de faire paraître ce communiqué de presse. C'est d'ailleurs la raison pour laquelle nous avons attendu. Nous voulions te donner le temps de te faire à l'idée de ne plus être celle que tu étais. Mais je ne sais pas si tu es prête.

Alors, s'il a tu la vérité à mon sujet, c'est pour mon bien, pas le sien ? Que vient-il de dire, juste là ? « Ne plus être celle que tu étais. » C'est bizarre à entendre comme ça, mais je comprends ce qu'il veut dire. Avant, j'étais juste la petite Jessie Pickerill. Une anonyme. Mais bientôt, la planète tout entière saura que je suis Jessie Jefferson et on me regardera différemment.

– Mais je l'ai déjà dit à certaines personnes. Je l'ai dit à Jack… (Ça fait mal de prononcer son nom à haute voix.) Et puis, comment je vais faire avec mes amis, à la maison ? Je voulais que la vérité éclate au grand jour dans les journaux. Prouver aux autres qu'ils avaient eu tort de ne pas me croire. Je sais, ça semble mesquin, mais c'est comme ça.

– Tu peux toujours le leur dire. Si tu as confiance en eux. Et même s'il a agi comme un con hier soir, je suis sûr que l'on peut confier un secret à Jack Mitchell. Lui-même doit en avoir pas mal, avec son père, dit Johnny entre ses dents.

À ses paroles, mon cœur palpite. Et je n'ai pas envie de savoir pourquoi. Je ne veux plus penser à Jack, pas après l'avoir vu avec Eve. Alors, j'essaie de le refouler de mon esprit pour me concentrer sur la conversation présente.

– Voilà ce que j'aimerais faire, reprend Johnny. D'ailleurs, je viens juste d'en discuter avec Meg et Annie… (Je me redresse un peu, hyper attentive.) Je vais bien faire paraître un communiqué de presse dans lequel je révèle à tout le monde avoir une fille, mais qu'elle préfère garder l'anonymat, tant qu'elle est au lycée. De cette façon, tu pourras rester dans ton école, dans ta maison. Il va falloir faire vite – je pense que le mieux serait d'agir dès aujourd'hui – parce que des photos de toi et moi, hier soir au club, pourraient sortir et une fois la machine lancée… Les rumeurs vont déjà bon train sur la toile, dit-il avec un air de dégoût.

Oh. Grrr ! D'autres gens pensent comme Jack ? Que je suis l'une de ses meufs ? C'est révoltant !

– Personne n'a encore posté de photos sur le Net. Heureusement, Wendel est sur le coup et à cause de ton âge, et par respect pour ta volonté d'anonymat, si nous faisons sortir le communiqué tout de suite, nous devrions encore pouvoir empêcher toute publication, au cas où des photos d'hier soir seraient prêtes à paraître. La presse me doit deux ou trois services… (J'essaie d'assimiler toutes ces données.) Tu peux parler à tes amis. Si tu as confiance en eux, répète-t-il avec un regard sans équivoque. Mais tous les autres doivent rester dans l'ignorance, y compris, c'est le but, les personnes susceptibles de représenter une menace pour ta sécurité. Personne n'imaginera que ma fille puisse vivre là où tu vis, c'est la couverture parfaite. À supposer que quelqu'un reconnaisse ton visage, vu la qualité des photos sur le Net, il sera difficile de faire le lien. Désolé, dit-il quand il voit mon regard de défi, à cause de ses allusions au sujet de ma maison, comme si j'habitais dans un taudis ! Mais c'est la vérité, poursuit-il avec douceur. Je continue à ne pas être d'accord, mais je comprends. Je sais que tu n'es pas prête encore à tout quitter. Lorsque tu le seras, nous en reparlerons…

J'acquiesce d'un signe de tête et la seconde d'après, à nouveau j'ai envie de pleurer, cette fois plus de soulagement que d'autre chose.

J'y crois pas. Tom m'a envoyé un texto, hier soir. Je ne lui ai pas encore répondu, mais j'en ai bien l'intention. Je me demande s'il fait partie de ces « amis » que je peux mettre dans la confidence ? Mais commençons par le commencement. J'appelle Natalie.

– Hello !, s'exclame-t-elle en décrochant.

– Hello !

– Je pensais que tu m'appellerais plus tôt. J'allais monter me coucher.

En effet, c'est ce que je lui disais dans ce texto envoyé depuis la limousine, mais ça m'est sorti de la tête.

– Désolée. C'est un peu agité, ici…

J'ai pensé un moment l'appeler hier soir, en rentrant du concert, mais j'avais la tête à l'envers, et après sa réaction quand je lui avais parlé de Johnny, je n'étais pas certaine de vouloir me confier à elle.

– Où es-tu ?

– Toujours à L.A.

– Et tu rentres quand ?

– Dimanche, dans une semaine.

– Est-ce que tu vas te décider à me dire ce qui se passe à la fin ? Tu es avec ton vrai père ?

Elle semble un peu distante. Je suppose qu'elle a l'impression que je l'ai évitée, en la voyant à peine avant de partir, pour après disparaître pendant plusieurs semaines. Je ne peux pas lui en vouloir.

– Oui.

– Wow. C'est dingue !

J'hésite, puis je me lance.

– Tu te rappelles ce que je t'ai dit, au sujet de Johnny Jefferson ?

– Oui, répond-elle sur ses gardes.

– Eh bien, c'est la vérité.

Je l'entends ricaner. Mais elle ne semble pas trouver ça drôle.

– Jette un œil sur le Net. Nous allons publier un communiqué de presse aujourd'hui révélant que Johnny a une fille. Ça ne devrait pas tarder à sortir. Mais nous ne dirons pas qu'il s'agit de moi. Nous allons essayer de garder le secret sur mon identité.

Un silence.

– Natalie ? Je suis sérieuse. Surtout, ne dis rien à personne. Je tiens à rester anonyme.

Encore le silence, puis :

– La plaisanterie a assez duré, Jess.

J'inspire un bon coup, incapable de contenir ma colère.

– À ton avis, comment je saurais qu'un communiqué de presse va sortir pour annoncer que Johnny Jefferson a une fille de quinze ans ? Et qu'elle souhaite rester anonyme parce qu'elle va encore au lycée ? Hein ? Et qu'est-ce que je ferais là, à Los Angeles ? Merde !

Elle ne répond pas.

– Rappelle-moi quand tu auras vu l'info !

Et je raccroche aussitôt. Mais c'est pas vrai !

J'appelle Libby dans la foulée.

– Salut !, s'exclame-t-elle et j'en frissonne, tellement c'est cool d'entendre sa voix. J'ai bien eu ton message, pour ton nouveau numéro. Je pensais t'envoyer un texto...

Alors pourquoi ne l'a-t-elle pas fait ? Probablement parce qu'elle ne m'a pas encore pardonné de l'avoir traitée comme je l'ai fait.

– Je t'aurais appelée avant, mais c'est un peu la panique ici et...

Je me tais en entendant une fille parler en arrière-plan.

– Attends une seconde, me dit Libby, et je perçois des chuchotements, à l'autre bout de la ligne.

Puis elle reprend :

– Pardon, je passe la nuit chez Amanda, en fait, dit-elle sur un ton détaché.

– Oh, d'accord...

Cette révélation ne devrait pas me surprendre, encore moins me faire du mal, pourtant ça fait mal. Libby aurait-elle passé ses vacances d'été à se rapprocher d'Amanda, toutes les deux à dormir tantôt chez l'une tantôt chez l'autre, collées l'une à l'autre, comme elle avait l'habitude de le faire avec moi ? Je me demande si je lui manque, ne serait-ce qu'un peu. Et j'enchaîne, parce que j'ai besoin que les choses soient claires.

– Je voulais juste te dire que ce secret dont je t'ai parlé, tu sais, celui qu'il ne faut surtout pas répéter à qui que ce soit... ?

Elle hésite avant de répondre.

– Oui...

– Eh bien, la nouvelle va paraître dans la presse.

– Oh !

– Johnny va révéler à tout le monde qu'il a une fille, mais il ne donnera pas mon nom, Libby. Donc tu ne dois absolument rien dire à propos de ça. Pas même à Amanda, j'ajoute, craignant qu'elle ne s'empresse de le faire, dès qu'elle aura raccroché.

– Je t'ai déjà dit que je n'en ferais rien, rétorque-t-elle.

Mais quand on se quitte, je ne suis pas certaine de la croire.

Je relis pour la énième fois le texto de Tom. Et réfléchis un long moment, avant de répondre.

« Je suis encore à L.A. J'aurai bcp de choses à te raconter à mon retour. Toujours OK pour aller voir ce film. XXX. »

J'appuie sur Envoi et m'écroule sur le lit. Penser à Tom me rappelle combien il me plaît. Il est tellement beau, avec ses cheveux châtains, ses yeux noisette. Le genre de garçon pas compliqué et hyper sexy. Et visiblement, à la lecture de ses textos, lui aussi m'aime bien. Oui, mais il y a Jack. Future star du rock. Jack. Je m'allonge sur le ventre, enfouis mon visage dans l'oreiller. Mon téléphone bipe.

« Tu es libre cet AM ? On boit un café ? Kiss. Agnès. »

J'en sursaute presque. Agnès ? Comment a-t-elle eu mon numéro ? Et pourquoi ce texto ? Il n'y a pas mille façons de le savoir. Ça bourdonne dans ma tête quand je réponds oui.

26.

– Je préférerais que tu ne sortes pas, dit Johnny quand je demande si Davey peut m'emmener en ville. Apparemment, Agnès est une habituée du célèbre bar avec piscine du *Mondrian Hotel*. Elle m'a dit qu'elle choisirait une table super bien placée.

– Mais pourquoi ?

J'ai tellement envie de savoir ce qu'elle me veut. Et si c'était pour me parler de Jack ?

Il pose sa tasse sur la table. Lui, Meg et les garçons sont en train de goûter, au menu thé et cookies aux pépites de chocolat. Quant à moi, je n'ai toujours pas retrouvé l'appétit.

– Annie va faire sortir le communiqué de presse d'une minute à l'autre. On pourrait te suivre.

– Pas si je pars tout de suite, je m'empresse d'argumenter.

Il me regarde fixement. Meg pose une main sur son genou.

– Laisse-la y aller, dit-elle. La limousine a les vitres teintées, Davey pourra sortir par-derrière sans être remarqué.

– OK, marmonne Johnny en soupirant. Mais sois prudente.

– Merci !, je m'exclame, et je monte illico me préparer.

À mon arrivée, Agnès est déjà au Skybar – c'est comme ça que l'endroit s'appelle. Je pensais qu'elle serait peut-être venue avec Lissa ou Charlotte, mais elle est seule à la table, face à une baie vitrée avec vue plongeante sur la ville, le nez dans son e-book, devant une tasse de café. Le bar est en extérieur, avec une piscine qui occupe une bonne moitié de l'espace. Des lits balinais blancs sont disposés tout autour, comme autant d'invitations à la détente.

– Salut !

Elle se lève d'un bond et m'embrasse sur les joues. Elle a des sandales aux pieds, moi des talons, de ce fait nous sommes à peu près de la même taille.

– Je suis heureuse que tu sois venue.

Je m'assieds du bout des fesses à côté d'elle, dos contre l'un des coussins calés contre la baie vitrée, en essayant de ne pas regarder en bas. Un truc de fou, à vous donner le vertige. Agnès porte une robe courte avec des motifs géographiques. J'ai mis une robe longue bleu marine. On a toutes les deux nos lunettes de soleil sur le nez.

– J'ai été étonnée par ton texto. Comment as-tu eu mon numéro ?

– Je l'ai piqué dans le téléphone de Jack, répond-elle sur un ton désinvolte, mais c'est plus fort que moi, en entendant son nom, je me crispe.

– Je suis désolée pour Eve, déclare-t-elle de but en blanc, me prenant par surprise.

– Qu'est-ce qu'il y a, avec Eve ?, je réplique, sur un ton que je veux détaché.

– Elle est foutue. Aucune fille ne devrait tomber amoureuse de mon frère, ajoute-t-elle, et je regrette de ne pas pouvoir voir ses yeux, derrière ses lunettes.

Je la dévisage, perplexe.

– Il m'a dit que Johnny était ton père.

Je retiens mon souffle. Tout s'explique. Si je l'intéresse autant d'un seul coup, c'est à cause de Johnny.

– Oui, eh bien j'apprécierais beaucoup que tu gardes ça pour toi...

Il y a quelque chose de cassant dans ma voix et je suis sûre qu'elle l'a bien capté.

– Oh, mon Dieu !, soupire-t-elle avec un geste de la main. Franchement, j'en n'ai rien à foutre. Tu crois que je n'entends pas suffisamment de ragots ? Que je n'en suis pas moi-même assez victime comme ça ?

Je retombe aussitôt sur terre. J'imagine que lorsqu'on appartient à un milieu comme le sien, découvrir qu'une rock star a un enfant illégitime n'est pas l'affaire du siècle.

Elle fait signe à une serveuse.

– Tu veux un café ?

– Un citron pressé plutôt.

C'est la fin d'après-midi, mais il fait encore chaud et moite.

– J'avoue être un peu intriguée, dis-je à Agnès, une fois la serveuse partie. Pourquoi m'as-tu demandé de venir ?

Elle hausse les épaules.

– Tu as l'air intéressante comme fille. Différente. Ça ne court pas les rues, par ici.

– Oh… (Bizarrement, je me sens honorée.) Et Jack ?

– Quoi, Jack ?

– Eh bien, tu sais, s'il est retourné avec Eve… Tu ne crois pas que ça l'ennuierait qu'on se voie ?

– Si je me laissais emmerder par ce genre de détail, je n'aurais aucune amie, répond-elle, l'air blasé.

Est-ce qu'elle sous-entendrait que… ?

– Jack ne tient pas en place, ajoute-t-elle en voyant mon expression

Super. J'avais donc bien compris. La serveuse revient avec ma boisson. Je retire mes lunettes, nettoie les verres avec un coin de ma robe.

– Mais ça ne veut pas dire que je t'ai menti, hier. Il était vraiment mal quand tu es partie.

Je la regarde.

– Qu'entends-tu par là, exactement ?

– Eh bien, il se morfondait, on aurait dit un chiot abandonné avec ses grands yeux tout tristes. D'habitude, il n'est jamais comme ça avec les filles.

L'espoir fait des étincelles en moi, et aussitôt je m'en veux. Je refuse de penser à lui. Pas aujourd'hui. Pas après hier soir.

– C'est bien ce que je pensais, dit-elle alors avec calme, presque résignée.

– Mais… Je n'ai rien dit.

– Ce n'est pas la peine… (Elle avale une gorgée de café.) Je vois bien que tu penses encore à lui.

Mais que me veut donc cette fille, au juste ?

– Au fait, tu m'accompagnes chez Lottie, tout à l'heure ?, s'exclame-t-elle, me surprenant à changer de sujet aussi vite.

– Lottie ?

Je remets mes lunettes.

– Charlotte. Je l'appelle Lottie. On se connaît depuis toutes petites.

– Charlotte Tremway ? Elle organise une soirée ?

– Non, elle reçoit quelques amis, c'est tout.

– Excuse-moi, mais c'est juste que je ne comprends pas pourquoi tu m'inviterais à aller chez Charlotte Tremway ? J'y suis déjà allée, c'est sûr, mais c'était pour l'anniversaire de Michael et avec Johnny. Je ne la connais pas. Pas plus que je ne te connais.

– Oui, mais pour se connaître, il faut bien commencer par se voir, non ?

Je ne sais pas pourquoi, mais j'accepte. Agnès me convainc même de passer d'abord chez elle sous prétexte qu'elle pense avoir dans son dressing la tenue idéale pour moi. Là encore, j'ignore pourquoi j'accepte. Aller chez Jack ? Ce n'est sûrement pas une bonne idée. Mais bon, après tout, pourquoi pas ? Je n'ai rien à perdre. Et puis, si Agnès me trouve intéressante, à vrai dire, le sentiment est réciproque. Oui, elle a quelque chose de particulier et, en l'absence de mes amies, là-bas, à la maison, je suis un peu en manque de copines.

On attend devant l'hôtel que le voiturier lui amène sa Ford GTI blanc ivoire. J'ai encore du mal à m'habituer à la place du volant, à gauche, aussi quand elle monte côté passager en Angleterre, j'ai un moment de flottement. Puis je comprends mon erreur et prends place à côté d'elle.

– Un instant, j'ai cru que tu me laissais le volant.

– On se prête souvent nos voitures, avec mes amies. Ça ne m'aurait pas dérangée.

– Je n'ai pas le permis. Je n'ai que quinze ans et demi... Mais au fait, tu ne viens pas juste d'avoir seize ans ?

– Exact. Et alors ?

– Tu as ton permis ?, je demande, un peu inquiète soudain.

– Bien sûr que oui !, me répond-elle dans un éclat de rire. Tu peux passer le permis à seize ans, ici.

– Oh, oui, c'est vrai... En fait, je crois bien avoir entendu ça, dans une série américaine, à la télé. Tu es sûre que Charlotte ne va pas mal le prendre, je veux dire de me pointer comme ça, sans être invitée... ?

Ce qui m'arrive souvent, il me semble, ces derniers temps.

– Mais bien sûr que non ! Plus on est de folles, plus on rit.

Une question me brûle les lèvres. La poser pourtant me pèse.

– Jack a couché avec Charlotte aussi ?

– Non, rit-elle. Ils ont un peu joué à touche-pipi, mais il n'est pas complètement idiot. Elle l'aurait tenu par les couilles.

Je ne me sens pas plus légère, à ce commentaire.

– Et Lissa ?, j'enchaîne, certaine que ce qui va suivre ne va pas être à mon goût.

– Pareil.

OK. Pas de sexe, juste… du touche-pipi. Beurk.

– Et Bryony ?, je demande, un brin lasse.

– Non, rien avec Bryony.

Ouf.

– Pas encore.

Et merde…

– En ce qui concerne Eve, reprend-elle, je suis sûre qu'ils l'ont fait.

Non ! Je ne voulais pas poser la question, j'étais trop sûre de ne pas avoir envie d'entendre la réponse. Et maintenant, j'ai juste envie de vomir.

– Mais elle n'est pas faite pour lui, conclut-elle sur un ton désinvolte.

On rejoint assez vite sa maison, juste le temps pour moi d'échanger quelques textos avec Johnny et de le convaincre que, oui, c'est une bonne idée d'aller chez Charlotte avec Agnès. Il finit par céder, mais j'en suis sûre, Davey viendra me chercher probablement trop tôt à mon goût.

Agnès m'entraîne à l'étage. Je suis hyper tendue à l'idée que Jack puisse surgir à tout moment. Mais une fois dans la chambre d'Agnès, je commence à me détendre. Des affiches de groupes rock et de jeunes acteurs sexy tapissent les murs. Les portes de son dressing révèlent des rangées de fringues et un alignement de chaussures parfaitement en ordre. Son lit – XXL – est défait, les draps roses froissés à moitié par terre. Des guirlandes électriques sont enroulées à la tête de lit métallique blanche, bougies et bâtons d'encens encombrent le rebord de fenêtre. La pièce sent l'encens et le parfum. Une odeur étrangement apaisante. J'ai si peu d'affaires à moi, dans ma chambre, chez Johnny. Soudain, j'ai la nostalgie de ma chambre à la maison. De mes amis.

Je m'assieds sur le lit, pendant qu'Agnès s'affaire dans son dressing. Je remarque qu'au mur, elle a la même affiche de Joseph Strike que Libby, derrière sa porte. Une photo de promo pour le film *Sky Rocket*, où il apparaît torse nu, hyper sexy.

– Tu as vu *Two Things* ?, je demande pour faire la conversation, Agnès toujours en train de fouiller parmi ses fringues.

– Oui, c'est géant. Et toi ?

– Pas encore. Je dois aller le voir avec un ami, une fois rentrée…

Le fait de dire ça à la sœur de Jack a quelque chose d'étonnamment jouissif.

– Oh, vraiment ? Un ami ? Proche ?

Excellent. Elle a mordu à l'hameçon.

– Possible…

Ce n'est pas un mensonge. C'est juste trop difficile de penser à Tom, avec tout ce qui se passe ici.

– Hmm… (Elle se remet à chercher dans son dressing.) Ah, voilà !, roucoule-t-elle en me jetant une robe vert émeraude. Essaie ça, ordonne-t-elle.

Je lui tourne le dos, retire ma robe longue, passe la verte… Euh, c'est quoi, ça ? À peine si ça me couvre les fesses. Limite.

– C'est une robe ou un top ?

– Une robe, répond-elle, comme si c'était évident. Passe ça, je te dis.

Elle me tend une ceinture fine pourpre, que je mets.

– Et les chaussures ?, je demande, en regardant ses pieds – elle fait au moins une pointure de plus que moi.

– Tes escarpins sont super. Tes cheveux aussi.

Pas de queue-de-cheval ni de chignon, aujourd'hui.

– Par contre, le maquillage a besoin de quelques retouches…

Elle me fait signe d'aller m'asseoir à son bureau et comme elle est très persuasive, je m'exécute. Cinq minutes plus tard, je porte du fard à paupières or pailleté, mascara noir et eye-liner noir – mais le trait moins marqué que le sien. Je vais avoir un mal fou à enlever ça. Blush pêche et supergloss viennent parfaire le look. Pour finir, elle attrape un gros collier fantaisie dans les tons or et une poignée de bracelets assortis. Je passe les bracelets et elle m'attache le collier.

– Parfait, dit-elle, apparemment satisfaite.

Je regarde mon reflet dans le miroir. Sans vouloir me vanter, je suis hyper sexy. Avec cette robe, mes jambes bronzées ont l'air un peu plus longues qu'elles ne le sont en réalité. Quant à mes yeux, wow !, jamais ils n'ont semblé aussi verts, la couleur comme boostée par celle de la robe.

– Tu es douée.

– Oh, arrête.

– Non, je t'assure, tu es douée, j'insiste et elle éclate de rire.

– En fait, je rêverais de faire les Beaux-Arts.

– Jack m'a dit que tu voudrais être styliste…

– C'est vrai ?, répond-elle, l'air tout content.

– Il sera là, ce soir ?, je demande, hésitante, tout en roulant ma robe longue dans mon sac.

– Peut-être. Mais ne t'en fais pas. On va faire en sorte de bien se marrer, d'accord ? Tu n'as qu'à rester avec moi.

– Alors, dit-elle, une fois en route pour se rendre chez Charlotte. Parle-moi de Johnny.

– Tu veux savoir quoi ?
– Tu as toujours su qu'il était ton père ?
– Non, non, je ne l'ai appris que récemment.
Pourquoi je sens que je peux avoir confiance en elle, qu'elle n'ira pas tout répéter à la presse ? Mystère, mais c'est comme ça.
– Je n'en reviens toujours pas que Jack ait pu penser qu'il était mon… Que j'étais sa…
Beurk.
– Mon frère est un abruti… (Je me réjouis qu'elle soit d'accord avec moi sur ce point.) Johnny et toi, vous vous ressemblez tellement. Jack était trop jaloux pour le remarquer…
– Jaloux, lui ? Comment ça ?
– Écoute-moi bien. Si tu tiens à lui autant que je le crois, un conseil, garde tes distances. Il ne pourra pas résister. Mais attention, ajoute-t-elle sans me laisser le temps de protester, mon frère est synonyme de problèmes, surtout quand il s'agit de filles. Je t'aurai prévenue…
Je reconnais devant nous la maison de Charlotte. Enfin, je reconnais le mur d'enceinte qui l'entoure. La maison elle-même, impossible de la voir.
Agnès s'arrête devant une sorte de haut portail en bois et agite la main en direction d'une caméra perchée sur le montant. Une minute plus tard, le portail s'ouvre et elle pénètre dans la propriété. Je n'ai même pas remarqué cette allée, l'autre soir, mais maintenant j'aperçois l'arrière de la maison, derrière la piscine hollywoodienne, avec ses toboggans et ses fontaines, puis c'est le chalet entre les troncs argentés sur ma droite. Des dizaines de lanternes multicolores tanguent, accrochées

aux branches. Un petit groupe de filles et de garçons est là, les uns assis sur des transats, les autres sur des tabourets de bois, devant le chalet. Agnès coupe le contact.

– On ne va pas à la maison, ce soir ?

– Non. Lottie déteste sa belle-mère. Son père vient juste de lui donner le chalet, donc elle a décidé de rester, avec son « tuteur » comme elle dit. Si quelqu'un a besoin de son propre espace, c'est bien Charlotte, dit-elle, non sans une certaine ironie, tout en retirant sa ceinture de sécurité.

– Pourquoi ne va-t-elle pas vivre avec sa mère ?

– Sa mère habite New York, répond Agnès, les yeux pleins de tristesse. Et elles ne s'entendent pas très bien...

Je ne peux pas imaginer avoir une mère et en être séparée. Surtout maintenant que je sais combien il est si facile de la perdre à jamais.

On entend de la musique alors que nous nous dirigeons vers le groupe. Mais pas à fond. Il règne une atmosphère tranquille, paisible. J'espère ne pas être trop habillée. J'aperçois Charlotte en minirobe dorée à col boule, ce qui me rassure un peu sur ma tenue. Lissa et Bryony sont présentes, en revanche je n'aperçois pas Eve. Fait-elle partie de ce cercle d'amis ? J'ai des doutes. Eve semble trop cool, trop rebelle pour ça. Ça me coûte de l'admettre, mais c'est la vérité.

– Salut, tout le monde !, lance Agnès, et les autres se tournent vers nous. Vous vous souvenez de Jessie ?

– Hel-looo !, répond Lissa et à son intonation, j'ai un mauvais pressentiment. Voici donc la petite miss Jefferson en chair et en os !

Quoi ? Oh. Euh. Bouche bée, je me tourne vers Agnès.

– Promis, je n'ai rien dit.

– C'était pas la peine, s'interpose Charlotte avec un sourire narquois. Avec tes cheveux blonds, tes yeux verts et ton histoire de nounou, dit-elle avec malice, franchement, qui pouvait croire ça ?

– Le communiqué de pressce est sorti ?, je demande, perdue.

– Mais c'est dingue ! Où as-tu passé l'après-midi ?, ricane Lissa.

– Les chaînes télé ne parlent que de ça, ajoute Bryony. C'est la folie, sur les réseaux sociaux.

Je regarde autour de moi, vois que certains ont sorti leur Smartphone. Lissa sourit méchamment devant mon embarras.

Ma couverture a volé en éclats apparemment. Et mon anonymat, alors ? Et ma maison ? Je ne veux pas de garde du corps ! Non, non et non !

– Tout le monde est au courant ? Ou rien que vous, ici ?

Je sens peu à peu la panique me gagner.

– Qu'est-ce qui t'embête ?, rétorque Lissa avec mépris. C'est quand même mieux d'être la fille de Johnny Jefferson qu'une simple nana parmi les millions d'autres qu'il a pu se faire !

– Oh... C'est dégueulasse !, je réplique.

– Comme ta mère, je suppose, ajoute-t-elle avec perfidie et j'en reste muette, trop choquée pour répondre.

– La ferme, Lissa, intervient Agnès avec colère, tout en s'emparant du premier Smartphone à sa portée.

– Hé !, proteste le garçon auquel elle arrache l'appareil.

– Lissa, soit tu arrêtes avec ces saloperies, soit tu rentres chez toi…

À ma grande surprise, c'est Charlotte qui vient de parler. Toutes deux se défient du regard un moment, mais c'est Lissa la première qui baisse les yeux.

– Je m'en fous de toute façon, marmonne-t-elle. Je vais me servir un autre verre…

Elle se lève et se dirige vers le chalet, en faisant signe à Bryony de la suivre. Celle-ci hésite, avant de s'exécuter.

– Ne fais pas attention à elle, soupire Charlotte en me regardant. C'est une langue de vipère, mais on l'aime bien.

Je me rends compte que je tremble. Comment peut-on bien aimer une telle garce ?

– Hé, ne flippe pas, enchaîne Charlotte, manifestement inquiète quand elle voit dans quel état je suis. Ton identité n'a pas été dévoilée. Personne ne sait qu'il s'agit de toi.

– Elle a raison, renchérit Agnès en me tendant le téléphone. Ton nom n'est mentionné nulle part. À ce stade, ils n'en sont qu'à des spéculations…

Je prends l'appareil, avec l'impression qu'à tout moment, mes jambes vont me lâcher.

– Tu devrais t'asseoir, décrète Charlotte, et elle m'oblige à me poser sur un tabouret.

Peut-être est-elle gentille avec moi uniquement à cause de mon père, mais à cet instant, je me fous qu'elle soit hypocrite. Je veux juste quelqu'un qui prenne soin de moi.

Je regarde le téléphone. Les mots sont floutés devant mes yeux emplis de larmes, mais je me force à me concentrer pour lire les commentaires.

GuessGirl a dit :

« Je l'ai vue hier soir ! Avec Johnny au concert de All Hype. »

Réponse de Mousey :

« Moi aussi je l'ai vue ! Au début je ne savais pas qui c'était. Je pensais que c'était juste une bimbo blonde parmi d'autres. »

TreeHugger rejoint la conversation :

« Je sais. Moi aussi j'ai pensé ça. Mais vous ne trouvez pas qu'elle lui ressemble ? »

Mario râle :

« J'aurais dû prendre une photo ! »

Mon cœur s'accélère lorsque Beagle déclare :

« J'en ai pris une, moi, mais il faisait trop sombre, on la distingue à peine. »

Beagle a joint la photo et je retiens mon souffle tout en l'examinant de près. Oui, c'est bien moi, debout à côté de Johnny. Mais le cliché est flou, on voit à peine mon visage, seulement que je suis petite et blonde. Je regarde les autres autour de moi, tous m'observent avec intensité.

Tout ça est tellement bizarre. Je suis là, avec des gens que je ne connais quasiment pas – et que je n'aime même pas. Je devrais être avec Natalie ou Libby ou Em, ou encore avec Dougie ou Aaron. Ou Tom, je pense avec un pincement au cœur. Ils devraient être là à me réconforter, à me soutenir. Je regarde à nouveau le téléphone entre mes mains, complètement dans le brouillard.

– Je vais te chercher à boire, décide Charlotte. Tu veux quoi ?

– Juste un Coca, je chuchote.

Et soudain, j'aimerais que Jack plus que n'importe qui d'autre soit ici, à mes côtés, et à cette pensée, je suis ébranlée. J'inspire, expire et tente d'injecter un peu de normalité à ma voix quand je rends le téléphone à son propriétaire.

– Bref, à part ça, je m'appelle Jessie.

– Je sais, répond-il avec calme et je constate qu'autour de moi, ils sont tous encore en train de me dévisager.

– Et toi, tu t'appelles comment ?

– Peter, répond-il avec un sourire, donnant ainsi le coup d'envoi aux présentations.

Difficile pourtant de retenir le nom de tout le monde. Trois garçons et six filles, en dehors d'Agnès et de moi.

Agnès s'assied à côté de moi, tandis que Charlotte revient avec les verres. Quelqu'un met de la musique. Agnès et Charlotte se mettent à discuter ensemble.

– Tu restes longtemps à L.A. ?, demande Peter.

Il a des cheveux noirs hyper courts, des yeux marron et une barbe de trois jours soigneusement entretenue. Il doit être grand.

– Plus tellement maintenant. Je dois retrouver mon bahut pour la rentrée, début septembre…

Je ne suis pas d'humeur à parler de choses et d'autres, mais je fais de mon mieux pour me montrer sociable.

– C'est pas cool, dit-il.

– Comment tu connais Charlotte ?

– On travaille ensemble.

Oh, mon Dieu ! Je viens juste de comprendre qui c'est ! Zachary, dans *Little Miss Mulholland* ! Le frère que Macy a perdu de vue depuis longtemps, dans la série, c'est lui.

– Tu es… (Je peine à me remettre de mes émotions.) Je te reconnais. Pardon, je bafouille, les joues en feu.

– C'est pas grave, répond-il en riant.

– Et comment ça va, sinon ? Dans la série, je veux dire. Là-bas, en Angleterre, tu viens juste d'apparaître.

– Ah, c'est super. J'aime bien. Et il y a cette histoire de tueur qui va pimenter le scénario…

– Oh. Tu peux m'en dire plus ?

Il sourit à Charlotte qui s'est tournée vers nous.

– Je promets de ne rien dire si tu ne dis rien pour moi, je plaisante.

– Ça me semble correct, déclare Charlotte en riant. Il va faire le buzz, c'est sûr…

Et à mesure que Peter me révèle des choses sur la série, je commence à me sentir mieux. Lissa et Bryony refont leur apparition, mais je fais en sorte de les ignorer. Ce qui n'est pas difficile, avec Peter, Agnès et Charlotte qui me parlent. Je suis encore un peu désemparée par la gentillesse de Charlotte, étant donné qu'elle m'a quasiment snobée, la dernière fois où je suis venue chez elle. Mais même si elle a une idée derrière la tête, je me montre aimable.

Quand j'entends le moteur d'une voiture dans l'allée, je me retourne, pour regarder, comme les autres.

– Tiens, voilà ton frère, dit Lissa à Agnès d'une voix chantante, tout en me fixant du regard.

J'ai le cœur qui part aussitôt en vrille et me dépêche de détourner les yeux, tout en cherchant dans ma tête quelque chose à dire à Peter, histoire de ne surtout pas regarder Jack qui arrive. Mais impossible. J'entends une portière qui claque, puis une autre – combien sont-ils dans sa voiture ? Et Eve, est-ce qu'elle est là, elle aussi ?

Je n'en peux plus d'angoisse, mais je me force à rester concentrée sur Peter. Je me creuse la cervelle et finis par trouver quoi dire.

– Tu as toujours voulu être acteur ?

– Non. En fait, je suis dans ce milieu depuis peu de temps. J'ai été repéré sur la plage de Santa Monica.

– Pas possible ? C'est super cool. Tu étais torse nu, tablettes de chocolat bien en vue ?, je demande en riant, voulant donner l'impression d'être en train de m'amuser.

Il rit, hausse les épaules.

– Apparemment, ça m'a réussi...

– Ce qui est sûr, c'est que tu joues hyper bien.

– Oh, je débute...

À ce moment, je repense aux photos de Johnny et moi aux manèges de Santa Monica, prises par les paparazzis. Va-t-il exiger l'interdiction de leur parution ?

– Ça va ?, demande Peter en m'observant.

Alors je lui explique, tout en entendant Agnès, Charlotte et d'autres de la bande se lever pour dire bonjour à Jack et à je ne sais qui d'autre venu avec lui. Je me tourne discrètement. Il est avec Miles et Brandon.

– Ne t'inquiète pas. À partir du moment où ni ton nom ni ton adresse en Angleterre n'apparaîtront dans la presse, personne ne pensera jamais que c'est toi.

– Je l'espère, je réponds, en reportant mon attention sur Peter. Mais merci...

Je lui souris avec gratitude, quand soudain, Jack s'approche pour lui serrer la main et là, il me reconnaît, se fige.

– Jessie ?, dit-il, visiblement surpris.

– Salut, je réponds en le regardant droit dans les yeux.

Qu'il aille au diable, à être toujours aussi sexy !

27.

Je ne bouge pas un cil quand il se penche pour m'embrasser sur la joue, main droite ancrée sur ma nuque, juste avant qu'Agnès ne le tire brusquement en arrière.

– Hé !, s'exclame-t-il, en colère.

– Laisse-la tranquille, le met-elle en garde en faisant les gros yeux pour rire.

Elle lui fiche même une claque sur le bras, avant d'aller parler avec Miles.

Charlotte s'approche, glisse son bras autour du cou de Jack et le regarde dans les yeux.

– Qu'est-ce que tu veux boire ?

– Tu as quoi ?

– Soda ?

– Pas de whisky ?, demande-t-il, sourire en coin.

– Je peux te trouver une bière… Mais c'est le mieux que je puisse faire…

Elle le lâche et se tourne vers Brandon, qui l'observe avec insistance. J'ai l'impression qu'il y a quelque chose, entre ces deux-là.

— Une bière ?, lui demande-t-elle.

À ce moment, Jack s'accroupit à côté de moi et j'en oublie tout le reste. Il porte un nouveau T-shirt imprimé super cool et il a les cheveux dans les yeux.

– Que fais-tu ici ?, me demande-t-il et je donnerais n'importe quoi pour connaître ses pensées.

– Agnès est venue me chercher.

– Agnès ?

On se retourne tous les deux dans un même élan pour la regarder, en train de rire avec Miles.

– Elle a récupéré mon numéro dans ton portable, dis-je, en essayant de garder mon calme. Pour une raison qui m'échappe, elle a dit avoir envie de me connaître.

– Vous vous êtes déjà rencontrés, tous les deux ?, intervient Peter, faisant sursauter Jack.

Moi aussi, j'avais oublié qu'il était là.

– Une fois ou deux, oui, je réponds sèchement, sans quitter Jack des yeux.

– Mais bien sûr, renchérit Peter en se souvenant des réseaux sociaux. Tu étais au concert de All Hype, hier soir, avec Johnny.

– Exact… (Je ravale un soupir et fais un effort pour l'inclure à la conversation.) Et toi, tu y étais ?

– Malheureusement, non. J'étais sur un tournage.

J'ai envie de répondre « T'as rien manqué », juste pour faire râler Jack, mais ça serait méchant, et mentir aussi, alors je réponds :

– Dommage. C'était super ! Johnny et son pote Christian les ont trouvés très bons, eux aussi.

– Vraiment ?, demande aussitôt Jack, les yeux brillants.

– Vraiment.

Charlotte file une bouteille de bière à Jack, puis s'en va discuter avec Brandon.

– Où est Eve, ce soir ?, je demande.

– Je ne sais pas. Je ne l'ai pas vue de la journée…

Il avale une gorgée de bière, manifestement mal à l'aise, et quand il se lève, j'en ai le cœur qui se lézarde. Il s'éloigne pour aller parler avec les autres et à ce moment-là, je n'ai qu'une envie, rentrer à la maison, tout de suite. Puis je le vois s'emparer d'un tabouret et revenir vers Peter et moi. Et instantanément, comme une idiote que je suis, je retrouve mon entrain. Franchement, je me giflerais.

– Alors, comme ça, le scoop est sorti ?, lance-t-il en désignant le portable de Peter, qui du coup le lui passe.

– Oui, je réponds du bout des lèvres, alors qu'il consulte les réactions sur les réseaux sociaux. Mais ils ne savent toujours pas qui je suis…

Il rend l'appareil à Peter qui se lève et glisse son téléphone dans sa poche.

– Faut que j'aille pisser, dit-il en se dirigeant vers le chalet.

Jack repousse ses cheveux en arrière et se plie en deux sur son tabouret, bras sur les cuisses. Il me dévisage, une lueur de doute traverse son regard.

– Pardon, murmure-t-il, l'air penaud. Je me suis comporté comme un con.

– À quel propos ?, je demande, hautaine, et il a l'élégance de paraître embarrassé.

– N'importe quel abruti pouvait voir que tu ressemblais à Johnny. Je ne sais pas où j'avais la tête.

Et c'est tout ce qu'il trouve à me servir en guise d'excuses ? Je bois un peu de mon soda, le regard lointain.

– Et pardon aussi pour Eve, ajoute-t-il avec calme.

– C'est ta petite amie ?

Il faut absolument que je sache.

– Non. Oh, c'est compliqué. En fait, il y a... un truc entre nous.

Aïe. Ça fait encore plus mal d'entendre ces mots de sa bouche.

– C'est la chanteuse du groupe, poursuit-il, l'air un peu dépassé. Quand on se dispute, ça rend les choses difficiles. Pour chacun de nous...

Il se tourne vers Brandon et Miles, puis reporte son regard sur moi.

– Ça n'a pas eu l'air de te poser problème de sortir avec elle et moi en même temps, je remarque, sarcastique.

– Je suis désolé, répète-t-il. J'ai merdé...

Puis il ajoute, quand je détourne les yeux :

– Je suis heureux que tu sois là.

– Plus pour longtemps, rassure-toi, je réponds, cinglante.

Agnès vient vers moi, m'oblige à me lever.

– Viens danser, Jessie, dit-elle, et elle tire la langue à Jack tout en m'entraînant.

Je meurs d'envie de rester avec lui, mais en même temps, je le sais, mieux vaut que je m'en abstienne. Alors j'essaie de m'amuser, même si c'est plus fort que moi, pendant l'heure qui suit, je n'arrête pas de me demander où il est, ce qu'il fait.

Un moment plus tard, je reçois un texto de Johnny. Il veut savoir où je suis et s'il doit envoyer Davey me récupérer.

– Je te raccompagne chez toi, si tu veux, propose Agnès quand je lui explique. De toute façon, j'ai besoin de me coucher tôt, ce soir… Et on va dire au revoir aux autres.

– Reviens me voir, un de ces jours, d'accord ?, lance Charlotte en m'attrapant par le cou. (Elle pue la bière à plein nez.) J'ai tellement envie que tu me parles de Johnny, me susurre-t-elle à l'oreille. Comment est-il au quotidien ? Merde, il est trop sexy…

Je me force à sourire. Maintenant, je sais pourquoi elle est si gentille avec moi. Elle a un faible pour mon père. Beurk !

Jack s'avance et l'oblige à me lâcher.

– À plus tard, Lottie. Et d'ici là, tu ferais mieux d'arrêter de picoler.

– Ça te va bien de dire ça, rétorque-t-elle, alors qu'il m'entraîne loin d'elle.

J'ai le cœur qui bat à fond quand il s'adresse à Agnès :

– Je peux venir avec vous ?

– Sans blague !, s'exclame-t-elle, manifestement étonnée, tandis que nous nous dirigeons vers sa voiture. D'habitude, tu es toujours le dernier à partir d'une soirée.

Jack hausse les épaules et Agnès me fait un clin d'œil par-dessus le toit de la bagnole quand il se glisse à l'intérieur pour s'installer sur le siège derrière elle. À mon tour, je monte, claque la portière. Par la vitre, j'aperçois Lissa derrière la cabane en rondins, en pleine discussion téléphonique.

Agnès donne un coup de klaxon quand nous partons et Lissa sursaute, regarde dans notre direction, comme prise de panique, j'ai l'impression. Pourquoi cette réaction ? Mystère.

– On dirait que Lissa a un problème avec moi ?

– Lissa est une vraie garce, répond Agnès. Ne t'occupe pas d'elle.

– Non, mais... Elle a l'air bouleversé de nous voir partir...

– Elle est surtout bouleversée de voir Jack partir, fait remarquer Agnès, tout en fronçant les sourcils dans le rétro à l'attention de son frère.

– Comme on la comprend..., réplique Jack.

Je me tourne vers lui et il soutient mon regard, sourire au coin des lèvres. En une fraction de seconde, la voiture me semble mille fois moins confortable qu'à l'aller.

Agnès monte le son de la stéréo et on roule un moment sans échanger un mot.

– Quelle direction je dois prendre ?, me demande-t-elle soudain.

Euh, en fait, je n'en sais rien.

– À gauche, dit Jack.

Ouf. Au moins sait-il où nous allons. Je n'ai jamais vraiment fait attention, avec Davey au volant. Un moment plus tard, je commence à reconnaître l'endroit.

– Jack..., dit alors Agnès, d'une voix bizarre.

– Quoi ?

– Je me demande si on ne nous suit pas...

Lui et moi nous retournons en même temps, pour regarder. Un véhicule de couleur sombre nous colle.

– Prends à droite, là, dit-il, l'air préoccupé.

Mais quand elle met son clignotant, il hurle.

– Non ! Continue tout droit !

Je comprends alors ce qu'il a vu. Des paparazzis. Des dizaines en fait qui attendent au premier virage, sur la route qui mène au portail de chez Johnny. Agnès fait un écart, contourne la meute, mais son manège attire leur attention.

– Merde !, grommelle Jack en regardant par la vitre arrière.

Et je vois moi aussi toute une bande de types armés de téléobjectifs sauter dans leur voiture et démarrer sur les chapeaux de roues pour se lancer à notre poursuite.

– Cache ton visage !, me crie Agnès.

– Mais avec quoi ?

Jack déclique ma ceinture de sécurité et glisse son bras autour de ma taille.

– Passe derrière, me presse-t-il, et je n'hésite pas une seconde à me faufiler entre les sièges avant pour le rejoindre sur la banquette.

Là, je me blottis contre lui, visage contre son torse, alors qu'il me serre dans ses bras.

– Où va-t-on ?, je demande, le son de ma voix étouffé par son T-shirt.

– Chez nous, répond-il suffisamment fort pour qu'Agnès entende.

S'ensuivent plusieurs minutes de stress intense. Pas une fois je ne regarde, mais j'entends Jack qui parle des paparazzis qui roulent à notre hauteur et ne nous lâchent pas. Et même le visage enfoui contre son torse, je peux voir l'éclat des flashes se succéder pendant qu'ils essaient de me photographier, dans la voiture.

– Super, petite sœur, tu te débrouilles bien, dit Jack d'une voix posée, après un moment.

À sa douceur vis-à-vis de sa sœur, à la façon dont il me tient, pour me protéger, je suis bouleversée. En dépit de la situation, je voudrais que ce trajet ne s'arrête jamais. Mais la magie prend fin, bien sûr, et une fois passé le portail de la propriété de sa mère et de son beau-père, en sécurité, ses bras se dénouent autour de moi. Je m'écarte et le regarde. Je vois trouble tellement j'ai fermé fort les yeux, mais il est si près de moi que j'en tressaille.

– Ça va ?, me demande-t-il et quand il plonge ses yeux bleu gris dans les miens, les papillons dans mon ventre se mettent à battre des ailes avec frénésie. Son regard est si pénétrant. Si intense.

– Oui, oui.

Il a encore sa main droite sur mon ventre, la gauche sur ma taille et je n'ose même plus respirer à son contact.

Malheureusement, il me lâche pour se pencher et tapoter affectueusement l'épaule d'Agnès. Elle le regarde dans le rétro et laisse échapper un soupir, avant de reporter son attention sur moi.

– Tu ferais mieux d'appeler Johnny.

– Je sais. Mais que se passe-t-il ?, je gémis, l'esprit confus. Johnny m'a assurée qu'ils ne me harcèleraient pas. Qu'il ferait interdire la parution de photos.

– Il peut s'opposer à la publication de photos, mais il ne pourra pas les empêcher de te harceler, répond Agnès, lugubre.

– Ils n'étaient même pas au portail, dis-je, un instant distraite quand Jack se rassied à côté de moi sur le siège, son corps tout contre le mien. Ils attendaient au bas de la rue. C'est pas possible, quelqu'un a dû leur dire que j'arrivais… Mais au fait, Lissa était au téléphone…

– Lissa ne…, s'insurge aussitôt Agnès.

– Tu en es sûre ?, l'interrompt Jack.

Tous deux échangent un long regard.

– Je sais, elle est jalouse de Jessie, mais jamais elle ne la balancerait comme ça à la presse. C'est trop nul !, s'exclame Agnès qui descend de voiture et vient ouvrir la portière du côté de Jack. Ne tire pas des conclusions trop hâtives. Les paparazzis sont de vraies sangsues…

Elle s'éloigne et quand Jack sort du véhicule, j'ai un moment de flottement, privée de la chaleur de son corps contre le mien. Je descends de voiture derrière lui.

On se rend dans la salle de jeux. Là, j'appelle Johnny ; Agnès de son côté va prévenir sa mère de notre arrivée. Jack s'assied dans un coin et gratte sa guitare, l'air absent, en attendant que je raccroche.

– J'envoie Davey te chercher, dit Johnny d'une voix cinglante, une fois informé des événements.

Je ne sais pas s'il est en colère que je sois sortie sans Davey, ce soir, en dépit de tous ses conseils.

– Y a pas urgence.

– Une demi-heure maximum, rétorque-t-il, puis il raccroche.

Je me tourne vers Jack et soupire.

– Tout va bien ?

– Pas vraiment. Je me sens bizarre en fait…

Je me dirige vers lui. Guitare entre les mains, il s'appuie au mur, croise les jambes.

Puis il se met à jouer un morceau entraînant, commence à chanter et c'est plus fort que moi, j'éclate de rire quand j'entends que c'est une chanson de One

Direction. Il ne connaît pas bien les paroles, alors il invente et c'est vraiment marrant. Il fredonne l'avant-dernière ligne du refrain, « Tonight let's get some... »

Je me joins à lui pour finir : « Live while we're young. »

Il exécute un dernier accord, puis me sourit et mon cœur chavire. Je voudrais le détester, mais je ne peux pas. Il pose sa guitare contre le mur et s'avance vers moi avec un sourire façon prédateur fou.

Amusée, je secoue la tête quand il arrive à ma hauteur et pose les mains autour de ma taille.

– Espèce de connard, je chuchote.

C'est ce moment que choisit Agnès pour réapparaître dans la salle de jeux.

– Putain, Jack ! Tu ne crois pas qu'elle a mérité d'être un peu tranquille ?

Il soupire bruyamment, prend un air frustré, tout en me faisant un clin d'œil.

Agnès me passe un grand verre rempli de quelque chose de rouge et pétillant avec des glaçons. J'espère que c'est alcoolisé.

– Cranberry et limonade, me dit-elle.

Tant pis.

On sort pour aller s'asseoir sur l'herbe, face aux lumières multicolores de la ville. Jack se place entre nous. Il craque une allumette et je regarde, fascinée, son visage éclairé par la lueur orange de la flamme.

– Beurk, t'es obligé de fumer ?, râle Agnès en s'écartant. Tu commences à sentir aussi mauvais que Drew, ajoute-t-elle, faisant allusion à leur frère aîné.

– Tu lui as parlé, hier soir ?, demande alors Jack.

Hier soir ? Oh, au concert de All Hype. Mais... Lequel était Drew ?

– Très peu. Il aimerait aller au resto un jour, avec moi.

– Ça serait super.

Elle ne dit rien, et j'ai le cœur serré pour elle. Être séparée de son père et de son frère, comme Charlotte séparée de sa mère. Ce n'est pas une vie.

– Ma mère est décédée en janvier, dis-je alors à voix basse.

Jack tire sur sa cigarette et, du coin de l'œil, je vois Agnès se pencher pour me regarder.

– Elle a toujours refusé de me dire qui était mon vrai père. Quand elle est morte, je l'ai détestée pour ça... Et pour m'avoir abandonnée... (Je chuchote à peine ces derniers mots, avant de me tourner vers Agnès.) Même s'il n'existe qu'une toute petite chance de te réconcilier avec ton frère et ton père, saisis-la. Parce qu'ils pourraient tout aussi bien ne plus être là, demain... (Je reporte mon attention sur la ville à nos pieds.) C'est mon beau-père qui m'a dit la vérité, à propos de Johnny. Je me suis comportée comme une peste avec lui, depuis la disparition de Maman – et sans doute bien avant –, mais c'est quelqu'un de bien.

Mon téléphone sonne à ce moment, je soupire, décroche à contrecœur.

– Mademoiselle Pickerill ?

– Combien de fois devrai-je vous répéter de m'appeler Jessie ?, je réponds, désabusée, à Davey.

– Comme vous voulez, dit-il avec chaleur. Je suis devant le portail. Monsieur ou Mademoiselle Mitchell veulent bien m'ouvrir ?

– J'arrive, dis-je et je raccroche.

– Je t'accompagne, décide Jack qui bondit sur ses pieds.

– Évite les mains baladeuses, si possible, marmonne Agnès.

Je ris, puis regarde Jack qui lève les yeux au ciel.

– Je t'appellerai, dit-elle. On ira prendre un verre.

– J'aimerais bien, je réponds avec un sourire, puis Jack et moi contournons la maison pour descendre vers l'allée. J'aperçois un clavier de contrôle, à côté du portail.

– Ne bouge pas d'ici. Les paparazzis sont sans doute encore dans le coin…

Je reste donc derrière pendant qu'il va appuyer sur un bouton. Davey entre et Jack referme le portail derrière lui, empêchant ainsi toute intrusion.

Puis Jack revient vers moi en petite foulée, tandis que Davey descend de voiture et ouvre la portière. Je descends à sa rencontre, quand Jack s'écrie, main levée :

– Attends !

Je me fige.

– Une seconde !, lance-t-il à Davey.

Puis il me prend par le bras et m'entraîne juste derrière le mur, à l'abri des regards.

– Qu'y a-t-il ?

– Est-ce qu'on pourrait tout recommencer depuis le début ?

– C'est-à-dire ?

– Eh bien, sortir ensemble, tu vois… Aller voir un film, ce genre de truc.

– Et Eve ? Et ton groupe ? Cela ne risque-t-il pas de trop *compliquer* les choses ?

Il soupire et me regarde droit dans les yeux.

– Tu es ici encore pour, quoi, une semaine, c'est ça ?

– Oui et ensuite, je pars. C'est bien plus pratique comme ça, non ?

– Tu reviendras forcément.

– Bon, je dois y aller, je soupire tout en défroissant nerveusement ma robe, avant de me rappeler que ce n'est pas ma robe. Merde ! C'est la robe de ta sœur !

Je regarde devant le portail où Davey patiente.

– Tu n'auras qu'à me la rendre la prochaine fois qu'on se voit. Je la lui remettrai en mains propres.

– Je pourrais aussi bien la lui remettre en mains propres la prochaine fois où je la verrai, elle.

Il semble un moment désarçonné. Je retire mon collier, mes bracelets.

– Tu lui rendras ça aussi.

– Pourquoi tu ne quittes pas ta robe, je pourrais ainsi la lui rendre tout de suite ?, demande-t-il avec insolence, tout en me regardant de haut en bas, avant d'éclater de rire devant ma tête. Allez, Jessie, gémit-il en prenant un air de chien battu. Un rendez-vous, un vrai, s'il te plaît…

Mais il ne renonce donc jamais !

– Entendu, je réponds avec un soupir de tragédienne. Mais uniquement si tu me promets de me chanter encore du One Direction.

À ma réflexion, il semble tout ragaillardi et j'avoue, j'en ai le cœur qui flanche.

— « Baby say yeah, yeah, yeah… », chante-t-il doucement.

– Non, tu ne peux pas m'embrasser, je proteste, reconnaissant les paroles de *Kiss You*.

– Tu es sûre ?, insiste-t-il et quand il effleure mon bras nu, un frisson me parcourt de haut en bas.

– Oui. Je suis sûre, je réponds et je tourne les talons.

Ce n'est qu'une fois en sécurité dans la limousine de Davey que je m'autorise à expirer. Je ne me savais pas capable d'une telle volonté. Tu es une sacrée dure à cuire, Jessie Pickerill…

Jessie Jefferson, je corrige aussitôt dans ma tête.

28.

– Oh, mon Dieu ! Oh, mon Dieu ! Oh, mon Dieu !

– Mais arrête de dire ça !

Je n'en peux plus de rire. Je suis au téléphone avec Natalie et elle me croit… enfin !

– J'arrive pas à le croire.

– Arrête de dire ça aussi.

C'est sans doute la conversation la plus répétitive de toute mon existence.

– J'arrive pas à le croire.

– Natalie… La ferme !

– Quand rentres-tu ?

Ouf, apparemment son disque n'est plus rayé.

– Dimanche, dans une semaine.

– J'ai vu Tom, hier. Super en forme, bronzé… Encore plus beau. Il a demandé de tes nouvelles.

En dépit des événements avec Jack, cette remarque me remplit de joie.

– Il m'a envoyé un texto, depuis Ibiza.

– Non ! C'est vrai ?

– Oui...

Je soupire. Puis je lui raconte tout, avec Jack.

– Wow, dit-elle – difficile de savoir si c'est un bon wow ou un mauvais. Tu as des photos de lui ?

– Tu n'as qu'à te rendre sur le site de All Hype. C'est celui qui est à la guitare, cheveux noirs...

– OK, j'irai voir ça.

À ce moment, j'entends Johnny qui m'appelle d'en bas. Et au ton de sa voix, je pressens qu'il y a urgence.

– Faut que je te laisse. Je te rappelle bientôt.

– D'accord, répond Natalie.

– Bye... (Je raccroche et me précipite sur le palier.) Je suis là !, je hurle à Johnny, dans le salon, juste en dessous, en me penchant par-dessus le mur de protection.

– Tu peux descendre ?, demande-t-il d'une voix lasse, le visage tendu.

– Que se passe-t-il ?, je demande tout en me dirigeant vers l'escalier que je dévale à toute vitesse.

Assise sur le canapé, Meg berce doucement Phoenix, une main sur le genou de Johnny. Elle semble bouleversée.

– Mon père a eu une crise cardiaque.

– Oh non...

– Il est à l'hôpital, dit Johnny. Les médecins pensent qu'il est hors de danger.

– Super, je réponds. Ouf.

– Il faut que j'aille le voir, reprend Johnny en se tournant vers Meg.

Elle le regarde avec compassion, avant de s'adresser à moi.

– Nous allons tous aller le voir, dit-elle avec douceur. Les garçons et moi.

Bien sûr. Je ne le connais pas, donc ça semble logique. Mais… Minute… Où veulent-ils en venir ? Puis je comprends.

– Est-ce que ça signifie que je dois partir, moi aussi ?

– Je suis désolée, dit Meg.

– J'ignore combien de temps je devrai rester en Angleterre, mais ça risque de durer, dit alors Johnny, visiblement déjà en train de tout calculer. Sans doute des semaines, mais cela risque de nous emmener au-delà de la date de reprise de tes cours, au lycée.

Mais… Et Jack ? Et Agnès ? Il faut vraiment que je m'en aille ?

– Bien sûr, nous nous verrons pendant que nous serons en Angleterre, poursuit Johnny. Malheureusement, nous n'avons pas d'autre choix que de quitter Los Angeles aujourd'hui même, ajoute-t-il et c'est la panique totale en moi. Mais il y aura d'autres vacances. Tu pourrais revenir pour Noël ?

Je le regarde, groggy, et il se tourne vers Meg qui acquiesce d'un signe de tête.

– Je suis désolé, dit-il en me serrant la main. Mais tu dois aller faire tes bagages. Carly peut te donner un coup de main. Nous partons dans deux heures.

– Je n'ai pas besoin d'aide, je réponds et, tel un automate, je tourne les talons et remonte dans ma chambre, sous le choc.

J'arrive pas à y croire. Je rentre à la maison. La boule au ventre, je sors mon sac de l'armoire et le balance sur la moquette, puis je commence à rassembler mes affaires.

J'ai vite fait de ranger dedans ce que j'ai acheté ici d'un côté et apporté de là-bas de l'autre. J'attrape ensuite mon téléphone et m'affale par terre, dos contre le mur.

Je compose le numéro de Jack.

– Je savais que tu ne résisterais pas longtemps à mon charme, dit-il en décrochant.

– Je rentre chez moi, je chuchote avec tristesse.

– Oh ? Quand ?

– Maintenant. Aujourd'hui.

– Pourquoi ?, s'exclame-t-il, visiblement déconcerté. C'est à cause de Lissa ?

– De Lissa ? Non. Pourquoi dis-tu ça ?

– On pense que c'est bien elle qui a prévenu la presse que tu rentrais chez Johnny. Agnès a saturé sa messagerie ce matin de messages mortels.

Mon petit cœur se lézarde un peu plus. Je savais que je ne pouvais pas faire confiance à Lissa, n'empêche, sa trahison fait mal. Elle doit vraiment me détester.

– Non, ce n'est pas à cause de Lissa. Le père de Johnny a fait un infarctus. Il veut se rendre à son chevet et comme je ne peux pas rester ici seule…

– C'est pas vrai ! Mais tu pourrais… Attends… Pourquoi tu ne viendrais pas chez nous ?

C'est plus fort que moi, j'éclate de rire.

– Je doute que cette solution convienne à Johnny. Il n'a pas une très haute estime de toi.

– Hmmm… On n'a même pas pu se dire au revoir comme il faut.

– C'est-à-dire, comme la dernière fois ? Tu avais vite trouvé à te consoler, il me semble. Tu ne devrais pas avoir de problèmes à recommencer…

– Aïe, dit-il.

Il garde le silence un moment, avant de demander.

– Tu reviens quand ?

– À Noël. Peut-être aux vacances de Toussaint, dans deux mois, j'ajoute en me souvenant de Johnny évoquant les prochaines vacances scolaires.

Nouveau silence.

– C'est pas trop loin…

– J'espère que tu es plus doué pour les mails que pour les textos, je rétorque, en me souvenant de la brutalité de celui qu'il m'avait envoyé en réponse à celui où je lui annonçais que je restais.

– Je crois que oui. Oui, on reste en contact cette fois. Si tu crois m'échapper en partant sur un autre continent, tu te trompes…

Je laisse passer quelques secondes quand soudain :

– Oh, et la robe d'Agnès ? Je demanderai à l'assistante de Johnny de l'envoyer.

– Je lui dirai. Je suis sûr qu'elle voudra ton mail…

– Avec plaisir, je réponds et cette idée de correspondre avec elle me plaît, me plaît vraiment.

Entre Jack et moi, l'histoire n'est pas finie, je me dis, après avoir raccroché. Et soudain, j'ai comme un sentiment de déjà-vu, parce que c'est exactement ce que j'ai pensé à propos de Tom, quand j'ai quitté l'Angleterre pour venir ici.

Je laisse échapper un profond soupir, regarde la chambre autour de moi pour la dernière fois, avant de me mettre à genoux sur mon sac pour tirer la fermeture Éclair. Ce que je réussis à faire, non sans mal.

Lorsque je sors sur le palier, en traînant mon sac derrière moi, Barney est en train de sauter comme un cabri devant la porte de sa chambre.

– On prend l'avion ! On prend l'avion !, n'arrête-t-il pas de chanter et j'envie son enthousiasme.

– Je sais, petit ouistiti. Tu es content ?

– Ouais !, hurle-t-il avant de retourner dans sa chambre.

Je souris et en passant devant, je constate que, pour une fois, Meg a accepté que Carly s'occupe de la valise de son fils. Manifestement, il n'y a pas de temps à perdre.

– Tu es prête ?, me lance Meg quand je passe devant la chambre de Phœnix.

– Je crois, oui...

Je laisse mon sac sur le palier et entre. Phœnix gazouille gentiment dans son berceau. En principe, à cette heure, il dort, mais aujourd'hui, impossible.

– Davey va emporter les bagages de son côté, me dit Meg tout en rangeant couches et lingettes bébé dans un sac. (Je m'approche du berceau et regarde Phœnix qui me sourit.) Et nous, nous prenons l'hélico, ajoute-t-elle tandis que je lui chatouille le menton, ce qui le fait rire.

– L'hélico ?

Je me tourne vers elle.

– Il y a un hélipad sur le toit, me répond-elle avec un sourire. On évitera ainsi les paparazzis, sur la route... (Elle ne semble pas plus impressionnée que ça.) Lorsque Davey arrivera avec nos affaires sur la piste, nous serons déjà dans l'avion.

– Ils sont toujours devant le portail ?, je demande, inquiète.

Une dizaine de voitures nous a suivis tout le long du trajet, hier soir, et il y avait toute une meute de paparazzis qui attendait à l'entrée de la propriété. Mais impossible pour eux de me voir, derrière les vitres teintées de la limousine.

– J'en ai bien peur. Quand la presse a appris l'existence de Barney, ça a été le même déchaînement médiatique. Mais ça passera. J'espère que lorsque tu reviendras, à Noël, les choses se seront calmées.

– J'espère.

Elle ne parle pas des vacances de Toussaint, mais peut-être que je pourrai venir quand même. Noël me semble si loin.

– Même si tu étais restée, tu n'aurais pas pu sortir d'ici, ajoute-t-elle.

Ses mots me réconfortent un peu. Un peu seulement.

Nous sommes dans le salon à attendre l'hélico, quand Libby m'appelle.

Après avoir attendu son appel une éternité, je suis maintenant trop préoccupée pour parler.

– Salut, je réponds tout en tapant du pied avec impatience.

Je suis assise sur le canapé à côté de Johnny qui lui aussi tape du pied. On tient tous les deux un magazine entre les mains, mais il ne semble pas plus que moi intéressé par la prose sous ses yeux.

– Salut, dit-elle.

– Je ne peux pas te parler, là, je lui dis sèchement.

– Je suis désolée de ne pas t'avoir appelée plus tôt.

Je ferme brièvement les yeux, soulagée en fin de compte de l'entendre dire ça. Je me lève et sors du salon pour me rendre sur la terrasse.

– C'est juste que j'ai l'impression de ne plus te connaître, me confie-t-elle alors.

Je hoche la tête, même si elle n'est pas là pour le voir.

– Je comprends. Si nous avions été proches comme nous l'étions avant…

– Je t'aurais appelée tous les jours, m'interrompt-elle, finissant la phrase à ma place.

On perçoit le bruit d'un hélico au loin. J'imagine que c'est le nôtre ?

– Je rentre à la maison. On part aujourd'hui. Le père de Johnny a fait une attaque.

– Oh, je suis désolée.

– Je pense qu'il va se remettre, mais ça m'oblige à partir plus tôt que prévu. On pourrait se voir à mon retour ? J'ai plein de trucs à te raconter.

L'hélico approche.

– Ça serait super.

À ce moment, Johnny apparaît sur la terrasse avec Phœnix dans les bras, suivi de près par Barney.

– Regarde mon grand, l'hélico !

– Supercopter ! Supercopter !, s'exclame Barney tout joyeux en faisant des bonds.

– Tiens, mets ça, me dit-il en me tendant mon chapeau et mes lunettes de soleil. Juste au cas où…

– C'était Johnny ?, s'écrie Libby dans mon oreille, manifestement sous le choc.

– Oui.

Je mets mon chapeau, mes lunettes.

– Oh, mon Dieu !, Johnny Jefferson est ton père, dit-elle comme si elle venait juste d'en prendre conscience.

Je sais ce qu'elle ressent.

– À très vite alors, dis-je en riant.

Le fracas de l'hélico en train de se poser sur le toit ne nous permet pas de nous éterniser en adieux.

Au décollage, casque sur les oreilles, tandis que la voix du pilote nous informe sur la durée du vol, je regarde en bas la maison ultracontemporaine de Johnny dont les murs blancs miroitent sous le soleil incandescent de l'après-midi. Il reste encore quelques paparazzis qui font le pied de grue devant le portail, malgré la diversion de Davey avec la limousine, et ils pointent leur téléobjectif sur nous.

La voix de Meg retentit dans le casque.

– Ça va faire de jolis clichés dans la presse, dit-elle, narquoise. La grande évasion de la famille Jefferson au complet.

Le pilote dévie brusquement sur la droite. Je retiens mon souffle. C'est plutôt flippant – genre manège à sensations fortes. Je nous revois, Jack et moi, aux autos tamponneuses et je ne peux m'empêcher de sourire. À cet instant, tandis que nous survolons les propriétés de Beverly Hills, j'aperçois la sienne. Peut-être est-ce mon imagination, mais je jurerais voir quelqu'un – lui ? – assis dans l'herbe au bout du jardin, en train de regarder en l'air. Je me demande s'il me voit lui aussi.

Je lui enverrai un mail, une fois à la maison. J'espère que nous resterons en contact. Comme je l'ai dit, entre lui et moi, l'histoire n'est pas finie.

Lorsque nous nous posons sur l'une des pistes de l'aéroport privé, je sais que Stuart est là pour me récupérer. Une voiture avec chauffeur va conduire Johnny, Meg et les garçons chez le père de Johnny, dans l'Essex. Johnny voulait m'envoyer une voiture, à moi aussi, mais Stuart tenait à venir. Et je suis tellement heureuse de le voir.

Un agent de l'immigration monte dans l'avion pour vérifier nos passeports. Tout ce que nous avons à faire, c'est emprunter la passerelle pour débarquer directement dans le hall des arrivées. J'aperçois tout de suite Stu, derrière la vitre. Il porte son uniforme traditionnel – T-shirt blanc et jean – et en un instant, l'émotion me submerge. Je ne cours pas, mais une fois les portes de verre franchies, je me jette dans ses bras et il me serre si fort contre lui que j'en ai le souffle coupé. Jamais je ne l'ai étreint de cette façon de toute ma vie.

Puis je recule d'un pas et lui souris. Il me sourit lui aussi et c'est là que je remarque ses lunettes de travers. Je m'empresse de les redresser. Soudain, il regarde derrière moi et aussitôt se fige. Je comprends que Johnny vient d'entrer dans le bâtiment. Je me tourne vers lui, puis ils échangent une poignée de main – mon nouveau père et mon beau-père, l'homme qui m'a élevée toutes ces années et que je n'ai jamais fait l'effort d'apprécier à sa juste valeur. Je glisse mon bras autour de la taille de Stu et à nouveau, le serre contre moi. Je note à ce moment quelque chose dans l'expression de Johnny, en train de nous observer. Il reste un peu en retrait, flanqué de Meg et de ses fils. Lorsque Meg s'avance pour être présentée, je ne peux m'empêcher de penser qu'ils forment une famille dont je ne fais pas encore vraiment partie. Mais peut-être que ça changera. Un jour.

Nous sortons sur le parking pour retrouver la limousine et la petite Fiat blanche de Stu. Plus que deux voitures, le reflet de deux mondes parallèles. Stu et Johnny semblent mal à l'aise. Je pense qu'ils se font la même réflexion, eux aussi.

Meg vient vers moi pour me serrer dans ses bras, tandis que Stu et Johnny échangent quelques mots de leur côté.

– À bientôt, Jessie, dit-elle avec calme. Tu as mon numéro. Nous nous verrons pendant que nous sommes ici, d'accord ? Peut-être pourrais-tu venir pour faire la connaissance de Brian, quand il ira mieux ?

Mon grand-père…

– Ça serait génial, je réponds avec enthousiasme.

Elle s'écarte quand je m'accroupis devant Phœnix.

– Viens ici, toi…

Il me sourit et s'avance sur ses petites jambes. Il a pris de l'assurance, ces dernières semaines. Je me souviens quand je lui tenais la main, sur la plage de Santa Monica, le lendemain de mon arrivée là-bas. *Bye bye bébé…* Les larmes aux yeux, je le prends dans mes bras et serre son petit corps adorable, puis je le regarde retourner se blottir contre sa mère. Je me tourne alors vers Barney.

– À plus, Bibi.

– Où tu vas ?, me demande-t-il, sourcils froncés, visiblement perturbé.

– Je dois monter dans cette voiture, je réponds en désignant la Fiat. Mais on se revoit bientôt, d'accord ?

– Je veux venir avec toi !

– Non, toi, tu montes dans la grande voiture noire, je réponds, non sans ironie.

– Pfff, soupire-t-il en secouant la tête.

J'éclate de rire et ouvre la portière arrière de la limousine. Le chauffeur descend à toute vitesse de son siège et se confond en excuses pour ne pas l'avoir fait lui-même.

– Ce n'est rien, je réponds. Viens ! (Barney et moi regardons tous les deux à l'intérieur.) Va voir ce qu'il y a dans le réfrigérateur…

Mais quand il grimpe sur le siège, je l'empoigne.

– Un baiser, d'abord.

Il me fait un petit bisou sur la bouche et s'engouffre dans la limousine. Je m'écarte de la voiture, j'ai trop envie de pleurer. Meg me sourit et me serre la main avec tendresse, avant de disparaître dans la limousine avec Phœnix. Stu salue Johnny d'un hochement de tête puis il se tourne vers moi et monte dans la Fiat. Pour nous accorder bien sûr un petit moment d'intimité.

– Une minute encore, dit Johnny au chauffeur qui retourne se mettre au volant, nous laissant ainsi seuls.

Je regarde ce père que je n'arrive pas encore à appeler papa. Je sais, je le reverrai bientôt, n'empêche, tout ça semble marquer la fin de quelque chose. Alors qu'en fait, avec de la chance, c'est peut-être au contraire le début d'autre chose.

– Approche, dit Johnny sur un ton bourru en m'attirant dans ses bras, alors que mes larmes commencent à déborder. Je suis désolé d'avoir dû interrompre ton séjour avec nous.

– Ce n'est pas grave, je réponds, la gorge serrée.

Puis il me lâche et recule. Je ne veux pas qu'il s'en aille. C'est trop tôt.

– Nous avons encore beaucoup de retard à rattraper, toi et moi, dit-il en essuyant les larmes sur mes joues. Et autre chose, j'ai vraiment envie d'offrir une voiture neuve à ton beau-père, marmonne-t-il avec un sourire en coin.

– Il n'acceptera jamais. Il ne supporterait pas l'idée que quelqu'un puisse croire qu'il m'a révélé la vérité à propos de toi, uniquement dans le but d'en tirer profit.

Et c'est la vérité. Je le connais par cœur.

Johnny lève les yeux au ciel en riant.

– Essaye quand même de le convaincre.

J'acquiesce d'un hochement de tête, sans me faire trop d'illusions.

– À très vite, mon poussin.

Je me fige quand il m'embrasse sur le front, en m'efforçant de graver ce moment dans ma mémoire.

Soudain, il s'écarte et s'engouffre dans la limousine. Je pense qu'il est trop ému, lui aussi.

Le chauffeur réapparaît pour fermer la portière, avant de retourner se mettre au volant au trot. Je reste là à suivre des yeux la voiture qui emporte ma drôle de petite famille loin de moi.

– Salut, Papa, je chuchote.

Je me tourne ensuite vers Stu qui attend patiemment dans la Fiat. Je le rejoins, monte dans la voiture dont l'odeur agit tout de suite sur moi comme un baume, même si l'intérieur est toujours aussi cracra.

– Ça va ?, me demande-t-il avec douceur.

– Oui, je réponds en lui souriant. Oui, je vais bien. Rentrons à la maison maintenant. J'ai très envie d'une clope et d'un verre.

– Je suppose que c'est une plaisanterie. Je croyais que tu avais réussi à grandir un peu, durant ton séjour là-bas.

J'éclate de rire, quand, bougon, il sort de l'aéroport et prend la rocade.

Oui, en fait, j'ai grandi. J'ai changé. Et si je m'apprête à retrouver ma ville, ma maison, mon lycée et mes amis, une chose est sûre : ma vie ne sera plus jamais la même.

Et à vrai dire, je suis impatiente de voir ce qu'elle me réserve.

À SUIVRE…

L'auteur

Sacrée « Bestselling author » par le *Sunday Times*, **Paige Toon** a déjà publié de nombreux romans au Royaume-Uni où sa série « Jessie Jefferson » a conquis des milliers de lecteurs.

Dépôt légal : janvier 2017 – Numéro d'impression : 1610.0377
Achevé d'imprimer en France par : Aubin Imprimeur